Pawlows Kinder

Simone Borowiak

Pawlows Kinder

Eichborn.

Für Max und Lukas

Tausend Dank an Doris Engelke und Uwe Gruhle

Die Deutsche Bibliothek – CIP-Einheitsaufnahme

Borowiak, Simone:
Pawlows Kinder : Roman / Simone Borowiak. – Frankfurt am Main :
Eichborn, 1999
ISBN 3-8218-0330-4

Umschlaggestaltung: Moni Port
unter Verwendung einer Zeichnung von Philip Waechter
Lektorat: Doris Engelke
Satz: Fuldaer Verlagsanstalt GmbH, Fulda
Druck und Bindung: Wiener Verlag, Himberg
ISBN 3-8218-0330-4

Verlagsverzeichnis schickt gern:
Eichborn Verlag, Kaiserstraße 66, D-60329 Frankfurt
http://www.eichborn.de

Helene Kaufmann wachte an diesem Morgen viel zu früh auf, weil Hilmar in der Küche bellte. Hilmar war nicht ihr Hund, sondern ihr Mann. Und er verbellte die drei Schachteln Zigaretten, die er täglich durch seine Bronchien jagte. War morgendliches Abhusten eigentlich ein Scheidungsgrund? Sie war froh, daß er für ein paar Tage auf einen Kongreß fuhr. Helene merkte, daß sie ungerecht wurde. Schließlich waren die Folgen ihres eigenen Tabakkonsums auch nicht immer geräuschlos. Wenn sie ehrlich war, konnte sie nach einem Nikotin-Exzeß noch besser kläffen als Hilmar.

Aber an diesem Morgen war sie besonders gereizt. Sie hatte schlecht geschlafen und bedrohliche Träume gehabt, an die sie sich nicht mehr genau erinnern konnte. Bruchteile von Träumen. Als hätte es nachts in ihrem Hirn Asche geregnet: Nichts war greifbar, aber alles schwarz. Helene beschloß zur Aufhellung ihres Gemütes den Comic-Pullover anzuziehen, den ihr ein Jahrgang zum Abschluß geschenkt hatte. Darauf sah man Homer Simpson in seinem Fernsehsessel in der vollen Pracht seiner Schmutziger-Alter-Mann-Unterwäsche; in der einen Hand eine Bierdose, in der anderen die Fernbedienung, grinste er übers ganze Backpfeifengesicht. »Nehmen Sie sich ein Beispiel an ihm!« hatten die Schüler befohlen. »Arbeiten Sie nicht so viel.«

Sie zog ihn tatsächlich an und lächelte das erste Lächeln des Tages. Der Pulli verfehlte nie seine Wirkung. Wenn Helene damit einkaufen ging, waren Homers derbe Herrlichkeit und seine schreckenerregende Unterhose Blickfang Nr. 1 in jeder Fußgängerzone.

Helene ging in die Küche.

Hilmar bellte zur Begrüßung und schenkte ihr Kaffee ein. Helene wurde unwillig, als sie sah, wie umständlich er ein paar Bücher in seiner Mappe verstaute. Mein Gott, war der Mann alt geworden. Sicher, sie war genauso gealtert, aber anders, fand Helene, in einer anderen Zeitrechnung. Der bellende Hilmar beschleunigt, in Hundejahren, sie dagegen hatte mit fünfzig jede Wahrnehmung von Zeitzeichen an sich selbst eingestellt. Sie sah immer das gleiche Bild im Spiegel. Die paar Falten zählten nicht, die hatte sie sich ja schließlich hart und ehrlich durch Rauchen und Sorgenmachen erarbeitet. So sah sie nun mal aus, und so würde das auf ewig bleiben.

Sie wußte, daß sie sich damit selbst belog, aber es half ihr, und kein Dritter kam dadurch zu Schaden. Außer vielleicht Hilmar. Aber damit mußte er leben, mit seinem sichtbaren Verfall und ihrer triumphierenden Alterslosigkeit.

Sie hatten sich während des Studiums kennengelernt und waren zusammengeblieben, mehr aus Versehen als aus Liebe. Sie pflegten einen freundlichen Umgangston, hatten sich aber nichts mehr zu sagen. Wenn sie mal länger miteinander sprachen, dann führten sie in aller Regel ein Fachgespräch. Ein reibungsloser Pädagogenhaushalt, bestehend aus zwei friedlich koexistierenden Kettenrauchern.

Helene hatte einmal die Frage ihres Bruders, wie es denn so mit Hilmar laufe, beantwortet: »Gut. Er mischt sich nicht in mein Privatleben ein.« Verkehrte Welt: Zu Hause absolvierte sie den offiziellen Teil ihres Lebens, ihre Privatsphäre waren die Schule, ihr Sprechzimmer, Brandons Büro und die Schüler.

Hilmar hatte endlich seine Umstandsmappe fertig gepackt, nahm seinen kleinen Koffer, stieß einen Abschiedsbeller aus und verschwand.

Helene sah auf die Uhr. Sie war sehr früh dran, aber

die Unruhe trieb sie aus dem Haus. Das Auto sprang sofort an.

Helene hatte einen Höllenrespekt vor ihrem Wagen, vor allem vor seiner Wegfahrsperre, die seit Jahren ein Eigenleben führte und nach Gutdünken entschied, wann es an der Zeit sei, sich in Bewegung zu setzen. Auch mehrere Werkstattbesuche hatten nichts gebracht; das Auto blieb trotz aller Bastelei und Reparatur so verstockt und herrisch, daß es für Helene kein rein mechanisches Produkt war, eher eine starke bösartige Blechpersönlichkeit, mit der man sich gutstellen mußte. Und die man angemessen anzusprechen hatte. Sie hatte ihr Auto also auf den Namen »Adolf« getauft, was sich je nach Anspring-Situation gut intonieren ließ, mal lobend (»Brav, Dolferl«), mal wütend (»Spring an, du Faschistenschwein!«). Brandon hatte für diese gewagte Mischung aus Aberglaube, Antifaschismus und Zündkerze die passenden Worte gefunden:

»Weiber und Autos: Was ihr nicht durchschaut, dem gebt ihr einfach einen abgeschmackten Namen.«

Und nach drei Sekunden Bedenkzeit hatte er hinzugefügt: »Ich werde meins Pol-Pot nennen.«

Helene fuhr über den Marktplatz, der viel zu groß für so eine kleine Kleinstadt wie Haidenfeld war, und der Anblick der menschenleeren Bäckereien und Drogeriemärkte, die in einem architektonischen Blackout aus Waschbeton und Fachwerkimitat untergebracht waren, hob nicht gerade ihre Stimmung.

Wozu brauchte eine kleine Stadt eigentlich so viele Drogerien? Zumal man sich dort ja doch nichts kaufen konnte, was wirklich das Bewußtsein veränderte. Mit dem Drogerie-Krempel konnte man die Leute doch höchstens unter Calcium setzen. Oder Magnesium. Oder voll auf Bierhefe. Helenes Laune wurde allmählich besser. Brandon und sie hatten sich mal ausgemalt, was passieren würde, wenn man die Trinkwasserversorgung von Haidenfeld mit bestimmten Substanzen anreichern würde. Sie hatten alle möglichen Präparate durchgespielt. Helene hatte für Haldol plädiert. Was für ein Schreckensszenario: unsicher herumtapsende Bürger, sediert, depressiv und in parkinsonschen Ausmaßen anlehnungsbedürftig, ein Bild des chemischen Unfriedens. Der Bürgermeister trug einen weißen Kittel, und statt Kommunalwahlen gab es jeden Morgen eine Visite. Brandons Favorit war kein Psychopharmakum, sondern ein starkes Abführmittel. Seine Begründung: »Das würde die Stadt insgesamt schneller machen.«

Helene lächelte das zweite Lächeln des Tages, und hinter Haidenfeld ließ sie das Fenster runter und rauchte die erste Zigarette des Tages.

Ein dampfender Spätsommermorgen mit weichem Licht, und Helenes Laune wurde immer besser. Sie fuhr über die Landstraße, bog ab, fuhr durch den Wald, über den weißen Kiesweg, und wie immer nach den großen Ferien ging ihr ordnungsgemäß und pünktlich das Herz auf, als sie den alten Kasten vor sich sah. Die verschrobene Architektur schwamm in leichtem Frühnebel, der Park atmete noch die Nacht aus.

Am Eingang traf sie mit Dr. Baumann zusammen.

Sie wunderte sich, warum sie trotz ihres Alters noch immer nervös war, wenn ein neuer Jahrgang zusammengestellt wurde. Baumann dagegen schien nichts aus der Ruhe zu bringen. »90 Jahre weniger als ich, aber doppelt so selbstsicher. Selbstgefälliger Stutzer.«

Baumann zeigte sein gewohnt schiefes Lächeln; ein Mundwinkel grinste nach oben, der andere fiel verächtlich herab. Das war keine halbseitige Lähmung, sondern Politik. Um das Gegenüber zu verunsichern.

Man wußte nie genau, was Baumann gerade empfand: Sympathie oder tiefe Verachtung.

Als hätte man die Wahl.

Baumann mochte niemanden und verachtete alle.

Wahrscheinlich inklusive sich selbst.

»Wie lange hast du den Blick wohl vorm Spiegel geübt, Jungchen?« dachte Helene. Auf die Schüler machte sein Januskopf jedenfalls Eindruck. Sie waren bei ihm immer diszipliniert und hielten ihn bei Laune. Sie wußten genau, daß dieser Mann sein halbes Lächeln jederzeit abstellen konnte.

Baumann begrüßte Helene überschwenglich: »Und heute lerne ich endlich den sagenhaften Doktor Jordan kennen!« rief er mit einer Begeisterung, die etwa so echt war wie sein Lächeln.

Das war es gewesen. Ihre Unruhe.

Sie hatte von Jordan geträumt. Vom kleinen, wütenden Jordan.

Als sie entschieden, ihn einzustellen, hatte Baumann lustlos diesen Beschluß kritisiert und ihnen Vetternwirtschaft vorgeworfen, aber Brandon pfiff ihn zurück: »Wir nehmen Jordan nicht, weil er ein Ehemaliger ist, wir nehmen ihn, weil er die besten Zeugnisse hat. Basta.«

Natürlich lehnte Baumann Jordan ab.

Einfach aus Prinzip.

Jordan war jünger als er, und Baumann las aus Helenes Äußerungen, daß dieser Frischling ihm sehr viel voraus hatte – zumal ihre Zuneigung.

Baumann hatte nie um Helene oder Brandon gebuhlt und sich immer mit einer durchschnittlichen Höflichkeit zufriedengegeben. Eigentlich reichte es ihm, daß er so einen angenehmen Job hatte und ihm seine Schüler aus der Hand fraßen. Aber jetzt kam einer daher, dem frohlockend die Türen aufgerissen, dessen Ankunft mit Spannung und Freude erwartet wurde, die Schalmeien im Anschlag; sie benahmen sich, als sei Jordan etwas Besseres.

Und etwas Besseres konnte ein Baumann natürlich nicht neben sich dulden.

Helene wurde übel bei dem Gedanken, daß Baumann seine Mannen gegen Jordan ins Feld werfen könnte. Das durfte er nicht.

Jordan war ihr Sohn.

Oder jedenfalls beinahe.

Helene nickte Baumann kurz zu und betrat das Gebäude. Schon von weitem hörte sie Brandons Brummelstimme. An dem leicht schmierigen Unterton erkannte sie, daß er die Stiftungsmitglieder herumführte. Und daß es mal wieder um Geld ging. Denn Brandon hatte auch eine Schnorrstimme; dann gesellte sich zu dem Schmierton auch noch ein starker britischer Akzent, den Brandon eigentlich schon längst abgelegt hatte, aber zu gegebenen Anlässen immer wieder gerne herausholte. Zum Beispiel wenn er Seriosität vorgaukeln mußte.

Brandon führte das Kuratorium rasch durch die oberen Stockwerke und war froh, als er es an die Kollegen von der Naturwissenschaft abschieben konnte. Dr. Diehl übernahm die Gäste und marschierte mit ihnen durch die übrigen Etagen. Auch seine Stimme umflorte plötzlich etwas Süßlich-Verlogenes, was aber nichts anderes bedeutete als: Jetzt aber mal endlich raus mit den Scheckbüchern, ihr Pfeifen!

Brandon und Helene grinsten sich an. Diehl war ein erstaunlich begabter Schmierenkomödiant.

Im Lehrerzimmer ging Helene an ihr Lieblingsfenster und schaute in den Park. Brandon hatte in der Stunde Null durchgeboxt, daß die Sprachen die oberste Etage belegen durften. Er hatte damals in einem temperamentvollen Plädoyer behauptet, daß Naturwissenschaftler grundsätzlich nie aus dem Fenster sehen würden. Außerdem wären sie ja eh alle kurzsichtig. Sie mit Panorama auszustatten sei daher die reine Verschwendung. Diehl hatte einen gekünstelten Lacher ausgestoßen, aber Helene und Konrad waren schon so verliebt in diesen Ausblick, daß sie heftig für Brandons Vorschlag stimmten: Die Sprachen landeten auf dem Oberdeck und der Etage darunter.

Diehls Leute waren murrend in die unteren Etagen eingezogen, und Helene klebte oft an ihrem Fenster.

Sie und Konrad und Brandon, die letzten der Gründergeneration, waren gemeinsam alt geworden über ihrer Arbeit, aber noch immer zäh auf dem Posten. Sie kannten einander so gut, daß sie sich über einen kurzen Blick, ein gewisses Aus- und Einatmen so exakt verständigen konnten wie andere nur in langen Gesprächen. Krisen und Katastrophen hatten sie zusammengeschweißt. Sie hatten einander über scheiternde Ehen hinweggeholfen, sich gegenseitig die bröckelnden Familien ersetzt, und vor allem hatten sie so viele Jugendliche durch die Ausbildung gehoben, geschoben und betreut, daß Helene manchmal fand, sie wären das groteskeste Elterngespann der Welt: zwei Männer, eine Frau und Hunderte von Kindern.

Brandon sah auf Homer Simpsons eklige Unterhose und wußte Bescheid:

»Ah, schlechte Laune.«

»Schlecht geträumt.«

»Machst du doch immer zum Ferienende.«

Gemeinsam hatten sie vor vielen Jahren diese Schule aufgebaut, mit dem Geld, das Brandon einem Mann aus den Rippen geleiert hatte, den sie nur den »Wurstbaron« nannten.

Der Wurstbaron, ein Mann, der aus neunzig Prozent Fett und zehn Prozent Dünkel zu bestehen schien, hatte sein Vermögen mit der Produktion von Dingen gemacht, die Konrad einmal »Verbrechen an der Wurstlichkeit« nannte, während Brandon sie als »geronnene Schweinekacke« bezeichnet hatte. Auf dem Etikett stand schlicht »Cocktail-Würstchen«.

Damals saß der Wurstbaron also auf seinen stinkenden Wurstmillionen in seiner Wurstvilla, in der es so aussah »wie in Gelsenkirchen nachts um halb eins« (Brandon), und war kreuzunglücklich, weil er nicht wußte, was er Nobles, Edles und Vornehmes anstellen könnte, um endlich das Odeur abzulegen, das ihn ständig umwehte: der Gestank von ungewechseltem Fritierfett an frisch gewaschenem Geld.

Und als er nach einem geeigneten Privatlehrer für seinen Sohn suchte, stieß er auf den jungen Brandon, der sich damals sein Studium mit Nachhilfe finanzierte. Allein der Gedanke, sich einen waschechten britischen Briten halten zu können, erschien dem Baron als erster Schritt nach oben. Da war er bei Brandon aber an den Falschen geraten. Und nach nur drei Monaten hielt sich Brandon denn auch ordnungsgemäß den Wurstbaron.

Brandon hatte tatsächlich eine aristokratische Ausstrahlung, die er jedoch immer mit gezielter Vulgarität unterlief. Er führte diese Fähigkeiten auf sein genetisches Material zurück. »Mein Vater ist ein hitzköpfiger Irrer, und meine Mutter erstickt noch mal an ihrer deutschen Noblesse. Und ich bin die bildschöne Mischung aus beidem.« Doch im Umgang mit dem Baron unterließ Brandon jegliche Gewöhnlichkeit, kam ihm britischer als ein Kühlhaus und wußte ihn sehr wohl zu nehmen. Der Wurstbaron war beeindruckt und eingeschüchtert. Wenn Brandon tagsüber den Sohn des Barons – von dem er behauptete, er sähe aus wie seinem Vater aus dem Rüssel geschnitten – unterrichtet hatte, lud ihn der Baron gerne abends zu sich ein. Die Rollen waren stets gleich verteilt: Brandon dozierte, und der Wurstbaron bewunderte.

Und Brandon hatte seinen Einfluß auf diesen Midas nach Kräften ausgenutzt, um ihn – und vor allem seine Brieftasche – für sein Traumprojekt zu gewinnen:

Seine Privatschule.

Sein Internat.

Freie Förderung und Geld von allen: Bund, Land, Wirtschaft. Selbstzahlende Schüler und Stipendiaten. Vor allem aber: Her mit allen Geschundenen des öffentlichen Systems! Recht auf Bildung! Recht auf alles!

Brandon befand sich im Rausch des Humanismus, der Nächstenliebe und des Pragmatismus.

Er packte also den Stier bei den Hörnern bzw. den Baron bei der Brieftasche, indem er dem Imbißgiganten ausmalte, was für eine sichere Bank so eine kleine feine Schule wäre, rein imagetechnisch betrachtet.

Dem Baron gefiel Brandons Utopie, denn er sah ihn schon vor sich, seinen Aufstieg vom fettigen Würstchenmacher zum angesehenen Mitglied des kulturellen Lebens. Mitglied? Ach was! Zentrum! »Und das Institut soll den Namen meiner verstorbenen Frau Mutter tragen!« hatte er emphatisch gerufen, wobei er Institut immer aussprach wie »Enstiduht«, weil ihm das französischer vorkam.

Dann hatte er gefragt: »Und wie wollen wir das finanzieren?«

Damit hatte der Baron Brandons Schwachstelle erwischt, der geriet ins Trudeln, redete vor lauter Konzeptlosigkeit schneller und schneller, und schließlich bat der Baron, der kein Wort von Brandons sintflutartigen Ausführungen verstanden hatte, um einen schriftlichen Finanzierungsplan. Den würde er dann prüfen lassen. Brandon stimmte zu.

Die Finanzberater und Juristen des Barons hatten sich an den Kopf gegriffen.

»Sicher, wir können es natürlich so machen, die Sache hat nur einen Haken.«

»Und welchen?«

»Daß Sie irgendwann ins Gefängnis wandern. Wegen Betrugs oder Veruntreuung zum Beispiel.«

»Sie sagten, das Problem wären nur die ersten zehn Jahre?«

»Sie müssen mit mehr rechnen. Oder haben Sie irgendwo ein fix und fertig ausgestattetes Schulgebäude herumstehen und wollen uns damit überraschen?«

Der Wurstbaron wurde wütend:

»Ich will mein Enstiduht! Und die anwesenden Herren werden nicht dafür so gut bezahlt, daß sie sich vor Problemen verkriechen! Schlappe zehn Jahre Vorfinanzierung! Also bitte, meine Herren! Ich höre!«

Die Herren ließen hören.

Der Baron stellte die ersten Schecks aus und rief seine Stiftung ins Leben, mit einer zunächst etwas wirren, später immer klarer werdenden Satzung und einem knappen Budget.

Mit ein paar Gleichgesinnten aus Studientagen hatte sich Brandon nun ans Werk gemacht. Sein alter Freund Konrad war mit von der Partie, dann stießen Helene dazu, Diehl und andere, und sie redeten sich schon mal vorab die Köpfe heiß über Lehrpläne, Organisation, Hausordnung und sogar Speisepläne.

»Regel Nr. 1: Niemals Würstchen!« kicherte Helene.

Sie waren sich einig, daß das Vermögen des Barons dringend eine Umschichtung benötigte: von der schlechten Ernährung zur guten Ausbildung. Von der Bratwurst zur Begabtenförderung.

»Wir werden ihm so viele Stipendiaten ins Nest setzen, daß es ihm den Schweiß auf die Pelle treibt!«

Der harte Kern um Brandon beschloß: die optimale Förderung von Kindern, deren Eltern sich dieses Optimum nicht leisten konnten. Das war es! »Die paar zahlenden Idioten schleppen wir noch so mit.« Konrad brachte ihr Konzept schließlich auf den Punkt: »Nennen wir es doch einfach: Institut für angewandte Sozialrache.«

»Wie soll die Schule eigentlich heißen?«

»Er will sie nach seiner verstorbenen Frau Mutter nennen.«

»Naja, ob sich das gut über dem Portal macht:
Institut Berta Brühwurst.«

Mit Konrad und Helene hatte Brandon sich auf die Suche nach einem geeigneten Gebäude gemacht. Sie hatten in allen Preisklassen besichtigt. Helene und Konrad rieten schließlich zu einem eigens für ihre Belange hochgezogenen Funktionalbau, aber Brandon und der Wurstbaron bestanden auf »so einem richtig imposanten alten Kasten«. Endlich führte Brandon ihnen etwas vor, was auch Helene sofort überzeugte.

Es war ihr Fabrikschloß.

Der Hausmeister starrte die Fremden an, als überlege er, ob er sie VOR oder NACH der Besichtigung erschießen solle. »Ludwig!« stellte er sich knapp vor. »Ich schließ Ihnen dann mal auf.« Er wuselte an seinem Schlüsselbund und musterte dabei seine Gäste mißtrauisch. »Die Erben haben rausgeschafft, was sie verkloppen konnten. Wie die Termiten sind die hier eingefallen. Wenn Sie mich brauchen – ich warte hier vor der Tür!«

»Leute, Leute!« mahnte Brandon. »Nichts mitgehen lassen!«

Sie standen in der Halle des Hauptgebäudes. Durch die hohen Fenster fiel das Licht ein und wurde von dem dunklen Fußboden sanft gedämpft. Zwei breite Gänge führten nach links und rechts, Zimmer und Kämmerchen gingen davon ab, und dann waren da noch zwei große Säle, der eine gediegen getäfelt.

»Tudor«, murmelte Konrad.

»Speisesaal«, grunzte Brandon, der bereits mitten in seinen Planungen war. Der andere Saal war eine Symphonie aus Spiegeln an Plüschtapete.

»Oh, oh«, deutete Konrad die Verletzung seines Geschmacks an.

»Turnhalle!« lachte Helene.

»Aula«, sagte Brandon.

Eine ausladende Treppe verband die vier Stockwerke; in jeder Etage ein Flur wie ein breiter Schlauch und zu beiden Seiten große, lichtdurchflutete Räume. Die Erben hatten tatsächlich ganze Arbeit geleistet. Das heißt, sie hatten halbe Arbeit geleistet: Ausgewählte Möbel, Bilder oder Leuchter hatten sie entfernt, und nun standen hier ein verwaister Sessel, dort ein verschlissenes Sofa, dann gähnte wieder eine auffallend staubfreie Leere. Ludwig schien Hausmeister aus Leidenschaft zu sein, sogar die Fenster waren geputzt. Brandon schaute sich in den Zimmern um: »Klassenzimmer. Ein paar Trennwände rein, und fertig ist der Lack!« Konrad bewunderte euphorisch das Parkett, das warme rote Holz.

»Da kommt natürlich überall Linoleum drauf!« befahl Brandon und lachte, weil Konrad ihm immer wieder auf den Leim ging: »Wir ändern so gut wie nichts. Mir gefällt dieser Stil-Mischmasch. Der Bauherr konnte sich wohl nicht entscheiden, wann und wo er leben wollte: im Viktorianischen, im Italienischen oder bei Alm-Öhis.« Helene ging zum Ende des Ganges und öffnete eine kleine Tür. Sie führte in den schräg an das Hauptgebäude angeklatschten und etwas kurz geratenen Seitenflügel mit eigenem Treppenhaus. »Sehr praktisch«, bemerkte Konrad, »zumal wenn man Dienstboten hat.«

Sie verließen den Seitenflügel durch dieses Treppenhaus und begutachteten die Nebengebäude, die in gebührendem Abstand zum Schloß standen. »Die erinnern mich irgendwie an den Schwarzwald«, meinte Helene. »Wenn der Architekt seine Gemütsschwankungen konsequent durchgezogen hat, finden wir innen wahrscheinlich Frühgotik.«

»Oder spätes Frou-Frou«, näselte ungewohnt humorig Konrad. Die Gebäude waren nur noch ausgehöhlte Bretterverschläge, und so trauten sie sich auch nicht in die oberen Stockwerke. Brandon berührte nur prüfend die in sich versinkende Treppe. »Das wird teuer.« Hinter dem Schloß entdeckten sie ein solides und kaum renovierungsbedürftiges Gesindehaus.

Sie waren ratlos. Die Gebäude hatte ihren Charme, darin waren sie sich einig.

Sie fuhren schweigend durch den in grüner Sonne schwimmenden Wald, zurück über den weißen Kiesweg und wieder auf die Landstraße.

»Wir müssen da noch mal einen Architekten durchjagen. Damit wir so etwas wie einen Kostenvoranschlag für den Wurstbaron in der Hand haben. Schließlich wollen wir ihn ja nicht ruinieren.«

»Obwohl er es eigentlich verdient hätte«, meinte Helene. »Glaubt ihr auch, daß er sogar Schweinenasenscheidewände in seine Wü...«

»Um Gottes willen, Helene!« sagte Konrad strafend.

In jener Zeit erlernte Brandon die Kunst des Bettelns und Schnorrens, und gegen Ende des Jahres war er bei allen Konzernen, Verbänden und Mäzenen der Region ein bekannter und ungern gesehener Gast.

Und als seine Mutter endgültig an ihrer Noblesse erstickt war, versilberte er zum Ärger seiner frisch Angetrauten sofort sein Erbteil und brachte es in die Stiftung ein.

Sie brauchten jeden Pfennig.

Der Wurstbaron hielt sich an seiner Schreibtischkante fest, wenn ihm die neuesten Abrechnungen vorgelegt wurden. Aber er hörte auf Brandons Durchhalteparolen, schloß die Augen und dachte an Ruf, Ruhm und Finanzamt. Das half.

Als das Haupthaus und der Seitenflügel mit den Lehrerwohnungen fertig waren, frisch renoviert und halb eingerichtet, feierten sie alle in der Aula, an der sie nichts verändert hatten. Sie tanzten, Kerzenlicht spiegelte sich in den Wänden, selbst Konrad hatte einen sitzen, hielt sich am Plüsch der Tapeten fest und beschwor jeden Vorbeigehenden: »Unglaublich! UNGLAUBLICH! Wir haben es geschafft! Es ist UNGLAUB-LICH!« Manchmal flocht er sogar ein für seine Begriffe sehr schnittig wirkendes »Whow!« ein. Brandon kratzte ihn von der Tapete und tanzte mit ihm. Konrad begann sich plötzlich über das Namensschild an ihrem gemeinsamen Büro zu beschweren. »Ich will nicht in einem Atemzug mit dir auf einem Schild stehen! Wie klingt denn das: Brandon und Konrad! Weißt du, wie das klingt? Brandon und Konrad klingt, als hätten wir ein Fuhrunternehmen!« Brandon lachte, aber Konrad in seinem Suff wiederholte immer wieder: »Brandon und Konrad! Wie eine Spedition! Jawoll! Und zwar eine unseriöse!« Dann mußte er dringend vor die Tür.

Helene hätte gerne noch länger mit Brandon getanzt, aber schon bald fühlte sie sich von Angelas Blicken verfolgt und brach den Tanz ab.

Angela lächelte sie süß an und tanzte mit Brandon davon.

Helene lehnte sich an einen Spiegel und betrachtete das Fest. Der Wurstbaron befand sich in einem sehr ausgelassenen Zustand und würde wohl bald Konrad vor die Tür folgen müssen, Diehl schlummerte bereits über dem Flügel, nachdem er ihm ein paar haarsträubende Dissonanzen rausgeprügelt hatte. Ludwig, der Hausmeister, legte eine sehr gelenkige Sohle aufs Parkett zwischen all diesen Fremden, die einen Haufen Kohle in »seinen Schuppen« geschossen hatten und es offenbar genossen, zwischen Möbelkisten ordinär und handfest zu schwofen. Und Angela küßte Brandon.

Helene verließ den Saal.

Anderen Menschen konnte sie helfen, aber durch ihr eigenes Leben torkelte sie wie ein Schwachkopf. Sie hatte die falschen Männer genommen und die richtigen weiterziehen lassen. Sie sollte sich mangels Durchblick aus der Geschlechterpolitik zurückziehen.

Sie ging vor die Tür und hielt dem armen Konrad den Kopf, während er sich in eine Buxbaumhecke entlud. Als Konrad leer war, wollte er sofort im eigenen Wagen nach Hause fahren, aber Helene brachte ihn in eine der neuen Lehrerwohnungen. Sie besorgte einen Stapel Umzugsdecken, lagerte Konrad fachmännisch darin ein, und kurz bevor er einschlief, murmelte er noch: »Es dreht sich ja alles. Aber ich werde den Schuldigen zu finden wissen.« Da lag er mit ruhigen ikonenhaften Gesichtszügen, unangreifbar, unberührbar, und seinem leicht geöffneten Mund entfuhr nicht der kleinste Schnarcher. Helene küßte ihn auf die

Stirn, dann ging sie in die Nachbarwohnung zu ihrem Schlafsack.

Das offizielle Gründungsfest verlief ohne Pannen. Sie feierten vor dem Schloß, unter großen Sonnenschirmen tummelte sich das Volk, Helene konnte vor Nervosität keinen Bissen zu sich nehmen, Brandon wirkte während des Festaktes sehr spitznasig, Konrad sah aus, als sei er frisch getüncht, und der Wurstbaron, aufgeregt im Mittelpunkt des Treibens, schien mindestens ein Viertelpfund abgenommen zu haben. Am Abend, als die Gäste längst gegangen waren und das Kollegium in kleinem Kreis zusammensaß, fühlte sich Helene immer noch, als hätte sie fünf Eimer Kaffee getrunken. Brandon legte ihr die Hand auf die Schulter und grinste: »Du solltest dir dein Adrenalin besser einteilen. Wirst es noch brauchen können.«

Helene sah über die von den Jahrgängen gepflegte Anlage; einen Sportplatz hatten sie angelegt, einen Spielpark, einen großen Nutzgarten, Tennisplätze.

Diese Welt hatte Helene wirklich sehr viel Adrenalin gekostet, und zum erstenmal fragte sie sich, für wie lange es noch reichen würde.

In diesem Augenblick fuhr Jordan vor.

Helene hatte ihn seit sechs Jahren nicht mehr gesehen. Sie hatten sich geschrieben. Helene hatte ein wenig aus ihrem Alltag erzählt, von Brandon und den neuen Lehrern. Vom Wetter, vom Park, von den nachfolgenden Jahrgängen und welche Neurosen da gerade angesagt waren. Er hatte ihr geschrieben, wie gut er vorankam, welche Scheine er machte und wie nett alles sei.

Sie hatte gewußt, daß er log. Es ging ihm dreckig.

Die älteren Kommilitonen, die ihn in ihren Seminaren dulden mußten, machten ihm wahrscheinlich das Leben zur Hölle. Warum sollten sie auch mit offenen Armen so ein Kerlchen aufnehmen, das ihnen, ohne es zu wollen, die eigene Durchschnittlichkeit vorführte. Welches 22. Semester hatte schon gerne einen 22jährigen im gleichen Kolloquium vor der Nase. So was konnte doch nur ein mieser Streber sein. Und natürlich hatte Helene auf Umwegen auch von dieser Prügelei im Hörsaal erfahren; ein Typ der Größenordnung »Baumann« mußte Jordan bis aufs Blut provoziert haben.

Und der zierliche Jordan hatte die Beherrschung verloren und seinen Widersacher krankenhausreif geschlagen.

In seinen Briefen fand sie darüber nichts.

Als er damals als Schüler nach Haidenfeld kam, wirkte er zunächst unauffällig, er war in ihrem Unterricht äußerst fleißig und höflich. Aber Helene spürte ein Ungleichgewicht, eine Disharmonie, die sie interessierte.

Und dann kam die erste Prügelei. Nachdem Jordan sich dabei zielsicher wie ein Selbstmord-Kommando in einer Kneipe auf Größere, Stärkere gestürzt hatte, erzählte Brandon, der Augenzeuge gewesen war: »Da war ein angesoffenes Duo mit Hund, und die Wirtin sagt, daß der Hund an die Leine müsse. Aber die Leine haben die beiden – nennen wir sie der Einfachheit halber Pils und Korn – natürlich zu Hause vergessen. Also zieht Korn seinen Gürtel aus der Hose. Er legt ihn dem Hund an und zieht in seinem Suff so fest zu, als wollte er die Töle ersticken. Da hatte Jordan vor Wut auch schon Korn und den ganzen Laden planiert. So etwa muß das sein, wenn Oliver Cromwell wiedergeboren wird und jetzt anstatt Kirchen Kneipen verwüstet.«

Und nach der zweiten Schlägerei, in die Jordan erfolgreich gleich drei traktorförmige Haidenfelder auf einmal verwickelte, weihte Brandon wortlos am schwarzen Brett im Lehrerzimmer eine neue Sparte ein: Neben den üblichen Rubriken wie »Vertretung« oder »Wandertag« prangte nun ein Zettel, auf dem schlicht »Cromwell« stand. Von da an hatte der seinen Spitznamen weg; bald nannten ihn alle so, Lehrer wie Mitschüler, und kaum jemand erinnerte sich an den Grund für diese zweite Taufe. Cromwell war eben Cromwell war eben Cromwell.

Ruhig und reizbar.

Natürlich hatte Helene ihn nach dem zweiten Zusammenstoß zu sich zitiert. Aber er saß ihr im Sprechzimmer gegenüber, ein trotziges Lämmchen, das gerade im Blutrausch ein paar Böcke zusammengeschlagen hatte, und kam mit keiner anderen Begründung als: »Die haben mich provoziert.«

»Womit haben sie dich provoziert?«

»Das ist eine Privatangelegenheit.«

Und dann schrie er plötzlich auf, denn er wollte eigentlich nur in gespielter Langeweile die Augenbrauen nach oben ziehen, hatte aber vergessen, daß eine davon frisch genäht war.

Helene war immer fasziniert gewesen von Cromwell, unprofessionell fasziniert von der Selbstbeherrschung, mit der er diese dunkle Wut zügelte, die ihn ständig zu begleiten schien, wie ein brandgefährlicher Racheengel, der sich höchstens zwei Schritte hinter ihm aufhielt und nur darauf wartete, zuschlagen zu dürfen.

Und dann zugleich diese Sanftmut, mit der er Schwächeren begegnete. Die Kleinen liebten ihn dafür, daß er – als Großer – ihre ermüdenden Triathlons Malen/Spielen/Fragen geduldig durchhielt. Aber nur e i n falsches Wort von einem Größeren, und Cromwell biß zu und drehte durch.

Als Helene damals merkte, wie erleichtert sie war, daß sich seine Gewaltbereitschaft immer nur gegen Stärkere richtete, hatte sie ernsthaft an sich gezweifelt.

Aber jetzt war er seit Jahren clean, keine Rückfälle, keine Schlägereien, strammes Studium, gute Praktika. Sonst hätten sie ihn ja auch nicht eingestellt.

Sie sah Jordan aus dem Auto steigen. Blaß sah er aus. Sein Auto war vollgepackt mit Umzugskartons. Und mit denen zog er jetzt hierher. IN den Gang, in dem auch Baumann wohnte.

Sie würde Baumann fertigmachen, wenn er Cromwell zu nahe treten sollte.

Benrath kam in den Raum. Helene mochte sie und war froh, daß sie die Wohnung zwischen Cromwell und Baumann hatte. Benrath war ruhig und besonnen; manchmal tanzten ihr die Schüler zwar auf der Nase herum, aber nie bösartig, denn Benrath strahlte trotz ihrer jungen Jahre etwas aus, was man selten fand: eine Grundgüte. Ihre Ruhe irritierte die Schüler, ihre Höflichkeit imponierte ihnen, und sie empfanden ihre Geduld nicht als Schwäche. Sie wurde nie laut. Und die Schüler schätzten ihren trockenen, langsamen Humor, der niemals so verletzend war wie Baumanns schneller Zynismus.

Benrath lebte ruhig und unauffällig, sie neigte dazu, Konflikten aus dem Weg zu gehen, und fand sich selbst deswegen manchmal langweilig. Sie ging unauffällig durch ein unauffälliges Leben und hatte ihren unauffälligen Stil gefunden, die langen glatten Haare mal hochgesteckt, mal zusammengebunden,

Hosen und Jacketts in gedeckten Farben, und sie bewunderte Helene dafür, daß sie sich auch noch im Alter in solchen Pullovern wie einem Homer Simpson aus dem Haus traute. Was Benrath an Helene sogar geradezu anbetete, war ihre Fähigkeit, einerseits still zu beobachten und dann unaufgeregt Entscheidungen zu treffen, aber wenn es darauf ankam, konnte Helene auch Skandal machen und Leute zusammenscheißen, ohne Ansehen ihrer Stellung. Sie machte bei berechtigter Kritik keinen Unterschied zwischen einem reichen Fördermitglied und einer schlampigen Putzfrau. Wenn sie mit ihrer leicht rostig-verrauchten Stimme einen Satz begann mit: »Könnten Sie mir bitte erklären, warum …«, zog man sich besser warm an. Benrath hätte gerne eine ähnliche Stimme wie Helene gehabt.

Aber gegen ihren eigenen weichen Singsang war wohl nichts mehr zu machen, denn Benrath vertrug Rauchen und Trinken grundsätzlich nur in Tateinheit mit schwerem Spucken und Schädelweh.

Sie stand neben Helene und sah zu, wie Dr. Jordan Taschen und Kartons aus seinem Auto herauswühlte; dann kam Ludwig, und die beiden verschwanden mit der ersten Ladung in Richtung Lehrerflügel. Helene sah ihnen nach und atmete laut aus. Benrath schob ihr stumm einen Aschenbecher hin.

Benrath und Baumann waren fast gleichaltrig, und Helene beklagte gerne und wortreich bei Brandon, wie zwei Altersgenossen so unterschiedlich sein konnten. Brandon verstand diese versteckten Vorwürfe; Helene hatte ihm Baumanns Einstellung nie verziehen. Aber er fand, daß es einen »starken Mann« am Enstiduht brauchte, wenn sie alle nicht mehr wären. Benrath – ihr konnte man jeden noch so begriffsstutzigen Schüler anvertrauen, aber nicht die Verwaltung.

Und die mußte schließlich – in diesem Punkt war Brandon eisern – immer in den Händen der Geisteswissenschaftler bleiben. Also mußte Helene mit Baumann auskommen. Die Abneigung war offenbar gegenseitig, denn Baumann war in ihrer Gegenwart von lauernder Wachsamkeit.

Baumann fürchtete eigentlich nichts und niemanden, aber vor Helene hatte er einen diffusen Respekt. Ihr Rang als Leitwolf II neben Brandon war ihm scheißegal, und wie sie sich kleidete, in ihrem Alter diese bunten Pullover, fand er ganz einfach nur lächerlich. Aber gar nicht behagte ihm die Art, wie sie ihn manchmal ansah. Normalerweise war er das Adlerauge, dem man auswich. Wenn Helene ihn ansah, brach er als erster den Blickkontakt ab. Baumann ärgerte sich darüber. Dabei hatte die Alte noch nicht mal irgendetwas Besonderes, das war kein Röntgenblick, kein stechender Blick, das hatte eher eine Art langsamer Nachdenklichkeit. Baumann wollte nicht, daß irgend jemand über ihn nachdachte. Man hatte ihn ohne große Fisimatenten zu verehren, zu vergöttern und vor ihm zu kuschen. Wenn hier jemand über ihn nachdenken durfte, dann nur er selbst.

Vor der Kaufmann mußte man sich hüten.

Baumann mußte krank sein. Anders konnte sich Helene sein Verhalten nicht erklären: Er war zu Jordan von ausgewählter Freundlichkeit.

Sie hatte noch während der Begrüßung im Lehrerzimmer mit den ersten Attacken gerechnet, aber nichts dergleichen geschah. Konrad hatte formvollendet eine kleine und salbungsvolle Begrüßungsansprache gehalten. »Nun, nun, bitte«, hatte er irritiert gemurmelt und an seiner Weste herumgezupft, als alle an den – für seine Begriffe – falschen Stellen lachten.

Konrad hatte seine Zeit nie verstanden und einen Schutzwall um sich errichtet, der aus Büchern und Benimmregeln bestand. Die Schüler wußten, wie sie den leicht schusseligen alten Mann aus dem Konzept bringen konnten. Ein kleines Kraftwort wirkte da schon Wunder, und ein »Fuck!« zusammen mit einem aus der Hose hängenden Hemd führte zu einem längeren Exkurs über Formen, Etikette und das Dasein schlechthin, währenddessen man gut relaxen und abhängen konnte. Konrad war das Vorgestern und wäre, an einem Computer sitzend, eine Sensation gewesen, vergleichbar der ersten Zurschaustellung einer Giraffe in Europa. Allgemein wurde gemunkelt, daß Konrad nur noch an der Schule war, weil Brandon und Kaufmann ihn mitschleppten, aus Mitleid oder aus Erinnerung an alte Zeiten. Aber Konrads antiquierte Benimmregeln wirkten noch immer auf die Schüler, schleichend zwar, aber sie wirkten. Einmal hatte es sogar einen geheimen Konrad-Fan-Club gegeben, der aber soo geheim nicht blieb, zumal alle Mitglieder in Westen herumliefen und fast jeden Satz mit »Um Gottes willen!« begannen.

Cromwell dankte Konrad für die Ansprache, und dann machte Brandon ihn mit allen neuen Lehrern bekannt. Benrath begrüßte ihn herzlich, und Baumann strahlte ihn sogar geradezu an – beide Mundwinkel nach oben! Helene schwante Böses, doch Cromwell lächelte arglos zurück und ging dann auf Helene zu.

Beide waren verlegen. Sie standen an Helenes Fenster, während die anderen sich bereits wieder ihrer Arbeit zuwandten.

Helene reichte ihm stumm die Hand. Eigentlich hatte sie sich ein paar Sätze zurechtgelegt, aber an die konnte sie sich jetzt nicht mehr erinnern.

Sechs Jahre! Die Zeit war also d o c h nicht stehengeblieben! Verdammt! Und Helene war eventuell d o c h gealtert! Genauso gealtert wie Hilmar! Das war das Ende des wohlorganisierten Selbstbetrugs. Denn an Cromwell sah sie die Zeichen der Zeit. Sie sah nicht mehr in ein trotziges oder wütendes oder wundes Kindergesicht. Cromwell war erwachsen.

Helene wünschte sich, sie hätte heute morgen etwas anderes angezogen. Etwas, das der Greisin von heute gemäßer wäre.

Cromwell war froh, daß Helene diesen Pullover trug. Es beruhigte ihn. Sie war noch ganz die Alte. Sie hatte sich nicht verändert. Während der Anreise hatte er Angst bekommen vor bösen Überraschungen, aber Konrad zupfte nach wie vor an seiner Weste, und Brandon schlug Cromwell auf die Schulter, daß er in die Knie ging, und Diehl begrüßte ihn mit: »Ah, mein schlechtester Schüler! Wären Sie damals ein bißchen besser in Mathe gewesen, dann müßten Sie jetzt nicht auf dem Oberdeck schuften!«

Und Helene, Helene, Helene.

Baumann beobachtete die beiden aus dem Augenwinkel. So sah also Kaufmanns kleiner Liebling aus. Putzig. So schmächtig hatte er ihn sich nicht vorgestellt. Der war ja gerade mal so groß wie die Kaufmann. Okay, er machte schon einen durchtrainierten Eindruck, war aber im großen und ganzen doch ein ziemlich filigranes Bürschchen. Und er hatte sich heute für seinen ersten Tag von Mutti feinmachen lassen: weißes Hemd und schwarzer Pullover, schwarze Hose, schwarze Schuhe. Chorknabe. Und sein Blick störte Baumann. Das Würstchen hatte einen fast arrogant direkten Blick. Verbunden mit einem Schuß Weltschmerz. Wat denn: Melancholika sin wa ooch noch?

Mit seinen Rehaugen räumte Jordan sicher nicht schlecht ab. Denn das mußte Baumann ihm zugestehen: Er hatte Charisma. Ein bißchen Weichei, ein bißchen hartgekocht. Und darauf standen die Weiber ja. Deswegen machte wohl auch die Kaufmann so ein Gewese um ihn. Wie die beiden da zusammen standen, konnte man meinen, die hätten mal was miteinander gehabt. Aber der Gedanke, die alte Schachtel und der blonde Hänfling könnten sich in denselben Kissen zu schaffen machen, erschien Baumann denn doch zu gruselig. Ridicule. Baumann grinste in sich hinein und lächelte freundlich zu ihnen hinüber.

Helene wußte plötzlich, wo sie sein Lächeln einzuordnen hatte. So würde sicher der Märchenwolf grinsen, bevor er dem Rotkäppchen antwortet: »Damit ich dich besser in der Pfeife rauchen kann.«

Baumann kam auf sie zu, ballerte sein Wolfslächeln auf Cromwell und fragte: »Waren Sie schon in Ihrem Klassenzimmer? Sie kennen sich hier zwar aus, aber dies und das hat sich doch geändert, und es würde mich freuen, wenn ich es Ihnen zeigen dürfte.« Helene hätte Cromwell am liebsten gewarnt: »Laß dich mit dem nicht ein! Das ist der böse Wolf!« Aber sie mußte hilflos mitansehen, wie Cromwell von Baumann abgeschleppt wurde.

Baumann schob seine 1 Meter 90 Selbstbewußtsein in edlem Tuch neben Cromwell über den Flur.

Brandon-Konrads Büro und Helenes Sprechzimmer kenne er ja wohl noch von damals, Sprachlabor, hier Sekretariat und der Praktikanten-Puff, Bibliothek, Klos, die Räume mit den Arbeitsnischen der Schüler.

»Wissen Sie noch, wo Sie damals gesessen haben?«

Es hatte sich nichts verändert: Immer vier Tische zwischen zwei Raumteilern aus Schränken und Regalen, Nische um Nische, und die Schiebetür, hinter der die »Großen« saßen; ein Raum, der mit Annehmlichkeiten wie Sesseln ausgestattet war und wegen der dunklen Möbel etwas von einer gediegenen Höhle hatte. Am Ende des Flurs, kurz vor der Tür, die zum Lehrerflügel führte, war Cromwells Klassenzimmer. Wie alles auf dem Oberdeck hell, gegenüber der Tür drei große Fenster, davor die Tische, ausgerichtet auf seine beiden Schreibtische links vom Eingang; der Computer, Regale – Baumann war überzeugt, daß sich Cromwell ziemlich schnell zumüllen würde mit Pflanzen und Nippes; das machten doch erst mal alle, auch die Schüler in ihren Nischen, um dann später in puristischer Raserei den ganzen Andenkenladen wieder auszuheben.

Er klopfte Cromwell auf die Schulter und sagte: »Dann laß ich Sie erst mal alleine in Ihrem neuen Reich.«

Er war noch nicht zur Tür raus, da wußte Cromwell bereits, daß er aus dieser Ecke nichts Gutes zu erwarten hatte.

»Heda, nichts anfassen!« Cromwell zuckte zusammen und war erstaunt, Laura hier zu sehen. Sie gaben sich erst verlegen die Hand, dann umarmte Laura ihn und kniff ihm dabei in die Seiten. »Wie geht's dir? Mein Gott, du bist ja immer noch so dünn! Und unsereins wird dicker und dicker!« Tatsächlich war Laura ein bißchen in die Brandonsche Breite gegangen. Er kniff sie zurück.

»Was machst du hier? Unterrichten?«

Laura zupfte an ihrem Sweatshirt. »Um Gottes willen, Cromwell!«

Man merkte doch sofort, daß sie Konrads Patenkind war und er sie seinerzeit offensichtlich zu oft gehütet hatte.

»Sag mal, von dir hört man ja nur das Beste.«

»Alles gelogen.« Cromwell sah sich um. »Hier hat sich aber nicht viel verändert.« Laura hakte sich bei ihm unter. »Komm, ich mach mit dir eine kleine Führung durchs Bordell.«

»Du wirst deinem Vater immer ähnlicher.«

»Das will ich nicht hoffen!«

Laura und Cromwell verließen das Oberdeck und gingen durch die Halle, als Baumann die Treppe hinunterkam. Er blieb stehen und sah den beiden nach. Soso.

Das Würstchen und die Tochter vom Chef. Da war ja endlich die ganze Familie zusammen.

Laura war eine grauenhafte Fremdenführerin. Sie war hier aufgewachsen, und obwohl sie in der Stadt mit ein paar Irren in einem Atelier hauste, lungerte sie in jeder freien Minute auf dem Gelände herum, konnte Cromwell jede kleinste Veränderung zeigen, und das tat sie nun auch gnadenlos. »Laura, erklär mir bitte nicht jede neue Schraube«, stöhnte Cromwell, als sie ihm umständlich die neue Bühnenbeleuchtung in der Aula vorführte. Sie klopfte sich die immer staubige farbfleckige Hose ab. »Okay, dann zeig ich dir jetzt unseren allerneuesten Furz: Blockhütte. Mit Feuerstelle und allem Pipapo.« Sie gingen um die Schule herum, über die weite Wiese, in den Wald hinein. »Mich hat ja fast der Schlag getroffen, als mir Brandon erzählt hat, daß du hier anfängst.«

Fremde waren irritiert, wenn Laura ihren Vater beim Nachnamen nannte. Aber von klein auf hatten die Menschen um sie herum ihn so genannt. Sosehr sich Brandon früher auch abmühte, dem kleinen Kind ein »Papa« zu entlocken, immer quietschte ihm ein fröhliches »Bram« oder »Brang« entgegen. »Mama« hingegen konnte sie sagen, hatte aber nicht allzulange die

Gelegenheit dazu. Nach vier Jahren hatte Angela die Schnauze gestrichen voll von ihrem Mann, seiner Schule und seiner seltsamen Kollegin Helene und ließ sich scheiden. Wenn sie gewußt hätte, daß ihre Tochter nach einer kurzen Zeit der Verwirrung übergangslos von »Mama« auf »Lene« umschaltete, hätte sie vor Wut sicher gleich noch mal die Scheidung eingereicht.

»Warum wird so was wie du überhaupt Lehrer?« fragte Laura und kniff ihn erneut. Laura war eine große Kneiferin vor dem Herrn. Cromwell krümmte sich, überlegte ein Weilchen und sagte dann: »Damit es so was wie mich überhaupt gibt.«

Laura lachte los. »Was für eine verdammte Inzucht!« Cromwell hielt an und sagte böse: »Nein! Ist es nicht!«

Laura sah ihn erschrocken an.

Erst erschrocken, dann wie Maß nehmend, dann bittend: »Lieber, böser Cromwell. Darf ich dich mal malen? Es muß ja auch kein Akt sein. Und wenn doch Akt, dann darfst du dabei trotzdem alle deine Anziehsachen anbehalten.« Sie lachte wieder los, und er war ihr nicht mehr böse. Er konnte ihr gar nicht böse sein. Sie gehörte zu den ehrlichsten und freundlichsten Menschen, die er je getroffen hatte. Und das sagte er ihr auch. Das war irgendwie fällig, nach all den Jahren und dem, wie er sich ihr damals gegenüber verhalten hatte. Und sie hatte sich in den sechs Jahren sehr verändert; der Brandonsche Drang zur Breite hatte ihr Gesicht ausgelassen, es war schmal, hohe Stirn, nur die Augen waren original Brandon, das rotbraune Haar hatte sie straff zum Pferdeschwanz gebunden, sie sah richtig gut aus, und er sagte ihr auch das.

Laura blieb die Spucke weg. So was hätte sie von Cromwell nicht erwartet. Als er vor dem Abi stand, hatte sie Annäherungsversuche gestartet, die er sofort erschrocken zurückwies; danach hatte er sie auf Abstand gehalten. Und jetzt merkte sie, daß er ehrlich meinte, was er da sagte. Ausgerechnet ihre alte, sie verschmähende Jugendliebe sagte ihr, sie sei schön! Laura war völlig verunsichert. Allerdings nur kurzfristig, denn eine Brandon weiß sich zu wehren: »Du verlogenes Arschloch meinst doch nur: fett! Aber das ist der pure Neid. Kuck dich doch mal an! Du solltest mal Krafttraining oder so was machen. Und zum Friseur gehen. Diese Zotteln. Du siehst aus wie zwölf. Davor haben die Gören doch niemals Respekt.«

»Das laß mal meine Sorge sein.«

Cromwell grinste sie an, als sei er im Besitz einer Geheimformel oder Wunderwaffe gegen jugendliche Renitenz.

»Was soll ich eigentlich von Baumann halten?«

»Hm. Weiß auch nicht. Brandon hält irgendwelche Stücke auf ihn, Helene eher nicht.«

»Und du?«

»Hm. Schwierig. Oder besser: Schmierig. Wegen zu schmierig schwierig. Ein ziemlicher Casanova. Und ziemlich streng. Jedenfalls in seiner Klasse.«

Das Kampfziel der Gründergeneration, dem Wurstbaron so viele Stipendiaten ins Nest zu setzen, wie das Enstiduht gerade noch finanziell verkraften konnte, hatte auch weiterhin absolute Priorität. Nur gab es da ein Problem: Die Stipendiaten und die Zahlenden erwiesen sich mehr und mehr als nicht kompatibel. Das war nicht zwangsläufig so, kam aber insgesamt zu oft vor und störte das Klima empfindlich. Denn zu den normalen Reibereien zwischen Schülern gesellte sich auch noch die häßliche soziale Komponente. Da trafen die Töchter eines Möbelhändlers – der versuchte, sie mit Hilfe großer Beträge und kleiner Geschenke wie z.B. einem neuen Schulbus durchs Abitur zu spenden

– auf Kinder, die keinen oder kaum einen Pfennig zahlten. Und Schüler, die sehr genau wußten, daß sie nur ihrer Begabung wegen da waren, sahen herunter auf die Zahlenden, die ihrer Meinung nach zu dämlich waren, um an einer öffentlichen Schule bestehen zu können, aber von ihren Eltern so mit Geld zugeschissen wurden, daß sie sich jederzeit die neuesten Klamotten, die teuersten Geräte und die allerletzten Fürze leisten konnten. Nachmittags, wenn sich in den Arbeitsgruppen sowieso nur die begrenzte Zahl der Auserwählten zusammenfand, stellte sich das Problem nicht. Da war es egal, ob einer Geld hatte oder nicht: Hauptsache, er war gut. Aber vormittags, wenn sich in den übrigen Fächern alles mischte, kam es schon zu Zusammenstößen. Die Lehrer versuchten zwar, so weit wie möglich einzudämmen, aber die Stipendiaten waren in der Regel fünfzehn oder sechzehn Jahre alt, wenn sie ins Internat kamen, und zu diesem Zeitpunkt war eine gewisse Zementköpfigkeit auf beiden Seiten – Soll & Haben – bereits ausgeprägt. Es kam zu Szenen, die Helene früher als billiges Klischee abgetan hätte. Anfangs hatte sie noch geglaubt, falsch gehört zu haben. Aber inzwischen wunderte sie sich nur noch darüber, wie bruchlos sich die Dummheit tradierte: Zwei Schülerinnen (zahlend) unterhalten sich lautstark über ihr gemeinsames Shopping-Wochenende in London. Dann diskutieren sie ebenso lautstark das Outfit der vor ihnen sitzenden Schülerin (nicht zahlend), bis diese heulend aus dem Zimmer rennt. Helene meinte zu Brandon, daß sie manchmal das Prinzip »Schuluniform« begrüßen würde. »Nützt doch nichts«, hatte Brandon geantwortet. »Die riechen sich gegenseitig doch so oder so zehn Meilen gegen den Wind.«

Und die Stipendiaten waren auch nicht faul, wenn es um Beleidigungen ging. Einen Zahlenden, der gerade dabei war, in aller Unschuld bei Ludwig die Kunst des Rosenbeschneidens zu erlernen, traf die Botschaft in den Rücken: »He, Michael, was kostet dieses Jahr eigentlich das Abi?!« und »Sag mir Bescheid, wenn die Preise fallen! Dann werf ich sofort meine Bücher weg!« Waren sie in einer der Intensivgruppen, lief nach einer kurzen Zeit des Beschnupperns alles normal: normale Bosheiten, normale Freundschaften, normale Liebeleien, normale Streitereien. Aber ein paar notorische Querschläger gab es trotzdem immer wieder.

So verging die erste Woche mit einer Durchsicht der Bewerbungsschreiben. Die Praktikanten hatten vorsortiert und sich durch Unmengen von Textproben und Lebensläufen gearbeitet, sie lasen von Berufswünschen, Zukunftsträumen, von hochgesteckten Zielen ebenso wie von wirren unrealistischen Visionen. Viele legten Empfehlungsschreiben ihrer Lehrer bei. Brandon schätzte eher diejenigen, die sich auf eigene Faust bewarben. Er fand sie motivierter, zäher, selbstbewußter. Sie spürten ihre Begabungen und waren hungrig. Helene hatte ihm einmal im Spaß vorgeworfen, seine Prinzipien und Ideale erinnerten sie doch sehr an das »Hart wie Kruppstahl«-Gewäsch Hitlers. Brandon war ganz kurz verblüfft gewesen, dann hatte er sie mit verstellter Knödelstimme angeschnarrt: »Frau Doktor Kaufmann: Ich BIN Hitler! Und zwar die humanistische Ausgabe!« Und mit normaler Sprechstimme: »Ihr Deutschen denkt doch immer nur an das eine! Ihr müßt immer wieder bei Adolf und Eva anfangen.«

Die Praktikanten hatten die Mappen der Stipendiaten in drei Kategorien eingeteilt: eher Ja, eher Nein, weiß nicht. Nun ging es daran, auszusieben, wer zu Gespräch und Test eingeladen wurde. Brandon beneidete

Diehl. Der hatte seine Auswahl immer sehr schnell beisammen. Die Naturwissenschaft hatte halt doch – wie Brandon brummelnd zugeben mußte – ihre Vorteile. Ein klar beschriebenes Gebiet. Im Gegensatz zum Oberdeck, wo die Schwerpunkte ineinandertrudelten: Geschichte, Sprachen, Philosophie.

Die letzten Durchläufe im obersten Stock waren nach wie vor spannend. Jeder war bitter entschlossen, in dem knappen Kontingent seine Favoriten unterzubringen und andere Bewerber zu verhindern. Es wurde angepriesen und abgelehnt, verhöhnt und verherrlicht, und Konrad fühlte sich oft, als wäre er auf einem Pferdemarkt und müsse aus dem Angebot eines Roßtäuschers ein paar Araber heraussuchen.

Helene lachte, als er ihr sein Leid klagte. Sie stellte sich vor, wie Konrad in seinem besten Anzug über einen stinkenden dampfenden Marktplatz ging, um zwischen dreckigem Stroh und rülpsenden Männern nach Pretiosen zu suchen. Er würde ein Tüchlein aus Batist gegen Mund und Nase pressen, um einen Würgereiz zu unterdrücken, und hin und wieder murmeln: »Unglaublich! Unglaublich! O mein Gott!«

Die Besprechung trat in die vorletzte Phase ein.

Es war Cromwells erste Teilnahme an einem solchen Verfahren, und er war sehr zurückhaltend. Trotzdem hatte er seine festen Vorstellungen.

Er begann mit den Plädoyers für seine Lieblingskandidaten.

Brandon betrachtete ihn wohlwollend.

Er würde es nicht leicht haben.

Sicher, Baumann hatte ihm eine Art Schonfrist gewährt; in dieser ersten Woche war kein böses Wort gefallen. Aber Brandon traute dem Frieden nicht. Und die beiden mußten zwangsläufig aneinandergeraten, denn sie und Benrath waren die eigentlich Betroffenen in dem anstehenden Entscheidungsspiel. Es hing an Baumann, Benrath und Jordan, wie die Bande geführt wurde. Sie mußten sich die nächsten zwei Jahre mit ihrer Auswahl herumschlagen. Sie waren die Verantwortlichen; wenn es in ihrer Gruppe brannte, mußten sie löschen, und wenn es in ihrer Gruppe rund um die Uhr brannte, mußten sie eben rund um die Uhr löschen. Und die Prüfungsergebnisse mußten sich schließlich sehen lassen können. Nicht nur sehen lassen können: Sie mußten auch den finanziellen Aufwand vor den Fördergremien rechtfertigen.

Die Gruppenlehrer waren die Wunderwaffe des Hauses. Vormittags eingereiht in die regulär unterrichtende Truppe, nachmittags Spezial-Einheit.

Aus purer Neugier waren auch wieder die Kollegen vom Unterdeck anwesend; abgeklärt und leicht schadenfroh saßen sie in der zweiten Reihe um den Konferenztisch herum, denn sie hatten das ganze Procedere ja schon vor einem Jahr hinter sich gebracht, und es stand ihnen erst wieder in einem Jahr bevor, wenn ihre Gruppen durch waren und es bei ihnen wieder von vorne losging.

»Das sind die flüchtigen Freuden der alternierenden Kriegsführung!« spottete Brandon in die zweite Reihe hinein. Dann lehnte er sich zurück und lauschte Jordans Vortrag.

Cromwell war ein guter Schüler gewesen. Okay, die Schlägereien, die Exzesse. Das waren Jugendsünden. Allerdings wirkte er gegen den lässigen hochgewachsenen Baumann, der Cromwells Ausführungen mit etwas unschönen Adleraugen verfolgte, sehr jung. Er las aus seinen Notizen, und die Haare fielen ihm ins Gesicht.

Vielleicht sollte er nur einfach mal zum Friseur?

Cromwell hatte tatsächlich eine recht bunte Auswahl getroffen. Er beantragte Gesprächstermine mit Kandidaten, die sogar bei Helene bereits durch das Raster gefallen waren. »Verdammt!« dachte sie. »Baumann wird ihn vorführen und abknallen.« Baumann genoß Jordans Referat. Wie sich das Bürschchen um Kopf und Kragen redete! Drôle! Schade, daß es sich von Baumanns Replik nicht erholen würde. Als Cromwell geendet hatte, herrschte zunächst einmal Schweigen, und alle krakelten in ihren Notizen herum. Dann ergriff Baumann das Wort.

»Ich weiß sehr wohl zu berücksichtigen, daß Dr. Jordan dies hier (ausladende Geste über den Konferenztisch) zum erstenmal macht. Und in vielen Fällen stimme ich ihm sogar zu und bin erstaunt über seine Urteilskraft! Auch ich befürworte Anders, auch ich würde Wagner sofort in meine Gruppe aufnehmen!«

»Du Hund!« dachte Brandon. »Erst Süßholz, dann Arschtritt!« Und richtig. Baumann lächelte ölig zu Cromwell rüber: »Aber ich muß mich schon wundern, daß Sie Ihre restlichen Kandidaten aus d e m Stapel ausgewählt haben, der uns schon durch dieses kleine, wenn auch handgemalte Etikett mit dem Wörtchen ›Nein‹ signalisiert, daß a l l e Anwesenden große Probleme mit einer Aufnahme hätten.«

In diesem Augenblick wurde Jordan die Ruhe selbst. Es gab viele Situationen, die ihn verunsicherten. Aber auf Attacken wußte er zu reagieren. Das kannte er. Das war sein Terrain. Er hatte schon in so viele Kriege ziehen müssen. Und dieser Baumann hatte ganz offensichtlich genau das vor. Er wollte Krieg. Er sollte ihn haben.

Baumann richtete Jordans Auswahl öffentlich hin:

»Betge. Schreibt wirklich lustig.« Bei dem Wort

»lustig« verneigte sich Baumann in Jordans Richtung, als wäre dieser der Chef einer Pausenclown-Truppe. Dann klappte er die Mappe zu, warf sie auf den Tisch und sagte: »Aber schlicht und schwachsinnig.« Er öffnete die nächste Mappe: »Merlinger. Er sollte sich mit dem Verfassen von Flugblättern verwirrter Randgruppen begnügen.« Die Mappe klatschte auf den Tisch. »Kersten. Gute Frau. So schwammig. Wer's mag!« Mappe um Mappe klatschte auf den Tisch, eine jede begleitet von einer einzigen freundlichen Bemerkung Baumanns: »Schund! Unbegabt! Unbegabt! Hochunbegabt! Krank!« Baumann öffnete die letzte Mappe: »Ah, das ist mein Liebling: van Hagen. Was für eine Wortkotze. Und nur zehn Jahre Heimsozialisation!« Er warf van Hagens Mappe auf den Tisch. »Aber es soll ja Leute geben, die sich gerne von Hochdruckneurotikern die Gruppe sprengen lassen.« Helene hatte Cromwells kurzen Seitenblick auf Baumann registriert: Haß.

Er trug noch immer diesen unglaublichen Haß in sich. Es war genau dieser Blick, der ihr schon zu seinen Schulzeiten angst gemacht hatte. Der Junge stand immer noch unter Starkstrom. Baumann unterschätzte ihn offenbar, denn er lächelte nur milde. Aber Cromwell wußte sich zu wehren.

Er stand auf, klaubte seine Mappen zusammen und schichtete sie vor sich auf. Helene hätte nicht erwartet, daß er in seinem Zorn mit einer so festen Stimme sprechen würde: »Es ist mir unendlich peinlich, daß ich nur Müll, Dreck und Abschaum ausgesucht habe. Noch tausendmal peinlicher ist mir, daß ich unter Berufung auf mein Veto-Recht meine Stimme für alle Kandidaten, die bereits so einhellig angenommen wurden, zurückziehen und statt dessen den kompletten Müll, Dreck und Abschaum einladen werde. Aber am aller-allerpeinlichsten ist mir, daß Sie, Dr. Baumann, auf diesem Wege mit so etwas Abstoßendem wie einer« – Cromwell deutete ein fiktives Sichübergeben an – »›Heimsozialisation‹ konfrontiert werden. Aber falls Sie das beruhigt: Den Cashmere überlasse ich gerne Ihnen.«

Benrath grunzte in sich hinein. Helene war stolz. Baumanns Adleraugen stachen auf Cromwell ein. »Es ehrt Sie, Dr. Jordan, daß Sie Ihre ersten größeren Berufserfahrungen in einer Gruppe sammeln wollen, die sich ausschließlich aus verheerenden Irrtümern zusammensetzt.« Und Baumann schob noch wohlwollend hinterher: »Aber ich denke schon, daß Sie sich im Laufe der Zeit etwas mehr Menschenkenntnis aneignen werden. Die Anlagen dazu sind jedenfalls durchaus zu erkennen.« Dabei sah er an Jordan vorbei, über ihn hinweg, und Cromwell antwortete sehr leise und sehr zahm, etwas zu leise und zu zahm: »Ganz wie Sie meinen, Baumann.«

Konrad ruckelte unruhig an seiner Krawatte. Helene und Brandon sahen sich an: Oh, oh.

Baumann lächelte zufrieden. Er wußte nicht, daß er soeben Polen überfallen und Pearl Harbour bombardiert hatte.

Das Vorsprechen kam, und Helene setzte sich neben Brandon. Beide waren besonders gespannt auf Cromwells Kandidaten. Cromwell selbst schien die Ruhe in Person; sogar Baumanns verschärftes Halbgrinsen brachte ihn nicht aus dem Konzept.

Und Cromwells erster Kandidat war sofort ein Volltreffer:

Tobias Jäschke.

Ein hochgeschossener blonder Brillenträger, der sehr spröde, aber präzise Antworten gab und den arroganten Eindruck machte, als hätte er es nicht nötig, überhaupt irgendeinen Eindruck zu machen, weil er den ja sowieso machen würde – eine erstaunliche Form jugendlichen Hochmuts, dem keinerlei jugendliche Dummheit in die Quere kam. Es war eine Art berechtigter und sehr dezenter Hochmut; Jäschke war eine Ausnahmeerscheinung, das wußte er, davon machte er Gebrauch, und trotzdem wirkte nichts daran anstößig. Er sprach langsam, akzentfrei und druckreif. Helene kam er vor wie ein alter Kauz, der sich im Alter vertan hatte. Brandon schob Helene die Kaffeekanne rüber und wiegte dabei ungläubig den Kopf. Signal: Daß ich so was noch mal erleben darf. Cromwell wußte, daß er Jäschke schon in der Tasche hatte, als er sah, wie hingerissen Konrad dem Jungen zunickte, und auch Baumann hätte Jäschke offensichtlich gerne in seiner Gruppe gehabt. »Da wäre nur noch eins«, beschloß Jäschke resolut das Gespräch, und Helene dachte: »Das war kein Vorsprechen. Das da hat sich nicht beworben. Das da wollte nur sehen, ob wir seiner auch würdig sind.« Jäschke schlug die Beine übereinander und ruckelte auf dem Stuhl herum, als wäre ihm das Folgende peinlich: »Ich habe Magengeschwüre und bedarf einer besonderen Diät. Wäre das ein Problem?«

Sie sahen ihn an, als hätten ihn seine Magenprobleme endgültig zum Mann des Jahres gemacht. Das da war nicht sechzehn Jahre alt. Da hatte sich jemand verkleidet. Jemand, der sich über sie lustig machen wollte. Und wahrscheinlich eine versteckte Kamera dabei hatte. Helene merkte, wie in Brandon ein Lachkrampf aufstieg, Benrath ordnete penibel ihre Unterlagen, sogar Baumann beugte sich in offensichtlich falschem Interesse über seine Papiere. Cromwell sah zu Brandon, dann zu Helene, und dann antwortete auch schon Konrad, von Mann zu Mann bzw. von Herr zu Herr: »Die Ernährungsfrage sollte kein Hinderungsgrund sein, junger Mann.«

Corinna Betge dagegen war ein völliger Reinfall. Ein großes, schlankes, wild um sich plapperndes Geschöpf, keine Ahnung von nichts, aber – wie Helene fand – von sehr eigenem Charme. Betge saß da auf ihrem Stuhl, wippte mit den Füßen, die trotz nahezu herbstlicher Kühle nackt in offenen Sandalen steckten und deren Fußnägel violett lackiert waren, redete sich um Kopf und Kragen und fiel Brandon bei der Frage, warum sie sich beworben habe, ins Wort mit der Bemerkung: »Schöne Thermoskanne, die ihr da habt!« Baumann grinste verschärfter, und Cromwell dachte nur: Jetzt reiß dich mal zusammen, Mädchen! Betge war der lebende Beweis dafür, daß Sprachgewandtheit und rethorische Fähigkeiten einander völlig ausschließen können. Sie bildete Sätze von einer Qualität, die sie gerade mal für eine Bewerbung als Disco-Queen im ländlichen Raum qualifiziert hätten. Dann wieder kamen völlig unerwartete Wendungen, sie setzte anscheinend unpassende Begriffe in einen anscheinend unpassenden Zusammenhang, und das Ergebnis war ein verblüffend neuer Klang und eine sehr einleuchtende Sicht der Dinge. Cromwell gefiel diese Sicht, ein Mäandern zwischen Märchen und knallhartem, bisweilen rotzigem Realismus.

Benrath beneidete Betge um ihre Haare. Haare wie ein Strom von Honig. So unendlich wie der Redestrom, der aus Betge quoll.

Betges Berufswunsch war Reisejournalistin.

Brandon sah auf ihre nackten Füße mit den lila Nägeln: »Für eine Polarexpedition haben Ihre Zehen ja schon die angemessene Farbe.«

Betge kicherte auf und betrachtete ihre Füße. »Polarkreis. Da würde ich dann schon ein paar Socken mitnehmen. Aber der Farbton ist doch gut, oder?«

Baumann enthielt sich bei allen Kandidaten Cromwells ostentativ und grinsend jeden Kommentars. Bei allen. Sogar bei denjenigen, von denen selbst Cromwell einsah, daß es ein Irrtum seinerseits gewesen war, sie einzuladen. Als klar war, daß Baumann nichts anderes vorhatte, als Cromwell mit Macht ins Leere laufen zu lassen, wurde Brandon sauer. Nach der fünften Enthaltung Baumanns donnerte er mit der Faust auf den Tisch.

»Ich denke doch, daß jeder hier im Raum eine bestimmte Position zu den Kandidaten beziehen kann. Und ich akzeptiere jede einzelne. Aber was ich nicht dulde, das ist eine grundsätzliche Leck-Arsch-Position!«

Konrad hüstelte.

Baumann nickte bigott zustimmend und gelobte sofortige Besserung, was Cromwell gar nicht in den Kram paßte, denn die nächste Kandidatin war van Hagen.

Als sie den Raum betrat, wurde es Helene mulmig. Daß es solche Kinder tatsächlich gab, in echt, in Wirklichkeit, außerhalb der Fachliteratur. Ein langes dünnes Wesen mit struppigen Haaren, dunklen, fast schwarzen Augen und spitzer Nase; sie erinnerte Helene an einen Straßenköter, eventuell war auch noch ein Schuß Fledermaus mit drin. Und Baumanns Rede von der »Heimsozialisation« kam ihr in den Sinn ebenso wie »Hospitalismus«, »Autismus« und »Warum tut Cromwell sich das an?« Van Hagen schwieg beharrlich, und wenn sie sprach, dann so einsilbig und unwillig, als hätte ein amtliches Schreiben sie vor dieses Tribunal gezwungen, und jedes überflüssige Wort könne gegen sie verwendet werden. Sie saß da, stocksteif, wie erfroren, sah niemandem in die Augen, und nachdem Cromwell das erste Wort an sie gerichtet hatte, starrte sie die ganze Zeit über nur ihn an, selbst wenn andere eine Frage stellten, die van Hagen nach Möglichkeit wortlos nickend oder kopfschüttelnd beantwortete. Brandon blickte kurz zu Helene rüber. Signal: Vollmeise. Benrath kratzte sich am Kopf, als hätte sie gerade die Krätze bekommen, und Baumann beugte sich nach vorne. »Michaela van Hagen…«

»Mick! Mick van Hagen!« verbesserte van Hagen ihn wie aus der Pistole geschossen und sah weiterhin Cromwell an.

»Fräulein van Hagen, ich habe nichts dagegen, daß Sie mich nicht ansehen, wenn ich mit Ihnen spreche, aber Ihr Berufswunsch würde mich doch sehr interessieren. Vielleicht Rechtsanwältin? Oder wie wäre es mit einer kleinen Rhetorik-Professur?« Er überprüfte grinsend seine Fingernägel, und Cromwell geriet ins Schwitzen. Aber die Ablehnung Baumanns ließ in ihm den Kampfwillen hochkochen. Und wie dieses Mädchen ihn anstarrte; als stünde es gerade im Begriff unterzugehen, abzusaufen in einem Meer von Unsicherheit und Hilflosigkeit, und er wäre das einzige Rettungsboot. Dieser Blick. Cromwell hatte Mühe, ihm standzuhalten. So eine Stärke, aber trotzdem labil. So eine Wucht, aber trotzdem wehrlos. So eine kranke Urgewalt. Genau das war es: eine Urgewalt. Etwas Archaisches. Eine archaische Majestät, nur ohne Amt und Würden. Cromwell hielt ihrem Blick stand, und plötzlich wurde ihm klar, daß er tatsächlich ihre letzte Rettung war. Ihre Texte waren so verquollen und dunkel, daß jemand Licht in das Ganze bringen mußte. Jemand mußte dieses erbärmliche Wesen erlösen. Und offenbar war er der einzige, der diese Aufgabe erkannte und bereit war, sie anzunehmen.

Doch nach Baumanns hämischer Frage wandte sie den Kopf, sah Baumann verblüffend selbstbewußt in die Augen und sagte nur böse: »Schreiben.«

Kaum hatte van Hagen die Tür hinter sich geschlossen, da legte Benrath den Kopf auf den Tisch, Brandon zündete sich eine Zigarette an, und Konrad murmelte nur: »Unfaßbar. Unfaßbar. Um Gottes Willen. Cromwell!«« Baumann begutachtete noch intensiver ein bestimmtes Nagelbett. Helene war sofort klar, daß Cromwell bis zum letzten um van Hagen kämpfen würde. Tu das nicht, Sohn. Das da ist gestört. Das da gehört zum Fachmann. Das ist eine Nummer zu groß für dich. Tu dir das nicht an.

Cromwell tat es sich an. Er argumentierte, als ginge es um seine eigene Haut. Er zitierte aus van Hagens Aufsätzen, interpretierte sie und überinterpretierte sie. Baumann verteilte seine Gliedmaßen malerisch gequält auf seinem Stuhl um, gähnte überdeutlich und sagte: »Ich bin für die Aufnahme. Denn ich finde, van Hagen paßt bestimmt ganz ausgezeichnet in Dr. Jordans Gruppe, wird sich dort sicher sehr wohl fühlen und in atemberaubender Geschwindigkeit entfalten.«

Cromwell hatte keine Lust mehr, mit Baumann zu streiten. Er wollte seine Kandidaten durchbringen. Und wenn Baumann ihn dabei nur aus niederen Beweggründen unterstützte, dann war ihm das auch egal.

So kam es, daß er die meisten seiner Favoriten durchbekam. Und am Ende, nach zähen Verhandlungsrunden, als Konrad aus seinem zweiten Nickerchen erwachte, standen die Gruppenbesetzungen fest. Benrath war auf Nummer Sicher gegangen und rekrutierte ihre Truppe aus alten Bekannten, die sie schon in der Mittelstufe gehabt hatte. Kein Risiko. Da wußte man doch, woran man war. Baumann hatte ebenfalls seinen Stamm von Favoriten und dazu drei Neue herausgepickt. Cromwell war der einzige, dessen Gruppe ausschließlich aus Stipendiaten bestand.

Als sie schließlich mit wacker erkämpften Ringen unter den Augen die Konferenz schlossen, meinte Baumann zu Benrath: »Ich beglückwünsche Jordan zu seiner Knabbermischung. Wollen hoffen, daß er sich nicht seine Milchzähnchen daran ausbeißt.« Benrath schwieg dazu. Sie war zwar nicht einer Meinung mit Cromwell gewesen, aber sie bewunderte die Unbedingtheit, mit der er seine Leute durchgesetzt hatte. Gekämpft wie ein Löwe um eine Handvoll komischer Vögel und windiger Borderliner, die sie sich gerade noch im Unterricht angetan hätte, aber nie in ihrer eigenen Gruppe.

Was trieb ihn bloß um? Und wie er sich Baumann stets um eine Armeslänge auf Distanz hielt. Und ihm gleichzeitig nach jeder Provokation derart gegen das Schienbein trat, daß alles ringsherum lautlos aufjaulte. So etwas wie Jordan war Benrath noch nicht über den Weg gelaufen.

Brandon schlug im Vorübergehen Cromwell auf die Schulter: »Das muß man gesehen haben, das muß man erlebt haben! Junge, Junge!«

Helene hatte vor Müdigkeit schon ganz kleine Augen und sagte zu Cromwell: »Laß uns morgen oder übermorgen doch mal zusammen Kaffee trinken.« Cromwell bekam kurzfristig heftige Zweifel an seiner Auswahl. Aber die anderen hätten ihn ja schließlich mit guten Argumenten stoppen können. Und weil das nicht geschehen war, konnte er ja nun so falsch auch wieder nicht liegen.

Als Brandon zu seinem Auto kam, wartete dort bereits Helene. »Adolf will heute nicht. Nimmst du mich mit?« Pol-Pot sprang sofort an, und sie fuhren nach Haidenfeld, schweigend und in müden Gedanken. Brandon hielt vor Helenes Haus und ließ den Motor weiterlaufen. Sie saßen eine Weile stumm im knatternden Pol-Pot und sahen auf die Straße.

»Vielleicht war es ja doch ein Fehler.« Helenes Stimme klang vor Erschöpfung noch verqualmter als sonst.

»Nein. Es war kein Fehler.«

»Warum bist du dir da so sicher?«

»Der Junge hat Energie für hundert.«

»Eben. Das macht mir ja angst.«

Brandon lachte: »Du bist ja nur neidisch, du alte ausgebrannte Maus.«

Helene bekam umgehend schlechte Laune. »Wenn man dich schon mal braucht!« Sie stieg aus und warf die Tür zu. Brandon ließ die Scheibe runter und rief ihr nach: »Soll ich dich morgen abholen?«

Helene drehte sich nicht mehr um, brüllte nur: »Leck mich!« und verschwand hinter ihrer Gartentür. Brandon kurbelte die Scheibe wieder hoch und murmelte: »Mit anderen Worten: morgen um zehn.«

Laura bahnte sich den Weg in die Schule. Bis auf die Neuen wußten alle Schüler, wer sie war, und vor allem die Kleinen liebten sie innig für die Mal- und Bastelkurse, die sie manchmal in ihrem Atelier abhielt. Wobei es sich strenggenommen weniger um ›Kurse‹ handelte, sondern eher um Vorgänge der Größenordnung »Gemeinschaftliches Verwüsten einer Fabriketage bei dem Versuch, ein Zebra herzustellen.«

In der Aula waren alle versammelt, für die die letzten zwei Jahre zum Abitur begannen. Stimmengewirr und Geschnatter seitens der alten Hasen, dazwischen die Neuen, gegen die übliche Neuen-Nervosität ankämpfend. Laura setzte sich in die letzte Reihe. Sie mußte dabei sein, an Cromwells erstem Tag. Sie hatte ihm sogar eine Schultüte in sein Fach gelegt mit einem Briefchen:

»Alles Gute zu deinem 1. Schultag!

Und laß mir gefälligst ein paar Marshmallows übrig!«

Es wurde still, als Brandon und das gesamte Kollegium auf die Bühne kamen. Brandon begann mit seiner üblichen kleinen Ansprache. Laura reckte den Hals und sah, daß Cromwell ausgerechnet zwischen Konrad und Baumann stand, beide einen Kopf größer als er. Laura schimpfte ihn dafür in Gedanken aus: Du Wichtelmännchen! Warum setzt du dir nicht auch noch eine rote Zipfelmütze auf!

Brandon stellte kurz jeden Lehrer vor, und jeder Tutor verlas die Liste mit den Namen seiner Gruppe. Erleichterungs- und Enttäuschungslaute waren zu hören. Als Baumann seine Mannschaft bekanntgab, stöhnte ein Junge vor Laura leise:

»Oh, Scheiße! Ich bin bei Pinocchio gelandet!«

Als Cromwell die Seinen verlas, hörte man nach der Nennung des Namens Merlinger ein lautes und vernehmliches »Geil!« Alle lachten, Cromwell grinste verunsichert, Brandon griff zum Mikro und sagte: »Herr Merlinger, ich freue mich, daß wir Ihren Geschmack getroffen haben.«

Die Stimmung wurde immer gelöster, und als Diehls Tutoren ihre Gruppen verlasen, wurde bereits jeder Name mit Johlen und Applaus bedacht.

Laura liebte es, ihren Vater in solcher Verfassung zu sehen; zuversichtlich und ein Ausbund an Energie. Heute abend würde er sich vor Freude mit Diehl und Konrad besaufen. Das heißt: Konrad würde gepflegt »einen zur Brust nehmen«, und Diehl und Brandon würden sich einen reinzimmern, als gelte es, den Weltuntergang zu feiern.

Und er hatte auch immer eine gute Ausrede parat, wenn er von einer »Sitzung mit Diehl« zurückkehrte: »Laura, Schätzelchen, Diehl hat mich gezwungen – wußtest du übrigens, daß Diehl eigentlich Russe ist? Naja, mehr um fünf Ecken, können auch zehn sein, aber Dr. Iwan Diehl hat mich gezwungen, mit ihm den Jahrestag zu begehen! Jawoll! Welchen Jahrestag? Das ist mir jetzt entfallen. Oktober oder November. Darum bin ich auch ein bißchen beschwipst. Sagte ich gerade ›beschwipst‹? Ach was! Rotzbesoffen bin ich! Besoffen wie Lenin und Stalin zusammen! Und Tolstoi kannst du noch oben drauf legen!«

Brandon löste die Versammlung in der Aula auf, und die Neuen zogen los, um ihre Zimmer in den Nebengebäuden zu okkupieren. Laura fuhr zurück in die Stadt. Sie hätte gern noch mit Cromwell gesprochen, wußte aber, daß er ab sofort zu 99 Prozent der Schule gehörte.

Benrath lehnte an Helenes Lieblingsfenster. Sie hatte es geöffnet, die Luft war noch überraschend mild, fast lieblich, und der Himmel von einem Blau, das in den Augen schmerzte. Ein Licht, das in seiner Härte die Welt transparent und stählern aussehen ließ.

Cromwell betrat das Lehrerzimmer und beugte sich neben Benrath aus dem Fenster. Sie sahen auf die Nebengebäude, die sechs Wochen stumm und verlassen gewesen waren und nun summten; die Neuen trugen ihr Gepäck hinein, die Alten erklärten ihnen Hausordnung und Gepflogenheiten, Zimmer wurden zugewiesen, Schranktüren klappten. Aus dem Wohnheim der Jungs drang lautes Gelächter, im Mädchenwohnheim zeterte eine Frauenstimme. »Das war Rosel«, sagte Benrath.

Cromwell lachte: »Wahrscheinlich hat sich ein versprengter Physiker in die Mädchendusche verirrt. Und

Rosel schreit ihn jetzt an, daß ihm die Brille beschlägt.«

Rosel war der Dragoner in ihrem Reich. Sie haßte Jungs, das war ihre Berufskrankheit, und ihr größter Alptraum hieß »Aufsichtspflichtverletzung«. Immerhin hatte es in ihrer ganzen Amtszeit nur eine schwangere Sechzehnjährige gegeben. Als man im Lehrerzimmer einmal spaßeshalber auf diese Bilanz zu sprechen kam, hatte Diehl sehr trocken kommentiert: »Was wissen w i r denn schon! Ich wette, unsere gute alte Rosel hat noch beim alten Professor Engelmacher persönlich gelernt.« Was ihm ein strafendes »Um Gottes willen, Dr. Diehl!« von Konrad eintrug.

Männer waren für Rosel nichts anderes als ständig geile und auch sonst nur Übles im Schilde führende Kriminelle, vor denen sie ihre Mädchen schützen mußte. Zur Not mit Gewalt. »Wenn Rosel eine Flinte hätte, könnten wir die Schülerzahl halbieren«, hatte Brandon einmal gesagt. »Sie würde unsere Jungs einfach abknallen. Wußtet ihr, daß sie sage und schreibe vier Ehemänner verschlissen hat? Alle tot.« Er fügte rasch hinzu: »Eines natürlichen Todes, versteht sich.« Konrad, dem Rosel zu vulgär war, warf ein: »Soweit man einen ›Tod durch Keifen‹ als natürlich bezeichnen kann.«

Und so war das Mädchenwohnheim dank Rosel eine beischlaffreie Zone. Aber Rosel konnte ja nicht überall sein.

Rosels Stimme wurde leiser.

»Wahrscheinlich hat sie ihn die Treppe runtergestoßen, und Ludwig muß ihn jetzt aufsammeln.« Ludwig hatte seine Jungen gut unter Kontrolle. Aber mit den Jahren ließ er ihnen relativ freien Aus- und Umgang. Grund genug, daß zwischen Rosel und Ludwig der totale Krieg herrschte. »Ludwig!« schrie Rosel ins

Telefon, wenn sich einer der Jungen zu lange bzw. zu später Stunde in ihrem Gemeinschaftsraum herumdrückte. »Ludwig! Könnte es sein, daß dir einer fehlt? Hier hockt nämlich seit Wochen einer rum und labert Scheiße! Könnte der wohl zu deinen gehören? Holst du ihn ab, oder soll ich ihn entsorgen?«

Der Lärm in den Gebäuden klang allmählich ab. Benrath schloß das Fenster. »Was für ein Gefühl hast du bei deiner Gruppe?«

»Ein gutes. Doch. Eine gute Mischung. Ich bin froh, daß ich sie durchgekriegt habe.« Cromwell kramte gerührt in Lauras Schultüte.

»Du könntest hier alles durchkriegen, du Liebling der Götter. Deswegen mag Baumann dich ja auch so.«

»Baumann ist eine Ratte.«

Da rauschte die Ratte auch schon in den Raum.

Baumann schien noch immer wie besoffen vom Auftritt auf der Bühne. Er, der beeindruckende Doktor Baumann, hatte seinen neuen Jahrgang in Empfang genommen. Sie hatten zu ihm aufgeblickt, und er würde sie die nächsten zwei Jahre schwitzen lassen. Sie würden ihm die Zeitung bringen und Stöckchen holen. Seine Schüler waren die besten. Das lag an der Baumannschen Spezial-Diät: kaum Zuckerbrot an sehr viel Peitsche.

Ja, wer stand denn da am Fenster und sah ihn an: Blaustrumpf und Würstchen. Aber irgendwann würde ER Brandons Stelle einnehmen. Und dann würde es erst mal etwas geben, was man gemeinhin als »Umstrukturierung« bezeichnete. Denn daß das Würstchen noch ein bißchen zu jung für den Job und nicht die nötige Autorität war, hatten allein schon die »Geil!«-Nummer dieses Merlinger bewiesen und die Tumulte danach. »Hallo, ihr Lieben!« grüßte er freundlich lächelnd. »Meinem Magen nach gibt es gibt bald Mittag.« Er sah auf die Uhr. »Ja, in einer halben Stunde.« Dann sah er auf Cromwells Schultüte: »Wie drôle! Passen Sie auf, daß Sie sich daran keinen Bruch heben.« Und war schon wieder weg.

Benrath und Cromwell sahen auf die zufallende Tür.

»Ratte ist untertrieben«, sagte Benrath.

Dem magenkranken Jäschke mißhagte es, ausgerechnet mit dem vorlauten Christoph Merlinger das Zimmer teilen zu müssen. Er stand unschlüssig mit seinen beiden Reisetaschen im Raum und fragte Merlinger höflich, welches Bett er haben wolle. Merlinger sagte: »Das haben wir gleich!«, nahm Anlauf und warf sich erst auf das Bett links von der Tür, dann wiederum mit Anlauf auf das Bett in der rechten Zimmerecke, wippte ein bißchen, setzte sich auf und sagte liebenswürdig: »Is mir völlig wurscht. Such du dir eins aus.«

»Nachdem du eben beide Betten arschbombentechnisch kontaminiert hast, muß es mir ja nun wohl auch ›Wurst‹ sein.« Und Jäschke stellte seine Taschen auf dem linken Bett ab. »Ho, ho, ho!« rief Merlinger à la Santa Claus, öffnete seine Schranktür und kickte seinen unausgepackten Koffer hinein: »Es ist nämlich so: Ich lehne das Prinzip ›Schrank‹ ab! Ich erfülle mir einen alten Menschheitstraum: Leben aus dem Koffer!« Jäschke stapelte betont pedantisch seine Wäsche: »Darf ich dich auf einen Webfehler in deiner Logik hinweisen?«

»Ich bitte darum.«

»Wie kannst du dir einbilden, das Prinzip ›Schrank‹ zu umgehen, wenn der Koffer, aus dem du lebst, in einem solchen untergebracht ist?«

Merlinger stutzte, dann lachte er los: »Erbarmen! Man hat mich zu einem Ameisenficker gesperrt!«

Bei den Mädchen hatten Wagner, Betge und van Hagen das einzige Dreierzimmer abbekommen. »Klasse!« schrie Betge. »Dann haben wir auch mehr Platz für Pardee-Time!«

»Nix da Party-Time!« sagte Wagner streng.

Rita Wagner, einen Kopf kleiner als Betge und van Hagen, vom Babyspeck noch sehr angepummelt und von der Natur geschlagen – und zwar mit einem ziemlichen Zinken quasi mitten ins Gesicht –, ließ diese Äußerlichkeiten durch dominantes Auftreten verblassen und übernahm sofort die Führungsrolle. Während Betge versuchte, ihr mit Redeschwällen doch noch ein paar klitzekleine Pardee-Times abzuhandeln, saß van Hagen auf ihrem Bett und stellte sich tot.

Es war ein Fehler gewesen, hierherzukommen. Zu viele Menschen, zu viel Lärm, zu wenig Fluchtmöglichkeiten. Marsmenschen wie Betge waren in Micks Programm nicht vorgesehen. Im Heim hatten alle van Hagen in Ruhe gelassen, denn sie galt als gestört. Sie konnte tagelang kein Wort sagen, und dann, wenn jemand sie auf dem falschen Fuß erwischte, schrie sie sich plötzlich an einen Kollaps heran. So galt van Hagen als schwererziehbar, verstockt, beinahe als zurückgeblieben und wurde von den anderen links liegengelassen.

»Mick! Du mußt jetzt mit zum Essen! Hörst du!« Betge brüllte – auf ihre Uhr sehend – auf van Hagen ein. Mick stand auf. »Gehen wir!« sagte Wagner.

Betge hakte van Hagen unter. »Nicht, daß wir uns noch verlieren. Wir sind jetzt doch Genossinnen! Und nichts und niemand kann uns trennen! Kommt, meine Täubchen!« Und sie zwang auch Wagner zum Unterhaken.

Diese Betge meinte es offensichtlich sehr ernst mit der Genossenschaft.

Jede Gruppe saß mit ihrem Tutor an einem Tisch.

Jäschke betrachtete die Holztäfelung, die Kronleuchter, die Gediegenheit des Saales, und er befand: Endlich war er dort gelandet, wo er hingehörte. Das war seine Welt. Kein Resopal, kein Plastik, keine zuckende Neonröhre an der Decke. Im Vordergrund eine lange Tafel, an der die Alten saßen, Brandon, Dr. Kaufmann, dieser lustige Konrad und alle Lehrer, die keine Aufsicht hatten. Und Jäschke saß an einem wunderschönen polierten Tisch, an dessen Kopfende Dr. Jordan präsidierte. Die Sitzordnung hatte sich einfach so ergeben. Jäschke war zufrieden.

Dies hier hatte er sich verdient. Ein teures Rennpferd wie ihn brachte man nicht in einem neonbeleuchteten Koben unter. Er gehörte in einen guten Stall.

Und den hatte er jetzt gefunden.

Merlinger reichte ihm die Gemüseplatte.

»Vitamine. Nimm, Bruder.«

Jäschke streckte sich. »Ich verbitte mir diese Anrede. Oder haben wir schon mal zusammen im Chausseegraben gelegen, Bruder?«

Merlinger streckte sich ebenfalls, er war auch etwa so lang wie Jäschke, und auf eine merkwürdige Weise hatten sie tatsächlich etwas von Brüdern und offenbar den gleichen Geschmack, wenn es um Kurzhaar-Frisuren ging, nur war der eine rotblond und der andere rabenschwarz.

»Wir haben, Bruder. Aber du kannst dich aus erfindlichen Gründen nicht mehr daran erinnern.« Jäschke ließ Merlinger mit seiner Gemüseplatte in den Händen verhungern und sagte ernsthaft: »Ich bestehe darauf, daß wir uns siezen. Die Distanzlosigkeit eines gemeinsamen Zimmers reicht mir schon völlig.« Dann wandte er sich an Cromwell: »Dr. Jordan, wäre es nicht möglich, auch innerhalb der Klasse das Siezen zur Pflicht zu machen?« Sofort brach eine laute Diskussion darüber aus, und man kam überein, sich nur mit Nachnamen anzusprechen, das leuchtete allen ein, das war cool. Jäschke stach vor Zufriedenheit und Glück über sein neues Leben der Hafer: »Außerdem möchte ich anmerken, Herr Merlinger, daß ich Ihr heutiges Randalieren in der Aula nur als degoutant bezeichnen kann.« Merlinger wandte sich an Jordan: »Könnten Sie diesem geschniegelten Arsch sagen, daß ich als Kommunist grundsätzlich keine Brillenträger schlage und er somit seine Buhlerei einstellen kann?«

Bevor Cromwell antworten konnte, fiel Betge ein: »Ich bin auch Kommunistin! Und zwar aus prinzipiellen Gründen!« Wagner stöhnte: »Aus welchen Gründen auch sonst! Aus finanziellen oder hygienischen oder was? Oh, Betge!«

Jäschke befand, daß der Kommunismus a) mausetot sei und es sich b) ja wohl eher um einen lächerlichen und wohlfeilen Salonkommunismus handeln könne, da sie wie die Made im Speck lebten.

Merlingers Lieblingsautor war Makarenko. Schon als Kind hatte er davon geträumt, in Rußland und nach dem Sieg der Roten über die Weißen Brigaden in die Kolonie »Gorki« für straffällige Jugendliche zu kommen; ob als Straffälliger oder als Erzieher – das war ihm eigentlich schnurz; Hauptsache: mitmischen bei der Revolution. Und von so einem Spießer wie Jäschke ließ er sich seine kommunistischen Kinderträume nicht vermiesen. Merlinger sagte entrüstet: »Du hast ja keine Ahnung, aus was für einer sozialen Sahne ich komme! Wir waren so arm, wir hatten noch nicht mal Hunger!« Der Tisch wieherte. Zum erstenmal meldete sich jetzt Toni Plessner zu Wort, ein ruhiger Junge, der Wagner, was den Babyspeck anging, in nichts nachstand. Plessner beugte sich über den Tisch, beäugte die Schonkost-Pampe auf Jäschkes Teller und fragte: »Was ißt du da? Das sieht ja aus wie Babynahrung.« Cromwell verschluckte sich beinahe bei dem Gedanken, daß doch gerade die Baby-Pummel-Fraktion da eigentlich Experte ...

Jäschke erklärte kurz seinen Magen, daraufhin berichtete Betge von einer Großtante, die ihr Leben lang ausschließlich Babyprodukte an und in ihren Körper gelassen habe: »Und als sie mit 93 in die Grube gefahren ist, sah sie so jung aus, daß sie um ein Haar einen weißen Sarg bekommen hat.« Nun schaltete sich zum erstenmal Anders ein, der bisher nur mit einem leicht ins Baumannsche tendierenden Halbgrinsen die Gespräche verfolgt hatte: »Warum habt ihr sie nicht ausgestopft? Dann könnte sie jetzt im Werksmuseum von Hipp stehen. Oder bei Penaten im Foyer.«

Cromwell betrachtete seine Klasse. Es war und blieb eine gute Auswahl. Nur van Hagens Eßgewohnheiten störten ihn. Diese dünne Person stocherte im Essen herum, als wäre ihr Teller eine Müllhalde. Er griff in den Obstkorb und legte eine Apfelsine neben ihren Teller. »Schlechte Nachrichten: Das ist Ihr Dessert. Und Sie werden es sogar essen. Und zwar vor meinen Augen.« Mick starrte auf die Frucht, als wäre sie eine scharfe Handgranate.

Brandon hatte Cromwells Tisch im Visier. Was für eine gutgelaunte Meute. An den Naturalisten-Tischen fanden ernsthafte Gespräche statt, bei Benrath wurde Konversation betrieben, bei Baumann herrschte geduckter Kammerton, aber Cromwells Bande schien großen Spaß zu haben. Brandon sah zu Helene. Sie erwiderte seinen Blick, Signal: Nein, es war doch kein Fehler.

Der erste Winter

So klar wie das Licht im Park war für Helene die Tatsache, daß es doch ein Fehler gewesen war. Jedenfalls hatte Cromwell sich mit sicherem Griff tatsächlich die unbequemste aller Gruppen zusammengesucht.

Er brachte sie einfach nicht zur Ruhe. Nicht, daß sie aufsässig gewesen wären, sie respektierten und schätzten ihn, aber wenn er sie mal so weit hatte, daß sie konzentriert arbeiteten oder sachlich diskutierten, brauchte es nur einen völlig nichtigen Auslöser, und sofort flog ihm die Brut mit ihren gesammelten Neurosen und Macken um die Ohren. Manchmal kam ihm sein Klassenzimmer vor wie ein Schnellkochtopf. Wenn er ihnen nicht zur rechten Zeit den Dampf abließ, setzte es viel Lärm. Und viel Aufräumarbeiten. Nur einmal achtlos sein, und schon hatten sich Merlinger und Jäschke in der Wolle und dominierten mit ihren geschliffenen Rededuellen den restlichen Nachmittag, Betge hängte sich wie ein Schimpansenbaby an Wagner, und im Schutz des allgemeinen Aufruhrs trieb Anders gezielt aus dem Hinterhalt Schwächere wie van Hagen oder den dicken Plessner mit verletzenden Bemerkungen hart an die Tränengrenze, woraufhin Betge sich wiederum Anders vorknöpfte und ihn in ein Rededuell verstrickte, synchron zu dem der Herren Jäschke/Merlinger, van Hagen sank in sich zusammen, und der Tag war gelaufen.

Und wenn er sie wütend zusammenstauchte, saßen sie beleidigt und stumm beim Essen, der schweigsamste Tisch im Saal mit den mürrischsten Essern und dem übellaunigsten Tutor.

Er mußte ständig wie ein Terrier an ihnen herumzerren und das Stimmungsventil im Auge behalten.

Cromwell verließ nicht selten unter halblautem Fluchen seinen Schnellkochtopf und traute sich kaum ins Lehrerzimmer zurück. Denn Baumann machte keinen Hehl daraus, daß er Cromwells Gruppe für einen durchgeknallten Sauhaufen hielt, der ihm über den Kopf wachse. Baumann hielt sich noch nicht mal vor seiner eigenen Truppe mit abfälligen Bemerkungen über Cromwells Irre zurück, und nach einiger Zeit schlossen sich seine Schüler der Meinung ihres Leitwolfes an, fühlten sich als Mitglieder einer Elite-Einheit und behandelten das Jordan-Pack mit der gebührenden Verachtung und Feindseligkeit. Für sie galt: Kampf Gruppe gegen Gruppe. Das war ein Denkfehler. Denn Baumann hatte seine Leute tatsächlich qua rigider Bodenhaltung und wohldosiert geschürtem Dünkel zu einer Gruppe zusammengezurrt, allein: Der Gegner war keine solche. Der war ein diffundierendes Gebilde, ein flüchtiges Gas; Cromwells Leute scherten sich einen Dreck um das, was andere über sie sagten, und kamen gar nicht auf die Idee, irgendeine verschmockte Gruppen-Rivalität einzugehen. Sie waren schließlich Einzelkämpfer. Die Lanzen von Baumanns Leuten stachen ins Nichts.

Der einzige, den sie damit trafen, war Cromwell.

Er hielt zwar überhaupt nichts von Baumanns Schwarzer Pädagogik, aber wenn er sah, mit welch eiserner Disziplin die Baumänner und -frauen in der Bibliothek oder ihren Nischen arbeiteten, während er mal wieder in Sachen Schadensbegrenzung unterwegs war, dann tat ihm das weh. Und er war ständig am Rechtfertigen und Schadenbegrenzen, denn einige seiner Leute benahmen sich nicht wie demütig lernwillige Stipendiaten, sondern eher, als hätte man sie engagiert, um die Schule zu zerlegen.

Als es auf Weihnachten zuging, kurz vor den Ferien, war Cromwell am Ende seiner Weisheit, seiner Geduld und seiner Nerven.

Helene sah ihn aus seinem Klassenzimmer stürmen, hinter ihm rannte ein ebenso aufgebrachter Merlinger, der ununterbrochen auf ihn einquallte: »Das war doch nicht persönlich gemeint! Es ging doch um die Sache! Das muß er doch abkönnen, so ein Prediger!« Merlinger verfiel extra für das Wort »Prediger« in ein dreckiges Kunst-Hessisch, so daß ein »Predischä« dabei rauskam, und es klang nach einem Predischä, der sich nicht gewaschen hatte. Cromwell blieb so abrupt stehen, daß Merlinger fast auf ihn drauflief, und herrschte ihn an: »Wenn Sie noch e i n - m a l diese Anrede benutzen, dann drehe ich Ihnen den Hals um!« Merlinger zeigte keinerlei Anzeichen von Zerknirschung, im Gegenteil: »Jetzt seien Sie doch nicht gleich auf 180! Schon in der Schrift steht: ›Unmut nistet im Innern des Toren!‹ Können Sie im Alten Testament nachlesen: Vers 7, Absatz 9! Und zwar im Buch Predischä!«

Cromwell stand still, schloß die Augen und sah trotzdem so aus, als würde er innerhalb der nächsten Sekunden ein Kettensägenmassaker veranstalten. Und zwar ein ganz exklusives, nur für Merlinger. Dann schnaufte er bei weiterhin geschlossenen Augen tief durch: »Wenn sich Herr PFARRER Rückert noch EINMAL bei mir über Sie beschwert, und wenn Sie ihm noch EINMAL sagen, daß seine Religion das gleiche ist wie Bettnässen und daß er sich seinen Gott wohinreiben kann, dann fliegen Sie achtkantig.« Er öffnete wieder die Augen: »Ist das klar? Warum haben Sie überhaupt freiwillig Religion genommen?« Merlinger deutete nun doch Zerknirschung an: »Als Kommunist hat man doch schließlich auch seinen Bildungsauftrag. Ich dachte mir: Der Mann ist da vielleicht nur so reingeschliddert, in den katholischen Summs, und ich kann ihn retten.«

Helene drehte sich um, und ihr Rücken zuckte.

Aber Cromwell war der Humor jetzt ganz abhanden gekommen. Was für ein Tag: Erst hatte Anders seinen Lateinkurs gesprengt, indem er eine Vertretungslehrerin vor versammelter Mannschaft zum Heulen gebracht hatte, dann war Betge völlig zugekifft zum Sport erschienen, und van Hagen hatte komplett geschwänzt und war bis jetzt noch nicht wieder aufgetaucht.

Cromwell schrie: »Na dann: Frohes Fest, Herr Merlinger! Ich hoffe, Sie überleben es nicht!« und rauschte zurück in sein leeres Klassenzimmer. Merlinger sah die um eine strenge Miene bemühte Helene an. »Boh, ist der schlecht gelaunt! Aber was kann ich dafür, wenn der Weihnachtsrummel dem Mann so zusetzt?« Helene sagte: »Hauen Sie ab, Merlinger. Wir sehen uns auf der Weihnachtsfeier.« Merlinger ging und murmelte dabei so laut, daß Helene es auch ja mitbekam: »Von wegen Fest der Liebe. Der reine Konsumterror.« Dann kicherte er: »Naja, mir solls recht sein. Hauptsache, ich krieg mein Mountain-Bike.«

Helene ging zu Cromwells Zimmer und klopfte an.

»Heraus!« brüllte es durch die Tür. Helene trat ein.

Cromwell saß an seinem Schreibtisch und hatte den Kopf in die Hände gestützt. Helene setzte sich ihm gegenüber in die vorderste Reihe und sagte erst mal nichts. Dann tobte es aus Cromwell heraus: »Was soll ich machen! Was soll ich mit denen machen! Soll ich denen den Baumann machen! Soll ich sie einstampfen, oder was! Oder alle feuern! Oder den Beruf wechseln!« Helene wartete, bis seine Stimme wieder auf Zimmerlautstärke gesunken war. »Deine Selbstkritik in allen Ehren. Aber jetzt wollen wir's auch mal nicht übertreiben. Ist ja auch kein unkomplizierter Haufen, den du dir da antust.«

»Das kann man laut sagen.«

»Vielleicht solltest du ihnen doch ein bißchen mehr das Alpha-Tier machen. Du mußt dabei ja nicht zum Baumann mutieren.« Und Helene lachte unvermittelt. »Worüber lachen Sie?« fragte Cromwell gereizt.

»Über den … Predischä!«

Cromwell zerstrubbelte sich in falscher Verzweiflung die Haare und mußte nun doch grinsen: »Merlinger ist wirklich mein ganz persönlicher Sargnagel. Ich will nicht wissen, was für ein Vernichtungsprogramm er bei der Weihnachtsfeier fährt. Vielleicht in die Krippe pinkeln.«

Die Weihnachtsfeier verlief jedoch störungsfrei, geradezu harmonisch, niemand pinkelte in die Krippe, und als die Kleinen »O du fröhliche« anstimmten, sang sogar Merlinger mit; besser gesagt: brüllte sogar Merlinger mit, und zwar so schief, daß Konrad murmelte: »O mein Gott. Jemand sollte ihn knebeln.« Aber wie Merlinger später glaubwürdig versicherte, war dies kein kommunistischer Sabotageakt, sondern schlicht Unmusikalität.

Das Krippenspiel war außerordentlich unterhaltsam geraten, zumal Betge als Maria brillierte, und zwar als die wahrscheinlich schmierenkomödiantischste Maria aller Zeiten. Eine grandiose Fehlbesetzung, wie sie Demut und Heiligkeit heuchelnd in Marien-Kutte und Sandalen über die Bühne pflügte und dabei ihre pinklackierten Zehen bis in die letzte Reihe leuchteten. Cromwell lachte Tränen, obwohl er Betge später in der Garderobe zusammenstauchen mußte, denn über dem ganzen Szenario hatte eindeutig ein Duft geschwebt, der mit Myrrhe nichts mehr zu tun hatte.

Als sich alle danach in die Ferien zerstreuten, war Cromwell doch wieder ein bißchen ausgesöhnt mit seinen Terroristen. Die Schule hatte sich noch nicht geleert, als er seine Leute bereits vermißte und einen Gang durch das Gebäude machte.

Die Türen zur Aula waren geöffnet, die Theater-AG beseitigte scheppernd die Überreste des Krippenspiels.

Sein letzter Tag, als sie ihm in der Aula das Zeugnis überreicht hatten, war ihm plötzlich wieder präsent. Brandon hatte ihn aufgerufen, und er war über die Bühne gegangen, froh, stolz und so gelähmt, als hätte er Sekundenkleber an den Schuhen. Applaus, seine Mutter in ihrem roten Kleid, den Tränen nahe, seine Schwester, die lästerliche Grimassen schnitt. Und dann Helene.

Ihr Blick hatte ihn wie ein Stromstoß getroffen, denn plötzlich dachte er, daß sie alles über ihn wußte. Alles. Immer gewußt hatte. Er hatte ihr nie etwas über sich erzählt, und sie hatte sein Stillschweigen akzeptiert. Die anderen Kinder kamen in ihre Sprechstunde, tobten sich aus und ließen sich ermutigen, nur er hatte sich verweigert. Er fürchtete, daß ihm jemand zu nahe kommen könnte. Als würde jemand zu dicht auffahren. Bei ihm einbrechen. Das war es: Er fürchtete, jemand könnte seine Kellertür aufbrechen, und alles würde hochgeschwemmt werden, so wie es eine zu groß gewordene Rattenpopulation aus der Kanalisation drückt. Das würde er nicht überleben. Er nicht und nicht der Rest der Welt. Dieser Blick von Helene, dieser Elektroschock, die Tatsache, daß sie alles wußte, hatte ihn beruhigt. Dieser Tag der Abschlußfeier war der schönste seines Lebens, denn er hatte seine Vergangenheit abgegeben. An Helene. Er konnte in ein neues Haus einziehen. Ein Haus ohne Keller.

Cromwell starrte auf die scheppernden Schüler.

Schade, daß er sich damals geirrt hatte.

Und gut, daß er wenigstens über die vermaledeiten Feiertage schon voll ausgebucht war: Weihnachtsessen bei Brandon und Silvesterparty in Lauras Atelier. Beide Veranstaltungen das Kontrastprogramm schlechthin: Bei Brandon wurde fachmännisch die Gans seziert und in gediegenem Parlando Konversation betrieben, bei Laura ging es zu wie bei Brandons unterm Sofa, es wurde heftig geraucht, gesoffen, gelärmt und getanzt, und gegen fünf Uhr früh tauchten zwei Polizisten auf, die sich sehr höflich erkundigten, ob man die Anlage nicht etwas runterdrehen könne, denn die Muttchen der Nachbarschaft bräuchten auch zu Neujahr ihre Mütze voll Schlaf. Daraufhin mußten einige anwesende Gäste, die spontan eine Beamten-Allergie bekamen, von schwereren Beamtenbeleidigungen abgehalten werden und zogen dann ein paar Blocks weiter auf der Suche nach anderen Parties, die man sprengen könnte. Als Laura und Cromwell auf einen letzten Joint in der Küche landeten, sah es dort so aus, als wären über dem Stadtteil ein paar Gyros-, Salat- und Pilsbomben abgeworfen worden.

»Erst mal ein gutes neues Jahr!« sagte Laura, die in diesem Rummel bisher kaum Gelegenheit gefunden hatte, Cromwell alleine zu sprechen. Sie umarmten sich.

»Gutes neues Jahr. Das Jahr der Jahre.«

»Hast du Schiß?«

»Wovor? Vor einem neuen Jahr? Da muß man durch. So etwa siebzig- bis achtzigmal im Leben.«

»Optimist. Du hast dich doch spätestens mit fünfunddreißig ins Grab geschrubbt.«

»Wer sagt so was?«

»Ich kenne Helene länger als du. Ich kann zwischen die Zeilen hören.«

»Sagt man eigentlich: Zwischen DIE oder zwischen DEN Zeilen hören?«

»Na bitte. Du fängst schon wieder an! Erdferkel!«

»Erdferkel muß ich mir merken. Lange nicht mehr gehört.«

Draußen krochen die ersten Lichtstrahlen heraus. Cromwell deutete angewidert auf den hellen Schleim: »Ich will jetzt nicht heimfahren. Kann ich hierbleiben? Ich will nicht, daß es schon wieder Tag wird! Laura, mach den Tag weg! Tu was!«

»Komm!« befahl Laura. Sie gingen in ihr Zimmer, in dem nur eine halbe Party-Bombe eingeschlagen hatte, Laura ließ die schwarzen Jalousien an der breiten Fensterfront runter, und Cromwell kommentierte die Finsternis mit einem »Ja, das lob ich mir!« Laura holte die restlichen Spirituosen aus der Küche und einen Knabberteller, bestehend aus Flips, Erdbeeren und Sahne, Frikadellen und Popcorn, und sie veranstalteten ein Picknick auf ihrem Bett, im gütigen Schein einer Taschenlampe. Sie tratschten und aßen, und als Lauras Mitbewohner unter Poltern und Gröhlen erneut in die Wohnung einfielen, kramte Laura schnell alle Picknicksachen zusammen. »Wenn die uns finden, dann fressen die uns alles weg! Die stehlen wie die Raben! Los, abtauchen!« Sie zog und zerrte an ihrer großen Tagesdecke, bis sie eine Betthöhle gebaut hatte, und das Picknick ging unter der Decke weiter; sie kicherten, und Cromwell fühlte sich in dieser Höhle so wohl wie lange nicht mehr; das Leben konnte so schön sein. Mit Laura unter einer Decke zu stecken, sie waren Hänsel und Gretel, die Hexe war tot, und sie schlugen sich im Schein der Taschenlampe den Ranzen mit allen Süßigkeiten der Welt voll. Laura sagte sehr bestimmt: »Und jetzt müssen wir uns nur noch beide nackig machen, dann hat das alles seinen Schick.«

»Ich kann mich nicht erinnern, daß sich in Hänsel und Gretel irgend jemand nackig macht.«

»Doch. Alle. Ständig«, behauptete Laura. Erst die Eltern, dann Hänsel, dann Gretel, dann die Hexe, und kaum hätten sich die letzten wieder angezogen, ginge schon wieder alles von vorne los; die ganze Geschichte sei eine einzige große Nackig-Macherei, und deswegen sei das Buch ja so lange verboten bzw. vergriffen gewesen. Und Laura begann sich auszuziehen, was unter den beengten Höhlenverhältnissen gar nicht so einfach war.

»Ich will nicht wissen, was dir Brandon da in Wirklichkeit vorgelesen hat. Hatte das Buch vielleicht einen auffälligen Schutzumschlag?«

Sie lagen nackt aneinander, und Cromwell fand, daß Laura vielleicht doch keine Gretel war, eher ein Lebkuchen, so weich und rund. Er rollte sich zusammen und legte seinen Kopf auf ihren Bauch, woraufhin sie sofort aufs Klo mußte.

Als sie zurückkam, zeichnete sie den nackten Cromwell, zusammengerollt in der Höhle, dann legte sie sich wieder neben ihn und erzählte ihm die ganze bittere Wahrheit über Märchen: über die alte Schlampe Schneewittchen und ihre sieben Fruchtzwerge, und daß Aschenputtel im hohen Alter an Tollwut erkrankte, und wenn der Prinz abends von der Arbeit nach Hause kam, rief er, bevor er sich überhaupt ins Schloß traute, erst mal angsterfüllt: »Schatz, hast du heute schon deine Tollwut-Tabletten genommen?«

Cromwell lag mit geschlossenen Augen da und brummte und kicherte hin und wieder zur Bestätigung, daß er noch zuhörte, und dann brummte er nicht mehr.

Laura betrachtete ihn, er lag still und atmete ruhig, und sie löschte die Taschenlampe. Sie flüsterte in die Höhlendunkelheit: »Schlaf schön, mein nackiger Hänsel.« Nach einigen Minuten antwortete Cromwell mit wacher Stimme: »Ach was. Ich schlafe nie.«

Der erste Frühling

Nach den Weihnachtsferien machte Cromwell seinen Terroristen tatsächlich das autoritäre Alphatier und zwang sie zu mehr Disziplin; allmählich spielte sich eine Art von Routine ein, die zwar immer noch nicht an den Baumannschen Drill heranreichte, aber immerhin einen einigermaßen geordneten Unterricht bedeutete. Bei den kleinsten Schwächen griff Cromwell sich den jeweiligen Schüler, wusch ihm den Kopf und zwang ihn zu Überstunden.

Merlinger etwa versagte komplett in den Naturwissenschaften und saß so manchen Abend fluchend in Cromwells Klassenzimmer über seinen Büchern, während dieser vorne an seinem Tisch Aufsätze korrigierte oder die Füße hochlegte und ein Computerspiel anwarf und nur hin und wieder mal zu dem Fluchenden sagte: »Das habe ich eben gehört, Herr Merlinger.«

»Wozu soll ich eigentlich die Kacke können? S i e zum Beispiel leben immer noch und haben auch keinen Schimmer von Naturwissenschaften!«

»Aber nicht doch, Herr Merlinger. Ich kenne zum Beispiel das Erste physikalische Gesetz: ›Einfaltspinsel ist gleich Ausfaltspinsel!‹«

Betge mußte durch Latein geprügelt werden, Plessner durch Mathe und van Hagen eigentlich durch alles.

Cromwell war inzwischen auch der Überzeugung, daß es ein Fehler gewesen war, sie aufzunehmen. Sicher, alle hatten ihre kleinen asozialen Macken, aber man konnte auch nichts anderes erwarten, wenn man lauter Einzelkämpfer zusammensperrte. Was van Hagen jedoch an sozialem Verhalten an den Tag legte, grenzte schon an ein »klinisches Vollbild« (Helene) bzw. eine »Vollklatsche« (Baumann). Dabei fügte sie sich sogar reibungsloser als viele andere in die Tagesabläufe ein, die äußeren Strukturen waren nicht ihr Problem, aber sie sprach so gut wie nie und schon gar nicht freiwillig, sie sah durch die anderen hindurch, und das Gespenstischste war: Sie lachte nie. Wenn sie einmal in der Woche lächelte, war das ein guter Schnitt.

Die anderen wunderten sich erst über dieses starre und bis zur Schlampigkeit unordentlich gekleidete Wesen; in den Pflichstunden am Vormittag wurde Mick oft verspottet und attackiert. Sie leistete keine Gegenwehr. Sie bewegte sich nur weiter mit dem Rücken zur Wand. Sie schaltete sich selbst ab. Cromwell hätte sie eigentlich aufgeben müssen. Aber das wollte er Baumann nicht gönnen.

Cromwell hatte beschlossen:

Van Hagen würde sein pädagogisches Chef d'Oeuvre.

Er beobachtete sie, wie sie so gekrümmt an ihrem Tisch saß und schrieb, dann sah sie ihn plötzlich an, so unverwandt, daß er nervös wurde. Bis er merkte, daß sie gar nicht i h m in die Augen sah, sondern werweißwohin, und seine einzige Möglichkeit dahinterzukommen, hinter ihre Augen, das waren ihre Aufsätze.

Er ging damit zu Helene ins Sprechzimmer, und sie stritten darüber, wo die Grenze zwischen Kunst, Kitsch und Krankheit lag.

Helene hatte ihre Schwierigkeiten mit diesen Aufsätzen. Mal Wortflut, mal geborstene Fragmente, beschrieben aus wirren Perspektiven, oft sinn- und zusammenhanglos – leider mußte sie Baumann recht geben mit seiner Einschätzung »Wortkotze«. Cromwell wollte nicht zustimmen. Für ihn befand sich van Hagen nur in einem Paralleluniversum, einem Land, dessen Sprache weder er noch Helene beherrschten, und es galt, Mick zu repatriieren.

»Dafür gibt es spezielle Einrichtungen«, beschied Helene, »das kann nicht unsere Aufgabe sein. Und ist dir mal aufgefallen, daß in ihren Aufsätzen niemals Menschen auftauchen? Das finde ich besonders gruselig. Aber ansonsten: Für so einen verschrobenen Rotz gibt es nur zwei Entschuldigungen – entweder man hat gar keinen Geschmack oder eine gewaltige Meise. Und genau darauf tippe ich bei van Hagen.«

»Krankheit ist kein zulässiges Argument. Das hat noch jeder benutzt. Dada war krank, Expressionismus war krank, sogar Mozart war krank! Krank und Rotz!«

»Du willst mir doch nicht weismachen, daß du dir solche Vergleiche abnimmst. Du willst dir doch bloß nicht eingestehen, daß du dich geirrt hast. Sie braucht nicht Lehrer wie uns, sondern Behandlung.«

»Sie meinten: Sonderbehandlung!«

Helene wurde wütend: »So nicht, Freundchen! Darauf habe ausgerechnet i c h gewartet, daß so ein Grünschnabel wie d u mir mit Faschismus kommt! Ich glaube, darüber unterhalten wir uns besser, wenn du ein bißchen älter bist! So 100 Jahre! Oder besser noch 1000 Jahre!« Sie riß die Tür auf, und er machte einen ebenso erschrockenen wie geprügelten Abgang.

Aber sie vertrugen sich rasch wieder. Als Helene das Häuflein Cromwell sah, alleine, seine Schüler weg, in anderen Stunden, und er so überdeutlich unglücklich an seinem Schreibtisch, kam sie in sein Klassenzimmer.

»Habe ich dir übrigens erzählt«, begann sie ihre Friedenspfeife anzuschmauchen, »daß der Mensch per se und in toto eine ziemliche Null in der Schöpfung ist und alles falsch macht, was er nur falsch machen kann? Ich zum Beispiel ärgere mich darüber, wie ich vorhin zu dir war.«

»Und ich könnte mir in den Arsch beißen.«

»Na, da sind wir ja schon zwei.«

Cromwell schaute auf: »Mit anderen Worten: Sie könnten mir auch in den Arsch beißen?«

»Wir könnten uns reziprok in den Arsch beißen. Das allerdings wäre dann nur einer pro Person.«

»Jetzt werden Sie bitte nicht auch noch rabulistisch.«

»Oder wir könnten das Wort ›Rotz‹ neu definieren.«

Und er antwortete nach längerem Überlegen: »Rotz ist alles Vergängliche. Rotz ist jedes Gleichnis. Und alles Unzulängliche. Und jedes Ereignis.« Helene bedachte Cromwell mit einem liebevollen Lächeln, das er noch nie vorher an ihr gesehen hatte. Ein merkwürdiger Moment.

In den allerdings Betge reinschlidderte und schrie: »Ich brauch eine Knarre! Die Sau mach ich fertig!«

Sie hatte gerade zwei Punkte in Latein kassiert.

Trotz einiger Rückfälle entwickelte sich Cromwells Gruppe allmählich in Richtung Zivilisation. Merlinger und Jäschke traten immer zusammen auf und bildeten quasi ein Zwillingspaar – allerdings eins, das sich ununterbrochen stritt; der eine konnte nicht den Mund aufmachen, ohne vom anderen gerügt, bekämpft und widerlegt zu werden; der dritte im Bunde und das fünfte Rad am Wagen war der dicke

Plessner. Ein bizarres Trio: Die beiden falschen Brüder plus die immer freundliche schüchterne Kugel, und alle drei ständig in Debatten verstrickt, wobei Plessner mehr den Zuhörer gab, aber offenbar überglücklich war, von diesen beiden naßforschen Spitzzungen nicht nur geduldet, sondern sogar akzeptiert zu werden.

Betge hatte im Gegenzug als kämpferische Frauenfraktion Wagner und van Hagen zwangsadoptiert. Nur die Höchstbegabung des Kurses, Anders, lief außer Konkurrenz.

Anders war der gescheiteste und belesenste der Gruppe, ein scharf denkender Analytiker, und er hielt sich, den Rest der Welt abschätzig belächelnd, immer etwas abseits. Was ihn nicht daran hinderte, ganz plötzlich derb auszuteilen. Wo die anderen frotzelten, stach Anders zu. Unerwartet und mit einer grundlosen und verblüffenden Gemeinheit.

Cromwell hatte ständig den Eindruck, daß Anders auf etwas wartete. Und er spürte auch, daß Anders ihn mit seinem lauernden Lächeln beobachtete. »Wie ein Heckenschütze«, dachte Cromwell. Was hatte er vor, daß er ihn so mit seinem Schakalblick verfolgte? Und nachdem Anders wiederholt und mit bösartiger Präzision seinen Mitschülern dermaßen in die psychischen Weichteile getreten hatte, daß sogar Merlinger kurzfristig die Spucke wegblieb, war klar: Anders wartete darauf, daß Cromwell Schwächen zeigte und sich irgendeine Blöße gab! Anders hatte i h n im Fadenkreuz! Aber warum? Woher diese nahezu teilnahmslose Mordlust?

»Ich habe einen Feind in meiner Gruppe!« konstatierte Cromwell verblüfft.

»Du hast eine Meise unterm Pony«, antwortete Helene beschäftigt.

Cromwell konnte sich diese Jagdlust nicht erklären.

Anders bevorzugte bei seinen Safaris den schüchternen dicken Plessner und die völlig wehrlose van Hagen. Aber er wagte sich auch an das Großwild.

Sogar die ansonsten recht selbstbewußte Wagner brachte er so weit, daß sie eine halbe Stunde lang auf dem Klo heulte.

Eigentlich trug Wagner ihre tatsächlich in Richtung Pinocchio tendierende Nase mit trotzigem, nicht leicht zu verletzendem Stolz durchs Leben. Aber nach zwei Blattschüssen von Anders ging auch sie in die Knie.

Es begann beim Frühstück. Bei einem Zweikampf Wagner-Betge um das letzte Mohnbrötchen unterlag Wagner. Woraufhin Anders anmerkte: »Ich hätte nicht gedacht, daß es technisch überhaupt möglich sein könnte, dir was vor der Nase wegzuschnappen.« Da mußte Wagner schon schwer schlucken, aber sie verzichtete auf eine Replik. Eine Stunde später traf sie im Biologieunterricht wieder auf Anders; die anderen saßen bereits auf ihren Plätzen, Wagner stand noch an der Tür, da rief Anders:

»Was ist das da! Nehmen wir heute den Specht durch?«

Die Klasse lachte, Wagner machte auf dem Absatz kehrt, und ihre Selbstbeherrschung reichte noch bis zum Mädchenklo, wo sie von Betge aufgegriffen und getröstet wurde.

Betge war im Trösten besser als im Unterricht. Sie war zu sprunghaft, hippelig, hyperaktiv. Sie stürzte sich in jedes Projekt, als wäre es ihr letztes, riß sofort den Chefredakteursposten der Schülerzeitung an sich, sie redete schnell und viel, und sehr gewöhnungsbedürftig für alle war ihr überbordendes Verlangen nach

Körpernähe. Für ihre Klammeraffigkeit hatte sie ein paar bevorzugte Opfer und, falls diese gerade nicht abkömmlich waren, diverse Notopfer. Wagner war Opfer No. 1; das war für Betge sehr praktisch, weil sie nicht nur in der Gruppe nebeneinander saßen, sondern auch das Zimmer teilten. Manchmal kroch Betge in ihrer nie versiegenden Schnatter- und Kicherlaune sogar zu Wagner ins Bett, was diese je nach eigener Schnatter- und Kicherlaune großzügig duldete, oder aber sie trat Betge wortlos von der Bettkante. Sogar Cromwell wurde ein Betge-Opfer, und er mußte erst mal lernen, nicht vor Schreck tot umzufallen, wenn sich während einer Busfahrt von hinten plötzlich zwei Krakenarme um seinen Hals schlangen oder Betge ihm, während er ihr etwas erklärte, den Octopus machte.

Helene, die mehr ein Sabbelopfer Betges war – denn Betge nutzte ausgiebigst ihre Sprechzeiten und lief dort regelrecht aus und über –, erklärte Cromwell: »Wenn du wüßtest, wie es bei Betges zu Hause zugegangen ist, würdest du es verstehen. ›Zuhause‹ ist das falsche Wort: Mausoleum trifft's eher. Laß sie erst mal fluten, die wird auch noch in ihrem begradigten Flußlauf landen.«

»Aber sie könnte doch wenigstens bei mir eine Ausnahme machen.«

»Aber sie hat dich nun mal zu einem Favoriten erklärt. Und außerdem: Macht eine Sturmflut einen Bogen um Denkmalschutz? Na eben!«

Cromwell legte Wert darauf, daß seine Gruppe nicht nur ihren Pflichtstoff durchzog. Er führte sie in Konzerte und Museen, in den Schlachthof, zu Gedenkstätten, Ausflugslokalen, in die Langeweile oder das Spektakel und ließ sie dann darüber schreiben. Wie unterschiedlich dieselbe Situation, der gleiche Anblick, die identische Atmosphäre auf jeden einzelnen wirkte, faszinierte ihn.

Sie waren auf den Wochenmarkt gegangen, als dieser gerade abgebaut wurde. Wer hatte was gesehen, was gedacht, wer hatte was nicht gesehen und nicht gedacht.

Cromwell hatte sich abseits auf eine Bank gesetzt und sie beobachtet, wie sie da über den Marktplatz stromerten. »Als hätte ich sie losgeschickt, um Alteisen zu sammeln«, dachte er. Vielleicht würde er ihnen ja die wahre Sicht auf die Dinge, nämlich ihre eigene Sicht nehmen oder beschädigen, wenn sie wußten, daß nach so einem Exkurs ein Aufsatz darüber drohte.

Die Bedenken schienen unbegründet, denn wenn er die Resultate las, war er jedesmal aufs neue begeistert. Diese Gleichzeitigkeit von zahllosen Welten in einem kurzen Moment; ein Baum war nicht nur der Baum, den Cromwell sieht, er war auch Merlingers Baum, Jäschkes Spott oder van Hagens Furcht.

Obwohl bei van Hagen eigentlich alles Furcht war. Sie konnte nur unter Aufbietung aller Kräfte an öffentliche Plätze transportiert werden, und dort hielt sie sich dann ständig in Cromwells Nähe, was ihr von Anders den Beinamen »Zecke« eintrug.

Cromwell nahm die Aufsätze immer mit in seine Wohnung und las sie abends, auf dem Sofa liegend. »Ich mache mir heute einen Fernsehabend«, nannte er das Benrath gegenüber. So etwa war es ja auch; er zappte sich durch eine Welt, die ihm erzählte, was er selbst schon gesehen hatte, aber sie erzählte es ihm so neu, als wäre er bisher blind gewesen oder hätte nicht genug Augen im Kopf oder als sei er unempfänglich für bestimmte Töne. Van Hagens Welt war voller ungeahnter Töne, daß ihm manchmal fast schwindelig wurde. Während Merlinger selbst einem Ausflugsdampfer politische Aspekte abringen konnte, gepaart mit präzisem Hohn, während Betge über das gleiche Sujet ebenso schwärmerisch wie komisch schrieb und Anders in hartem Staccato lästerte, war van Hagens Welt ein Taumeln.

Immerhin wurden ihre Aufsätze mit der Zeit etwas klarer. Und allmählich kamen sogar Menschen darin vor. Wenn sie über den Wochenmarkt schrieb, über den fetten Mann im Grasstreifen davor, über die Krähe im Hintergrund, die an einem speckigen Papierfetzen herumpickte, wenn sie sich ihre Welt heranzoomte, ganz nah, dann wurde dieses eine Bild, dieser kleine Ausschnitt zur präzisen Totalen.

Sie hatte natürlich auch immer wieder einen Rückfall in alte Finsternis. Im Konzertsaal hatte sie es keine fünf Minuten ausgehalten, aber sie schrieb über die Musik mit so einer dramatischen Inbrunst, daß Cromwell an ihrem Verstand zweifelte. »Sie ist wahnsinnig. Sie muß wahnsinnig sein. Das ist nicht mehr in der Welt.« Dann bemerkte er, daß er einen Mick-Ausdruck gebraucht hatte: in der Welt. Mick war nicht in der Welt und weigerte sich auch standhaft, dort mal vorbeizuschauen. In der Welt zu sein, hieß nichts anderes als bedrohliche Realität und Beschäftigung mit undurchschaubaren Dingen.

Aber auch Helene mußte zugeben, daß sich in Sachen van Hagen etwas bewegte, daß – wenn auch schwerfällig – ein Prozeß in Gang kam.

Der von Baumann mit hämischen Bemerkungen kommentiert wurde.

Helene beobachtete Baumann. Er wußte genau, wie er wirkte, wenn er in lässig sitzendem grauen Anzug über den Flur schlenderte, wenn er seinem Adlerblick einen müden Zug verlieh, um Gefühle anzutäuschen. Meine Güte, wie er sich spreizte, wie er sich an sich selbst berauschte und wie seine Schüler immer wieder auf ihn hereinfielen!

Und er konnte es einfach nicht lassen, Cromwell zu provozieren.

»Herr Doktor Jordan!« grüßte er Cromwell, der mit einigen Schülern in der Halle stand, und er grüßte ihn, als sei Cromwell sein Vorgesetzter, vor dem er in Ehrfurcht zerflösse, und seine Süffisanz stank zum Himmel. Cromwell ignorierte das, sagte nur »Hi, Baumann!«, gab seiner Klasse ein Zeichen ihm zu folgen, und nuschelte im Tonfall eines gelangweilten Fremdenführers: »Nachdem wir nun alle Abscheulichkeiten gesehen haben, können wir uns endlich dem Objekt unser aller Begierde, dem Sprachlabor, nähern. Folgen Sie mir bitte ins oberste Stockwerk.« Merlinger stieß Jäschke in die Rippen: »Mannomann, da haben sich zwei aber sehr, sehr lieb.« Jäschke tat so, als sei er von Merlingers Rippenstoß angeekelt: »Deswegen müssen Sie ja nicht sofort über mich herfallen, Herr Merlinger!«

Baumann lächelte Cromwell nach. Siegessicher. Er würde ihn schon noch zermürben. Er würde ihn aus der Reserve locken, er würde ihn nackt sehen.

Es war ja nicht so, daß Baumann Jordan persönlich gehaßt hätte. Er war bloß neugierig, wie es sich wohl anfühlen würde, wenn er einen so angespannt wirkenden, undurchsichtigen Menschen wie Jordan bis an seine Sollbruchstelle trieb. Baumann liebte es, es zu weit zu treiben und dann sachlich zu registrieren, was geschah.

Das war sein Hobby, seine persönliche Extremsportart, und das seit seinen jungen Jahren:

Er hatte damals gerade den Führerschein gemacht, sein Vater hatte ihm das Auto geliehen, und nun kariolte er mit ein paar Freunden über Land, die Freunde johlten, wenn er riskant überholte, und kreischten, wenn er zu schnell in die Kurven ging, und Baumann stellte nur fest, daß er weder Stolz noch Unsicherheit verspürte, etwas, das doch eigentlich jeder Neuling bei seiner ersten Ausfahrt empfinden mußte. Er empfand nichts.

Da war einfach nichts.

Außer einem liegengebliebenen Wagen am Wegesrand. Ein greises Pärchen stand verzweifelt daneben, und das alte Männlein ruderte wild mit den Armen. Baumann hielt an. »Kann ich Ihnen helfen?« fragte er freundlich, und die beiden Alten heulten fast vor Erleichterung und gestanden, daß ihnen der Sprit ausgegangen sei. Baumann sprang aus dem Auto und ging zum Kofferraum. »Kein Problem. Ich geb Ihnen was aus meinem Reservekanister.« Die Alten waren bereit, vor ihm auf die Knie zu fallen, als er eine Kanisterfüllung in ihren Tank entleerte. Sie dankten bebend und boten ihm Geld an, aber Baumann warf den leeren Kanister zurück in den Kofferraum, setzte sich wieder ans Steuer und sagte: »Das ist doch selbstverständlich, daß man sich gegenseitig hilft!« Die Alten priesen die Jugend von heute, und Baumann fuhr weiter. Seine Kumpels staunten nicht schlecht. »Sag mal, so kennt man dich ja gar nicht!« »Du und hilfsbereit!« Baumann fuhr auf den nächsten Ortseingang zu: »Nur schade, daß es ihnen innerhalb der nächsten Minuten alles zusammenballert.«

»Wieso?«

»Das war der Sprit für unseren Rasenmäher. Mischung für Zweitakter.«

Und Baumann registrierte nun doch eine Empfindung: nämlich daß er der einzige im Auto war, den er nicht anwiderte. Und daß ihn auch das nicht kratzte.

Und Cromwell, das zarte Lieblingspflänzchen der alten Kaufmann, bedeutete eine hübsche Herausforderung für einen Mann, der ohne größere Aufgeregtheit, aber mit Präzision gerne mal eine Schneise der Verwüstung ins Leben anderer schlug.

Außerdem ärgerte sich Baumann darüber, daß er das Verhältnis zwischen Laura und Cromwell nicht durchschaute. War das nun eine anständige Affäre oder ein Kindergartenbratkartoffelverhältnis? Mal ließ sie sich eine Ewigkeit nicht blicken, und dann wieder lungerte sie ein paar Tage am Stück in Cromwells Nähe herum.

Brandon sah es mit Freude, denn die meisten von Lauras Freunden konnte er nicht ausstehen. Laura geriet immer ins Schwitzen, wenn sie ihm mal wieder einen neuen Freund vorstellte, dem er höflich ins Gesicht schalmeite: »Sie scheinen mir ja ein außerordentlich interessanter junger Mann zu sein!« Was im O-Ton nichts anderes bedeutete als: »Was für eine verblödete Runkelrübe hast du dir da jetzt wieder an Land gezogen!« Für Brandon wäre Cromwell eine gute Wahl gewesen, und außerdem spekulierte er mit der Zeit immer verschärfter auf Enkelkinder, was er aber nur in schwachen Stunden und nur Helene gegenüber zugab.

Für Helene war diese Freundschaft ebenso suspekt wie für Baumann. Irgend etwas klemmte da. Auf einem kleinen Spaziergang knöpfte sie sich Laura vor und befragte sie hochnotpeinlich. Laura war seit Silvester klar, daß sie tatsächlich eine Art Hänsel-Gretel-Beziehung hatten. Man hatte sich sehr gern, viel Spaß miteinander und erzählte sich frei von der Leber weg, was so anlag, aber der letzte Kick fehlte. Den nackten

Cromwell in der Höhle hatte er gerahmt und in seiner Wohnung aufgehängt, ein Symbol für die unschuldige Innigkeit ihrer Beziehung.

Und so blieben Lauras Besuche konstant unregelmäßig, was Brandon hochgradig mißfiel: »Was treiben die Kinders da bloß!« maulte er.

»Ich denke mal: eher nichts«, sagte Helene.

Die spannende Eingewöhnungszeit war vorbei. Merlinger ächzte sich durch die Naturwissenschaften und ärgerte Diehl, indem er die Stunden durch Grundsatzdiskussionen torpedierte, an denen die anderen begeistert teilnahmen. »Dr. Diehl, Sir!« meldete er sich, und Diehl schaute gequält gen Himmel, weil er genau wußte, was nun wieder kam. Ihn ärgerte außerdem Merlingers ironisches Untergebenheitsgebaren, sein nachgeschobenes »Sir«, mit dem er Folgsamkeit antäuschte, um sofort zur Attacke überzugehen. Er brüllte dieses »Sir« immer so laut und zackig raus, als wären sie bei den Marines. Die ganze Schule hatte er schon mit dieser Marotte verseucht; manchmal sprach man sich sogar im Lehrerzimmer so an.

»Dr. Diehl, Sir, wem zum Teufel ist damit gedient, wenn ICH weiß, aus welchen Teilchen sich was zusammensetzt? ICH komme von der anderen Seite des Planeten, und da interessieren Teilchen nur dann, wenn sie mit Pudding oder Marmelade gefüllt sind.« Diehl stöhnte erneut. Merlinger war eine Pest. Sicher, eine liebenswürdige Pest. Aber eine Pest. »Herr Merlinger, Sir. Es könnte durchaus sein, daß Sie in Ihrer späteren Laufbahn dieses Wissen nicht zum Einsatz bringen werden, aber es könnte auch so einem Großmaul wie Ihnen nicht schaden zu wissen, was die Welt im Innersten zusammenhält, wenn Sie verstehen, was ich meine.« Betge schaltete sich ein und deklamierte pathetisch: »Aber könnte ich das Periodensystem auswendig rauf- und runterleiern und hätte der Liebe nicht, so wäre ich ein tönendes Erz und eine klingende Schelle.«

Diehl grinste maliziös. »Erz! Danke für dieses großartige Stichwort! Damit Sie Ihre Sprüche später einmal solide untermauern können, wollen wir uns doch gleich mal mit dem Unterschied zwischen basischem und saurem Erz beschäftigen!«

Cromwell freute sich auf den ersten Elternsprechtag. Er saß am Vorabend in seinem Klassenzimmer, hatte die Füße auf den Schreibtisch gelegt und ging noch mal die Mappen seiner Lieben durch. Benrath schaute vorbei. »Was zum Teufel machst du da?«

»Vorbereitung.«

Benrath lächelte mitleidig. »Du kennst sie inzwischen doch besser als ihre Eltern. Wozu also das Ganze?«

»Ich schließe mit mir selbst Wetten ab.« Jordan nahm die Füße vom Tisch, zog seinen Stuhl näher ran und wedelte aufgekratzt mit einer der Mappen in Richtung Benrath: »Wie, glaubst du, sind Betges Eltern? Wie sieht die Mutter von Plessner aus? Komm schon, beweis mir deine Menschenkenntnis! Ich wette, ich kann dir mit, na, sagen wir 80% Treffern vorhersagen, was hier morgen zur Tür hereinkommt! Hochrechnung vom Kind auf die Eltern! Einmal Mendel und zurück!« Benrath fand Gefallen an dem Spiel: »Und ich wette, daß ich es auf 90% Treffer bringe!«

»Okay, die Wette gilt!«

Sie hockten sich vor Cromwells Computer und entwarfen einen Blanko-Wettschein. Oben: Name des Schülers. Dann die Elternrubriken, in denen beide ihre Einschätzung der Kandidaten eintragen sollten, Aussehen und Auftreten; schließlich beantragte Cromwell die Aufnahme solcher Feinheiten wie »Farbe der Zähne« und »Hautunreinheiten«, und Benrath bestand auf ein paar Multiple-choice-Rubriken wie »Mundgeruch ja/nein« und »Fußpilztyp ja/nein«.

Benrath fühlte sich, als hätte man sie in die Pubertät zurückgeworfen. »Wenn das hier jemandem in die Hände fällt, sind wir geliefert!« kicherte sie begeistert, während Jordan den Wettschein in 20facher Ausführung aus dem Drucker ließ. »Wenn die ausgewertet sind, müssen wir sie sofort aufessen!« fuhr sie fort und bekam einen Kicherkrampf, als ihr Blick auf die Rubrik »Vermutlich bevorzugte sexuelle Praktiken« fiel.

»Ich will wissen, wie die das beantworten:

›Schatz, wie heißt das, was wir da morgens immer machen?‹ – ›Meinst du jetzt: Frühstück?‹«

Sie lachten und japsten, Cromwell hing über seinem Drucker, Benrath hatte sich in seinen Bürostuhl fallen lassen, ihn nach hinten gekippt, lag in gackernder Halbschräge und hielt sich an ihrem Zwerchfell fest. Da erst bemerkten sie Anders, der in der Tür stand und ihnen stumm bei ihrem Delirium zusah. Sofort rafften sie die Blätter zusammen. »Verpasse ich was?« fragte Anders mit therapeutischer Freundlichkeit. »Was haben Sie denn da Schönes?« Cromwell schob seine Wettzettel unter ein Buch.

»Das sind bloß Flugblätter. Mit anderen Worten: Nix für die Öffentlichkeit.« Und er drehte sich zum Fenster und schnitt Grimassen nach draußen. Benrath preßte sich ihre Blätter vors Gesicht, und unter dem Papierwust kam es stockend hervor: »Genau. Flugblätter. Gegen den Im…« Sie konnte nicht weitersprechen, riß sich dann aber zusammen und brachte gerade noch und sehr schnell heraus: »Gegen den Im – perialismus!«

Anders ahnte, daß ihre Albernheit etwas mit dem Sprechtag zu tun haben mußte.

Die Vorstellung, daß seine Eltern mit Dr. Jordan über ihn sprechen würden und er ihnen nicht ins Wort fallen oder das Gespräch lenken konnte, machte ihn nervös und fuchsig.

Bei der Auswertung ihrer Fragebögen stellten sie fest, daß sie sich beide ziemlich oft geirrt hatten. Wagners Eltern etwa hatte sich Cromwell irgendwie langweilig vorgestellt, aber vor ihm saß ein munteres handfestes Pärchen, das viel lachte und stolz und liebevoll von der Tochter sprach. Kein Wunder, daß Wagner ihren Zinken relativ unbeschadet trug und ertrug, der ganz klar aus der väterlichen Linie stammte.

Merlinger hatte ihn bereits vorgewarnt, so daß Cromwell kaum überrascht war, eine vor Katholizismus nahezu spitznasige Madame vor sich zu haben, die immer wieder wie ein Täubchen den Kopf zur Seite neigte und mit weinerlichem Gurren die Unarten ihres Sohnes bejammerte.

»Da m u ß man ja zum Kommunismus übertreten«, dachte Cromwell.

Betges Eltern erschienen gar nicht, aber zu seinem großen Erstaunen kam van Hagens Heimleiterin. Er hatte ihr eigentlich nur aus einer Laune heraus eine Einladung schicken lassen. Und er hatte nach einigen Andeutungen von Mick fest mit einer Art uniformierten Dragoner gerechnet. Aber die ältere Dame, die da in sein Klassenzimmer kam, nahm ihm den Wind aus den Segeln. Eine große Frau mit dem sicheren Auftreten einer Person, die sich durchzusetzen wußte, die man nicht so leicht hinters Licht führen konnte, aber trotzdem mütterliche Wärme ausstrahlte. Eine Art Helene. Als sie sich nach der Begrüßung gesetzt hatten, wußte er nicht, was er sagen sollte. Sie eröffnete das Gespräch: »Macht sie Ihnen sehr viele Probleme? Werden Sie sie behalten?«

»Ich gebe zu, daß ich mit van Hagen meine Schwierigkeiten habe. Aber bisher konnten wir noch für alles eine Lösung finden.«

»Lösungen für Kinder wie Mick zu finden, gehört doch eigentlich nicht zu Ihrer Arbeit. Ich freue mich, daß Sie sie trotzdem genommen haben. Es war ziemlich schwer, sie überhaupt zur Bewerbung zu überreden.« Cromwell war irritiert, daß van Hagen ihm von dieser ruhigen, besorgten Frau ein derart falsches, böses Bild vermittelt hatte. »Mick hat es nicht so mit der Wahrheit. Aber das werden Sie ja sicher schon gemerkt haben.« Er sah sie verunsichert an, und sie versuchte sofort, ihre Aussage zu entschärfen: »Ich wollte damit nicht sagen, daß sie absichtlich lügt. Aber sie bastelt sich manchmal die Welt zurecht.«

»Stimmt es denn, daß ihre Eltern tot sind?«

»Nicht, daß ich wüßte. Ihnen wurde das Sorgerecht entzogen.«

»Warum?«

»Vernachlässigung. Die Wohnung sah vielleicht aus. Und Mick erst. Völlig verdreckt und abgemagert.« Cromwell stöhnte. »Na fein. Was das Essen angeht, zeigt sie aber nicht gerade Nachholbedarf.«

»Für Mick hat Essen nichts mit Genuß zu tun. Essen oder nicht essen – das ist ein lästiges Thema.«

Plessners Vater war ein Typ von großem Unterhaltungswert, fix im Kopf und außerdem eine Augenweide. Ein wunderbar verlebtes Gesicht, kluge Augen und ein Grinsen, das seinesgleichen suchte; rotzfrech und friedfertig in einem, der trunkenboldig hagere Körper steckte in schlabberiger Cordhose, Rollkragenpulli und Strickjacke. So lässig und selbstbewußt, wie er auftrat, hatte er nicht die geringste Ähnlichkeit mit seinem Sohn. Während Cromwell sprach, drehte sich Herr Plessner eine Zigarette nach der anderen, und als Cromwell abschließend dem Junior in toto ein Lob aussprach, strich sich der Senior die strähnigen Haare hinter die Ohren und sagte in einem Ton, als hätte sich Cromwell bei ihm gerade für die Zeugung dieses Jungen bedankt: »Da nich für!« Und mit liebevollem Zynismus: »Jaja, mein Sohn ist schon ein selten sensibler Hund. Von wem er das bloß hat.« Er stieß einen kurzen Lacher aus, wobei der Atem rasselnd über die gut geteerten Atemwege fuhr, dann hustete es nach.

Die Abwesenheit seiner Frau entschuldigte er. Nicht, daß sie kein Interesse gehabt hätte, aber ihre Schwippschwägerin sei gestorben. Und Cromwell wisse ja, wie Frauen gestrickt seien: »Da zählt so eine Beerdigung mehr als ein Sprechtag.« Das alles trug er mit so einer sarkastischen Sanftmut und Herzensgüte vor, daß Cromwell in Gedanken den Junior zu seinem Senior beglückwünschte.

Die Eltern von Anders waren eine Katastrophe. Erwartet hatte Cromwell ein paar Überflieger, intellektuelle Pestbeulen, ganz der Sohn, und da saß ihm ein blutleeres Pärchen gegenüber, beide weiß wie Papier, und wenn sie sich bewegten, glaubte Cromwell auf einer Behörde alte Formulare rascheln zu hören. Wahrscheinlich waren sie bereits klinisch tot. Herr Anders wagte einen Herrenwitz, schlüpfrig, anbiedernd, als wolle er um Kameradschaft buhlen. Frau Anders hatte den depressiven Blick und einen Mund, der so verkniffen war wie eine geizige Geldbörse. Beide wirkten, als hätten sie im Grunde ihres Herzens gar kein Interesse an den Begabungen ihres Sohnes, der während des Gesprächs mit grimmig-beleidigtem Gesicht vor der Tür auf und ab ging. Cromwell bekam fast so etwas wie Mitleid mit dem Jungen; der arbeitete so ausdauernd an seinem Image der überheblichen Stärke, der gönnte sich keinerlei Schwäche, hatte aber eine ganz große, nämlich diese Erzeuger.

Ganz zuletzt hieb es Cromwell dann vollends vom Stuhl, als er die Mutter von Jäschke kennenlernte. Sie war genau das Gegenteil dessen, was er in seinem Wettschein angekreuzt hatte. Ein aufgedonnerter Lautsprecher, überschminkt und overdressed, eine Schnepfe sondergleichen. Und Cromwell dämmerte, warum Jäschke so bedingungslos distanziert war: Nackte Angst vor einer etwaigen Ähnlichkeit.

Sie setzte sich, legte ihre goldene Handtasche ab und begann über ihren Sohn zu sülzen; sie mache sich solche Sorgen, denn er sei doch so ›sensitiv‹, und das läge in der Familie, jedenfalls in der mütterlichen Linie, die ganz besonders ›sensitiv‹, sei. Dabei hängte sie sich so sensitiv über den Tisch, daß sie Cromwell ihre Blusenfüllung präsentierte. Und das war weiß Gott nicht wenig.

Jäschke bewies im Umgang mit seiner Verwandtschaftskatastrophe mehr Souveränität als Anders; seine geduldige Nachsicht sprach eine deutliche Sprache: »Man hat mich im Krankenhaus vertauscht, aber ich bin nicht nachtragend.«

Als Cromwell sein Zimmer verließ, waren ein paar Eltern auf dem Flur miteinander ins Gespräch gekommen; Wagners scherzten mit Herrn Plessner, die Kinder standen daneben, und am Ende des Flurs sah Cromwell, wie eine erstaunlich ruhige, ungewohnt unhippelige Betge den Elternauftrieb beobachtete. Er ging zu ihr. »Schade, daß Ihre Eltern nicht da waren. Ich hätte sie gerne mal kennengelernt.«

»Da ham Sie nichts verpaßt!« sagte Betge pampig.

Alle Fenster waren geöffnet, und Jordans Gruppe saß in der warmen hellen Luft. Der Duft des Flieders schaffte es sogar bis in das oberste Stockwerk, Merlinger räkelte sich auf einem Stuhl und hielt das Gesicht in die Sonne. Er schloß die Augen. Wagner beugte sich über ihn:

»Überlaß deinen Sonnenplatz doch lieber uns hellen Typen. Oder wie braun willst du noch werden?«

Merlinger ließ die Augen geschlossen und formte bloß in schneller Folge unsittliche Kußmünder.

Wagner sprang zurück und mimte Empörung.

»Merlinger! Du bist eine Sau!«

Merlinger öffnete die Augen: »Es kann doch nichts Schlimmes dabei sein, einem anderen körperlich seine Freundschaft zu beweisen.« Er räusperte sich hämisch: »Natürlich sollte der Freundschaftsempfänger gewisse Voraussetzungen mitbringen: gute Titten und einen Klassearsch!«

Die Frauenfraktion drosch auf ihn ein.

»Du Chauvi! Du Ratte! Männer!«

Als sie sich wieder beruhigt hatten, wandte sich Anders an Cromwell, der gerade den Raum betrat: »Ich finde, es wäre Ihre Pflicht, zur Ehrenrettung der Mädchen etwas zum Themenkreis Arsch & Titten zu sagen. Ihr ganz persönliches Credo zum Thema Arsch & Titten. «

Cromwell lächelte ihn an.

Er hätte Anders gerne ein paar in die Fresse gegeben.

Und er sah, daß Anders' Frage auch die anderen neugierig gemacht hatte; natürlich waren immer wieder Spekulationen im Gange, ob oder mit wem Cromwell ein Verhältnis hatte: Laura? Benrath?

»Herr Anders, ich frage mich gerade, ob wir das Niveau nicht noch ein bißchen weiter senken können. Sie könnten zum Beispiel ein Referat zum Thema

›Arschficken‹ halten.« Die Klasse johlte, und Anders sah Cromwell haßerfüllt an. Mein Gott, dieser Junge träumte wohl nur davon, ihn einmal so richtig fertigzumachen. Er erinnerte immer mehr an Baumann.

Und der versuchte ja auch ständig, ihn durch Bemerkungen aus der Reserve zu locken und auszufragen. Neulich hatte er im Lehrerzimmer über seine Wochenend- inkl. Liebespläne gesprochen und so nebenbei die Frage abgeschossen: »Sag mal, warum hast du eigentlich keine Freundin? Oder versteckst du irgendwo eine schnuckelige kleine Frau Jordan vor mir?« Cromwell hatte gar nicht hochgesehen und sehr freundlich geantwortet: »Ich bin schon mit meinem Job verheiratet. Mehr Ärger kann ich mir nicht leisten.« Und er setzte hinzu: »Außerdem will ich nicht so enden wie du.«

Baumann lachte gekünstelt: »Ich wußte gar nicht, daß ich schon am Ende bin.« Cromwell packte seine Tasche. »Wenn man seine Frau grundsätzlich betrügt und dann auch noch vor anderen so abkanzelt, daß sie rausgehen muß, um eine Runde zu heulen, dann würde ich schon sagen, daß man ziemlich am Ende ist.« Benrath räusperte sich, ließ ihr goldenes Haar herab und steckte es wieder streng zusammen.

Baumann nahm seine Sachen, sah spöttisch erst auf die sich frisierende Benrath, dann auf Cromwell. »Du hast so viel Ahnung von Frauen, Jordan, daß ich mich mit dir gerne stundenlang über dieses Thema n i c h t unterhalten würde.« Er ging, Benrath knotete weiter an ihrem Dutt, und Cromwell sah endlich hoch: »Ist doch wahr. Oder?«

Benrath nickte, soweit es ihr unfertiger Dutt zuließ.

Drei Tage vorher hatte Baumann zur Feier seines 35.

Geburtstages alle zu sich nach Hause eingeladen. Und sie waren gekommen, mehr oder weniger freudig. Cromwell hatte mit Helene und Laura überlegt, was man einem Drecksack wie Baumann eigentlich schenken könnte. Laura hatte sich in Helenes Besucherstuhl geworfen und war für: »Sag's mit Blumen! Schenken wir ihm einfach ein paar fleischfressende Pflanzen.« Helene fand, daß eine Krawatte noch persönlicher und beleidigender wäre.

»Schenken wir ihm ein Haustier, mit dem er abends kuscheln kann«, sagte Cromwell, »Schenken wir ihm ein Stachelschwein.«

Sie taten es nicht, und das war auch eine kluge Entscheidung. Denn als sie mit ihren Geschenken (sauteurem Cognac und Blumen) ankamen, durften sie feststellen, daß sich Baumann bereits ein Haustier hielt: nämlich seine Frau.

Keine zehn Minuten nachdem sie dieses Miteinander Baumann/Baumann gesehen hatten, fragte sich Cromwell, warum Baumann überhaupt geheiratet hatte. Wo er seine Gattin doch so offensichtlich nicht leiden konnte.

Der Abend verlief eigentlich perfekt, Speise und Trank waren exzellent, und alles fand in einem Ambiente statt, das Helene von Baumann nie erwartet hätte: Gemütlichkeit. Zwei hübsche, helle, miteinander verbundene Wohnzimmer, geschmackvoll ausstaffiert mit kronleuchterigem, aber nie kitschig wirkendem Kitsch; mit Nippes, Tand und Palmen. Und mit Sesseln, die Konrad nach dem Essen mit einem »O mein Gott! Welch Fauteuils!« in den Adelsstand erhob. Ein wunderschönes Wohngärtchen, eine angenehme Höhle.

Wahrscheinlich wohnte Baumann deswegen im Enstiduht.

Wegen der Gemütlichkeit und wegen seiner Frau.

Eine grazile Schönheit um die dreißig, warmherzig und auf herzerwärmende Weise linkisch. Man merkte, daß dieser Trubel sie überforderte und daß die »wichtigen« Gäste ihres Mannes sie einschüchterten, aber sie tat ihr Bestes, hatte für jeden ein charmantes nichtssagendes Wort, und als sie Konrad mit ungespielter Ernsthaftigkeit, ja geradezu mit Heftigkeit ein Kompliment über seine Krawatte machte, er sie entzückt anstrahlte und man merkte, wie da zwei Weltfremde gerade begannen, einen Narren aneinander zu fressen, hatte sie die Herzen ihrer Gäste gewonnen. Baumann ließ das alles kalt.

Denn er lebte seit Jahren virtuell in Scheidung. Diese Eheschließung war seine größte Jugendtorheit gewesen. Er hatte kurzfristig den Wahn gehabt, daß Heiraten irgendwie dazugehöre, er hatte sich umgesehen und sich dann für eine etwas verhuschte, ihn anbetende Schönheit entschieden.

Sie war so ungeschickt. Egal ob sie eine Konservendose öffnete oder die Waschmaschine in Gang setzte – immer geschah irgend etwas, das nach einem Notarzt verlangte. Sie war schön und eine Seele von einem Menschen, aber zu blöd, um einen Teller in den Schrank zu stellen. Anfangs war genau das drollig. Aber im Alltag tödlich. Er spürte, wie die Verachtung in ihm hochkroch; sie wuchs mit jeder Dose, jeder Waschmaschinenfüllung, jedem Teller. Bereits ein halbes Jahr nach der Eheschließung hätte er sie mit der flachen Hand erschlagen können. Er konnte sich nicht mehr mit ihr unterhalten, ohne daß nicht mindestens zehn Injurien eingeflochten waren. »Weißt du, Schatz, was du bist? Ein Anti-Midas. Was du anfaßt, wird zu Scheiße.« Sie war ein großer Fehler seines Lebens, und das konnte er ihr nicht verzeihen.

Als er ihr die Scheidung antrug, begann sie zu weinen. Ohne ihn war sie nichts und hatte nichts. Was sollte sie tun?

Erst antwortete er ihr: »Versuchs doch mal als Feinmechaniker.« Dann besann er sich eines Besseren und dachte an Finanz und Unterhalt. Also durfte sie sich weiter in der gemeinsamen Wohnung die Finger in der Mikrowelle klemmen, derweil ihr Mann die Frauen der Umgebung bestach. Sie wußte davon, war unglücklich und versuchte, sich zu bessern. Sie gab sich alle Mühe, wenigstens in der Nähe dieses umworbenen gefürchteten Mannes zu sein. Und wenn sie in seiner Nähe war, wurde sie vor Anspannung immer noch ungeschickter und verlor bald jeden Rest von Selbstbewußtsein. Sie war dumm, er war klug, sie war ungeschickt, er cool, sie war ein Gänschen, er der begehrteste Ganter im ganzen Revier.

Als sie eine Karaffe fallen ließ und sich auf den Boden kniete, um die Scherben zusammenzufegen, trat Baumann neben sie, sah zu ihr hinab und sagte mit freundlichem Mörderblick: »Kann ich dir zur linken Hand gehen, Schatz?« Das fand im Flur statt, wo gerade nur Cromwell, Benrath und Laura mit ihren Weingläsern herumstanden, aber soviel Publikum reichte aus, um Frau Baumann in die Küche zu treiben, aus der man sofort einen Soundmix aus Espressomaschine und Schluchzen hörte. Laura streifte sich die Hände an der Hose ab, sah Baumann an, als sei er eine Schweineborste, und ging ebenfalls in die Küche.

Baumann wandte sich, als wäre nichts geschehen, an den konsternierten Cromwell und bot ihm »in meiner Eigenschaft als der Ältere« das Du an. Ob er damit einverstanden sei? Cromwell sagte: »Aber nur, wenn ich Sie nicht küssen muß.«

Baumann hielt ihm sein Glas zum Anstoßen hin und antwortete so liebenswürdig lächelnd, daß Cromwell schlecht wurde: »Wir wollen doch nicht unsere gute Beziehung aufs Spiel setzen.« Dann klingelte er mit seinem Glas Cromwells Glas an und sagte schelmisch: »Ich bin der Matthias.«

Und ab jetzt duzten sie sich.

Und nannten einander weiterhin beim Nachnamen.

Der erste Sommer

Der Sommer ließ sich harmonisch und entspannt an. Cromwells Gruppe wuchs enger zusammen, man verbrachte die Freizeit meist gemeinsam, in immer wieder wechselnden Konstellationen. Jäschke und Wagner verfielen dem Schach-Fieber und saßen sich Stunde um Stunde schweigend im Park gegenüber, wobei Jäschke unter jedem Sieg Wagners litt wie ein Hund, dies aber nie zugegeben hätte. Merlinger eröffnete – mit Plessner als Faktotum – eine Art Wettbüro, in dem man gegen ihn und auf alles setzen konnte, was einem so einfiel: von Bundesliga-Ergebnissen über die Krawattenfarbe Konrads am nächsten Tag bis hin zu Merlingers Spezialwette: Er warf zehn Zigarettenstummel ins Klo, klappte den Deckel runter und zog. Dann gab jeder seinen Tip ab, wie viele wieder hochkommen würden. »Schneller als Lotto und ungefährlicher als russisches Roulette!« erläuterte er einem kopfschüttelnden Cromwell, der sich dann doch zehn Mark abschwatzen ließ und verlor. »Wo haben Sie überhaupt die ganzen Kippen her? Machen Sie abends Überstunden und zwingen sich eine Schachtel nach der anderen rein?«

»Sie scheinheiliger Patron! Einmal durchs Lehrerzimmer, das reicht für zehn Wetten!«

Das Wettbüro machte Merlinger nicht nur zu einem relativ gemachten Mann. Weil er seine kleine Buchmacherei just zu dem Zeitpunkt schloß, als der Gesamt-Jackpot auf 500 Mark angeschwollen war, wurde er auch zu einem relativ verhaßten Mann, besonders in den unteren Klassen.

»Für einen Kommunisten können Sie aber ziemlich gut mit Geld umgehen, Herr Merlinger.«

Betge wollte Merlingers Beutelschneiderei überbieten, entdeckte für sich den Okkultismus und bot Sitzungen mit Kartenlegen an.

Die Resonanz war verhalten, schließlich zwangsrekrutierte sie Plessner und prophezeite ihm eine blendende Zukunft, aber er möge sich vor etwas ganz Bestimmtem hüten – nein – sie sähe es nur undeutlich vor sich; einen Schriftzug, geschwungen, Ko... Ko... ja, jetzt habe sie es: Konditorei!

Plessner sprach drei Tage lang kein Wort mit ihr. Was sie dreist kommentierte mit einem: »Auch das habe ich vorausgesehen.«

Baumann beobachtete das Treiben kopfschüttelnd, murmelte etwas von »Jordans Jahrmarkt« und ging wieder seine Leute kujonieren.

Abends machten sie Fahrradtouren, entweder nach Haidenfeld, oder sie fuhren die fünf Kilometer zum Baggersee und durchschwammen die Abendsonne. Es kam zu den ersten präkoitalen Scheinkämpfen. Merlinger tauchte Betge unter mit der Begründung, sie sei nicht linientreu genug, woraufhin Anders, den das Kommunismus-Geschwätz fast noch mehr nervte als Merlingers Betge-Balzerei, seinerseits Merlinger bekämpfte. Währenddessen saßen die anderen am Ufer und beobachteten das Getümmel.

Wagner fühlte sich neben Betge so fett und häßlich und außer Konkurrenz, daß sie gar nicht bemerkte, wie dezent ihr Plessner den Hof machte, der sich seinerseits fett, häßlich und außer Konkurrenz fühlte. Jäschke schüttelte nur den Kopf über diesen Kinderkram, nahm an den abendlichen Seefahrten angeblich »nur aus Gründen der Fitneß« teil und lieferte sich Schwimm-Marathons mit Leuten aus Benraths oder Baumanns Gruppe.

Van Hagen kam nie mit, und Merlinger, der allmählich einen ausgeprägten Familien- bzw. Gruppensinn entwickelte, sprach sie darauf an. »Ich kann nicht schwimmen«, sagte sie.

»Das darf doch nicht wahr sein!« schrie Merlinger und schlug sich theatralisch die Hände vor die Stirn. Als Merlinger sich so plötzlich bewegte, zuckte Mick zusammen und riß die Arme schützend vor das Gesicht, als erwarte sie Schläge. Dann merkte sie, daß sie falsch reagiert hatte; ertappt und verlegen ließ sie die Arme wieder sinken und sah Merlinger nicht an.

»Du hast gedacht, ich wollte dir eine reinhauen?« Merlinger war erschrocken über seine Wirkung.

Erst schüttelte sie den Kopf, dann nickte sie.

»Das würde ich nie tun, Schwester«, sagte er, »höchstens aus Notwehr.«

Kein Lacher.

Sie standen sich schweigend gegenüber, Mick schaute zu Boden.

Ihr Anblick rührte Merlinger und weckte seine fürsorglichen Instinkte. Dieses Wesen, es duckte sich vorschnell, wie ein abgemagerter Hund, der an einer Tür bettelt und schon von vornherein mit Dresche rechnet.

Merlinger war solch eine Einstellung ein Greuel. Er hatte sich schon früh aus eigener Kraft in die Position des Stärkeren gewuchtet, denn schließlich waren da eine schwache, frömmelnde Mutter und drei unreife

Brüder zu dirigieren. Das Wort »Opfer« konnte er gar nicht buchstabieren, so strikt hatte er dieses Verhalten aus seinem Repertoire gestrichen; man mußte immer alles unter Kontrolle haben. Und wenn es nötig war, mußte man derjenige sein, der den ersten Schlag setzte. Merlinger beschloß, ein hauseigenes Therapieprogramm zu starten, um van Hagen aus ihrer ängstlichen Opferwelt zu befreien. Und zwar auf die harte Tour, denn das ganze Gelaber von Kaufmann und Jordan hatte bisher ja kaum was gebracht. Wenn Mick mal rausging, dann nur mit der Gruppe und möglichst neben Jordan.

Merlinger mußte Mick in Situationen bringen, die ihr Angst einflößten! Und dies immer wieder und so lange, bis sie merkte, daß nichts passierte! Merlinger spürte ein bisher unentdecktes Talent in sich: Daß er ein toller Hecht war, das hatte er immer gewußt, aber er war ja auch ein begnadeter Psychologe! Und van Hagen sein erster Fall!

Nur war es eventuell besser, wenn Jordan nichts von seinem Tierversuch erfuhr. Es könnte ihm vielleicht nicht schmecken.

Und Merlinger beschloß, daß van Hagen noch an diesem Sonntag zur ersten »Sitzung« anzutreten hatte.

Cromwell haßte Wochenenden. Er wurde unruhig, wenn er nichts zu tun hatte, und depressiv, wenn der Alltag so unvermittelt abstarb. Viele Schüler fuhren am Wochenende nach Hause, und wenn nicht nur seine Etage, sondern das ganze Haus nur noch karg bevölkert war, erreichte seine Stimmung den Tiefstpunkt, wie bei einem Kind, das am Sonntag keine Spielgefährten findet, weil alle bei Oma und Tante sind und sich bei Torte und Schokolade langweilen müssen, und man selbst steht dumm rum mit seinem Ball und schlägt ihn sinnlos gegen die Wand.

An Wochenenden ertrug er auch kaum noch seine Schlafstörungen, die er während der Woche einigermaßen wegstecken konnte. Wenn er sonntags glockenwach in seinem Bett lag und das Gefühl hatte, die Nacht durchgeschrien zu haben, so erschöpft von dieser brachialen Schlaflosigkeit, dann hätte er sogar eine verschissene, aber wenigstens ausgeruhte Baumann-Existenz akzeptiert.

Ganz unerträglich war für ihn die Morgendämmerung mit ihren dämlichen Vogelstimmen, die sich in ihrer dämlichen Reihenfolge abwechselten; schon in der Theorie, im Biologieunterricht hatte er sie für ihr akkurat getimtes Gezwitscher gehaßt und wie man es korrekt nannte – was für ein perverses Wort: Vogeluhr!

Einen unnützen Tag wie den Sonntag begleitet von ihrem nichtsnutzigen Getschilpe zu beginnen: Das setzte Cromwell regelmäßig zu. Er lag ein bißchen übellaunig herum, holte sich lustlos einen runter, hörte den sich im Weckdienst abwechselnden Vogelarten zu, sah die wacker und unaufhaltsam über seine Zimmerdecke wandernden Schatten, Sonnenkreise, Lichtpünktchen, unbarmherzig den Tag einläuten, einen absolut ereignisfreien, bedeutungslosen Tag. Die anderen essen bei Oma und Tante Torte. Und er würde alleine auf der heißen staubenden Straße stehen und sinnlos den Ball gegen die Mauer schlagen, wieder und wieder, er haßte es, schleppte sich jeden Sonntag ins Badezimmer, als wäre er ein sehr alter und sehr kraftloser Mann, er duschte, zog seine ältesten Sachen an, die verfärbte Jeans, das ausgeleierte Sweatshirt, er machte sich einen Kaffee und sah beim Trinken aus dem Fenster. Und es erschien ihm unglaublich, daß es da draußen angeblich Menschen gab, die einen Sonntag genießen konnten.

Wenn Cromwell keinen Stundenplan hatte, geriet sein Gemütshaushalt durcheinander.

An einem solchen Nichtstuer- und Stromertag, an dem er glaubte, gerade den absoluten Höhepunkt einer fetten saftigen Sonntagsdepression zu durchleiden, traf er auf Helene. Sie hatte ihre Brieftasche im Sprechzimmer vergessen, wofür sie sich eine Närrin und Törin schalt; alle Papiere darin, wie konnte sie so etwas einfach so rumliegen lassen, setzte jetzt die Verkalkung ein oder was?! Bemerkt hatte sie die Unachtsamkeit an der Tankstelle, nachdem sie Adolf über beide Ohren vollgetankt hatte; Gott sei Dank kannte der Pächter sie und gab ihr Kredit, augenzwinkernd und mit dem für Helene unpassenden Satz: »Wir werden ja alle nicht jünger!«

So fummelte sie übelgelaunt am Schloß zu ihrem Sprechzimmer herum, als der ebenso übelgelaunte Cromwell den Gang entlang kam. Und sie warfen ihre Übellaunigkeit zusammen, setzten sich in Helenes Zimmer, tranken zur Unzeit Cognac und polten sich gegenseitig um auf »Gute Laune«. Sie sprachen über Politik, Bücher und Schlaflosigkeit und tranken dabei zügig; Helene, weil sie sich so senil, vergreist und verkalkt fühlte, und Cromwell, weil er so einsam war, so bodenlos sonntags-einsam.

Als Helene sich beschimpfte für ihre Vergeßlichkeit und ihr Alter, verzog Cromwell das Gesicht und sagte nach kurzer Bedenkzeit und mit der unerbittlichen Überzeugtheit des Betrunkenen: »Aber Sie sind doch altersIos!«

Das war für Helene ebenso Ohrfeige wie Kompliment. Sie war also alt und jenseits, aber man merkte es ihr nicht an.

Aha. Soso.

Da saß sie in ihrem Büro und mußte sich solche

Dinge von einem angetrunkenen Minderjährigen sagen lassen!

Cromwell wirkte nun wirklich wie ein Minderjähriger, so ein Jungchen in zu groß geratenem Shirt und mit den fahrigen Bewegungen eines Pubertären bei seinem ersten Besäufnis.

Cromwell war erstaunlich schnell betrunken. Vielleicht lag das an seiner desperaten Stimmung. Vielleicht hatte er sich für ein paar Stunden total aufgegeben. Vielleicht waren auch Tabletten im Spiel, dachte Helene, wollte ihn aber nicht ausfragen.

Er saß im Besucherstuhl, hatte die Beine über die Lehne gehängt, fühlte sich angenehm schwammig im Hirn, Helene war nicht alt, was erzählte sie da für eine Scheiße, Helene war zeitlos und immerwährend – und vor allem: unsterblich.

Jemand wie Helene würde nie, nie aufhören zu existieren.

Das wäre schon rein biologisch unmöglich und moralisch sowieso unhaltbar. Helene war ewig, Helene kam an etwas heran, das man gemeinhin »Gott« nennt, etwas Allverstehendes, Allverzeihendes, das war es: Sie verstand und verzieh. Helene war der Ursprung der Absolution, hab keine Angst, alles ist gut, DU bist gut, Helene war Mutter und Vater für jedes Kind.

Wie machte sie das bloß?

So eine Doppelbelastung?

Cromwell mußte kichern.

Sie hatten die halbe Cognacflasche geleert.

Änderte nichts an der Tatsache, daß Helene Gott war.

Trotz Doppelbelastung.

Helene war nicht in der Welt.

Dieser verdammte van-Hagen-Begriff.

Man ist »in der Welt«, wenn man ein angepaßtes

Arschloch ist. Man ist »in der Welt«, wenn man sie begreift, diese Welt, und entsprechend handelt.

Und wer ist »nicht in der Welt«?

Die Spinner. Die Kranken. Die Guten.

»Alles Arschlöcher«, dachte Cromwell.

»Heiße Milch«, sagte Helene.

»Hilft nicht.«

»Mit Rum.«

»Bräucht ich Hektoliter von.«

»Heißes Bad.«

»Drauf geschissen.«

»Autogenes Training.«

»Völlige Kacke.«

»Mir hilft lesen.«

»Regt mich nur an.«

»Wie lange hast du das schon?«

»Seit 10 Millionen Jahren, glaub ich.«

»Chemie?«

»In Härtefällen. Aber am nächsten Tag Hirnschleudern. Gewaltiges Schwindelig.«

»Einfach akzeptieren? Nicht drum kümmern? Eben wach sein?«

Dieses ewige Wachsein, dieses ewige, ewige; schlagt mich doch endlich tot, macht mich fertig, macht mich alle, bringt mich um und drückt mir die Augen zu, ich kann nicht mehr, ich will nicht mehr, schlagt mir mit dem Hammer auf den Kopf.

Cromwell starrte aus dem Fenster und versuchte, nicht mehr daran zu denken: »Themenwechsel.«

Es wurde Abend. Sie hatten es geschafft. Sie hatten einen weiteren Sonntag überlebt, und Helene bestellte sich ein Taxi. Sie hatte zwar moderat getrunken, aber man wußte ja nie, zu welcher Bosheit Adolf angesichts einer Polizeistreife fähig wäre. »Vermutlich direkt daneben absaufen und dann dauerhupen, bis die das Röhrchen auspacken.«

Sie verließen das Sprechzimmer und verabschiedeten sich voneinander.

Cromwell wankte den Gang entlang, Richtung Wohnung. Dann drehte er sich noch mal zu Helene um, reckte die verkorkte, fast leere Cognacflasche und rief:

»Auf alles, was wir hassen!«

Sie sah ihm nach.

Cromwell war nicht souverän, nicht selbstbewußt und schon gar nicht glücklich. Cromwell war ein sehr kleiner, sehr unglücklicher Junge.

Und sie eine sehr schlechte Mutter.

Der Taxifahrer hupte, und Helene schnauzte ihn dafür an.

Mick fürchtete sich im Dunkeln und vor Menschenmassen.

Also hatte Professor Doktor Merlinger Zeit und Ort für die erste Schocktherapie schnell gefunden: Großstadt bei Nacht.

Bis zum Bahnhof gab es noch keine Probleme, aber nachdem sie die Fahrräder abgeschlossen und die Bahnhofshalle betreten hatten, wurde die Patientin unruhig. Besser gesagt: In van Hagens Fall bedeutete Unruhe völliges Einfrieren.

Doch Dr. Merlinger hatte alles im Griff, löste ihr eine Fahrkarte, denn Schwarzfahren und Erwischtwerden könnte heute sein Projekt gefährden. Er setzte Mick neben sich in den Zug. Er hatte vor, sie nicht gleich bei der ersten Sitzung mit überfüllten Plätzen zu konfrontieren. Ein paar dunkle Vorstadtviertel mußten fürs erste reichen.

Sie stiegen aus, und Merlinger nahm Mick an der Hand. »Und jetzt sehen wir uns mal an, wie die Leute hier so leben.«

Merlinger liebte es, nachts durch jegliche Art von Ansiedlung, egal ob Dorf oder Stadt, zu stromern und das zu tun, was er »Leute gucken« nannte. Aber es mußten nicht unbedingt »Leute« sein, einfach »Nacht gucken« ging auch. Wenn er in der Finsternis durch ausgestorbene Industrieviertel lief oder radelte, verspürte er einen wohligen Schauder. Tagsüber brüllte und lärmte das Leben, und nachts war er dort der letzte Überlebende auf Erden.

Für van Hagen hatte er ein nettes Viertel ausgesucht mit netten Häuschen, netten Vorgärtchen, und durch die nett gerafften Gardinen fiel nettes Licht; Neonkränze in Küchen, violette Birnen über Blumenbänken, blaues Fernseh-Flimmern an rustikalen Wurfputzwänden und niemand auf der Straße. Merlinger empfand mal wieder seinen wohligen Grusel; niemals, niemals würde er so wohnen. Dann schon lieber in Schutt und Asche. Für eine Frohnatur wie Merlinger boten solche Viertel einen bizarren Kick: Exotik und Depression. Diese aseptische, ordentliche und mit Sagrotan behandelte Verwahrlosung ganzer Bevölkerungsgruppen faszinierte ihn.

»Jaja, hier haben sie den Klassenkampf tiefgefroren.«

Van Hagen stakte neben ihm auf dem Bürgersteig und hatte keinerlei Interesse an seiner Agitation. Sie wollte nur eins: so schnell wie möglich zurück, und sie zerrte an seiner Hand. »Nur noch die eine Straße da, dann drehen wir um!« befahl er. Sie gingen die Straße entlang, und dann war da ein geöffnetes Fenster, dunkel und mit Fliegengitter. Und in diesem Fenster saß eine Katze. Mick blieb stehen und sah die Katze an, die Katze sah Mick an, dann stand die Katze auf und lief hinter dem Gitter auf und ab und quietschte ihre Miaus zu Mick, die sich sofort auf das Vorgartenmäuerchen stemmte und der Katze mit nachgeahmten Lauten antwortete. Merlinger sah das zunächst mit Wohlwollen – schließlich schien seine Therapie bei der Patientin anzuschlagen –, doch als sich die Unterhaltung der beiden in die Länge zog, wurde er unruhig und sah auf die Uhr. »Wir müssen gehen!« Keine Reaktion, nur weiterhin wechselseitiges gepreßtes Miauen.

»Wir müssen jetzt! Sonst verpassen wir unseren Zug!« Mick miaute weiter, und die Katze lief weiter hin und her. Merlinger zog Mick von dem Mäuerchen: »Weiber und Katzen! Jetzt sag schon Tschüß!« Mick stieß ein Abschiedsmiauen aus, dann zog Merlinger sie zum Bahnhof. Sie schafften gerade noch den letzten Zug, und Merlinger riskierte sogar eine Schwarzfahrt. Van Hagen saß am Fenster und sah hinaus. Bzw. sah sie bei dieser Dunkelheit in ihrem Fenster nur Merlinger, der sie anschaute. Sie setzte sich gerade und sagte mit einer Art Dankbarkeit: »Die Katze war gut.«

Das war genug Öl auf Merlingers Psychologen-Ego; er war auf dem richtigen Weg! Noch ein paar nächtliche Sitzungen mit van Hagen, und er hätte sie geknackt! Er war besser als Kaufmann und Jordan zusammen! Er betrachtete seine Fingernägel, zog sein Messer aus der Tasche und beseitigte zufrieden die Trauerränder.

Sie radelten zurück zur Schule, und Merlinger machte genug Lärm, um Rosel vor die Tür zu treiben. Während Rosel in gehobenem Kammerton mit Merlinger argumentierte, schlich van Hagen sich auf ihr Zimmer. Wagner kam immer erst Montagmorgen zurück, und Betge umklammerte bereits im Tiefschlaf ihren Teddy.

An einem anderen Wochenende nahm Wagner van Hagen mit zu sich nach Hause. Fast alle fuhren am Wochenende weg, und irgendwann dauerte es Wagner, daß Mick immer um die Schule herumschlich, während andere Taschen schulterten und einander zuriefen: Dann bis Montag!

Sie nahmen den Bus zum Bahnhof, und noch im Bus, der an jeder Ecke hielt und in dem es zu warm war, der sich aus den Randgebieten allmählich an das Stadtinnere heranschleppte, wurde van Hagen klar, daß sie die falsche Entscheidung getroffen hatte. Sie wäre besser in der Schule geblieben, denn sie bekam plötzlich eine Ahnung von etwas, das viele Menschen täglich haben: das Gefühl, nach Hause zu fahren. Nicht von A nach B, nicht im Kreis herum, nicht ins Blaue hinein, sondern richtig echt NACH HAUSE! Jeder Mensch fährt NACH HAUSE. Sogar E.T. wollte nichts anderes. Aber van Hagen war auf dem Weg in ein fremdes NACH HAUSE. Das galt nicht.

Wagner schaute aus dem Busfenster und redete; sie erklärte ihre Familie. So ist mein Vater, so ist meine Mutter, wundere dich nicht über meine kleine Schwester.

Als sie am Bahnhof ankamen, war van Hagen schweißüberströmt. Jetzt konnte sie noch umkehren. Aber sie tat es nicht. Sie wollte wissen, wie es ist, wenn man nach Hause fährt. Und sogar dort ankommt.

Im überfüllten Zug mußten sie auf dem Gang stehen, an jeder Station schoben sich zäh und umständlich die Kolonnen der Ein- und Aussteigenden an ihnen vorüber. Schweißperlen, schwere Taschen, Schnaufen.

Wagner sagte beruhigend zu van Hagen: »Nur noch zwei Stationen.« Sie kamen an, sie gingen über den Bahnhofsvorplatz, eine niedliche staubige Anlage, sie bogen in eine niedliche, saubere, sonnige Straße ein und in noch eine und noch eine, und dann waren sie vor einem Haus, das genauso aussah wie alle anderen Häuser in dieser Straße, mit einem Unterschied: Es war Wagners Zuhause.

Die Familie saß in der blitzblanken Küche am gedeckten Tisch, Wagners Vater rückte rein, als Wagner kam und die Schale mit dem Pürree auftrug, und er sagte: »Setz dich her, Schatz.«

Da schoß van Hagen das Wasser in die Augen; soviel beiläufige und trotzdem wirkliche, tatsächlich existierende liebevolle Aufmerksamkeit, so ein normaler Umgang mit einem normalen großen Gefühl, so viel Zuhause in einem einfach so dahingesprochenen Satz.

Sie konnte kaum etwas essen, denn sie fühlte etwas, was sie sich lange verkniffen hatte, und das Gefühl hieß Neid.

Van Hagen hatte einmal geträumt. Sie war im Heim und hatte geträumt. Und im Traum hört sie, wie mit Geschirr geklappert wird, Teller stoßen aneinander, und Messer und Gabeln werden bewegt, und van Hagen denkt im Traum: Mutti macht mir mein Frühstück. Und dann will sie zu Mutti. Sie steht auf und geht schlaftrunken los, direkt in Muttis Arme, die gerade den Tisch decken und das Essen auftragen. Van Hagen geht über die Gänge, immer dem Geräusch nach, dem Klappern der Teller, denn genau da ist jemand zugange für sie; da bewegt sich eine liebevolle Frau, die sie täglich umarmt, die für sie sorgt, die sie liebt, da steht eine warme Welt und deckt den Tisch, und van Hagen wird in die Küche kommen, die Frau wird sich die Hände an der Schürze abstreifen und sagen: Da bist du ja endlich. Setz dich her, mein Schatz.

Und van Hagen rennt, aus dem Traum gerissen, tatsächlich den Gang entlang, reißt die Tür auf, und da stehen zwei Frauen mit Haarnetzen und starren sie an, und dann sagt die eine: »Isse viel zu früh für Frühstück.«

Da hat es van Hagen restlos und endgültig durch die Stockwerke durchgehauen, in den Boden und ins Erdinnere, ans Ende der Welt, wo niemand mehr keinen kennt und niemand mehr jemanden hat, ein Schlag in die Eingeweide der Einsamen und die Erkenntnis: Du bist allein. Zum Kotzen, zum Speien, zum Verrecken allein. Alleiner als der alleinste Mensch auf der Welt.

»Setz dich her, Schatz«, sagte Wagners Vater zu Wagner und wunderte sich über Micks ungesegneten Appetit.

Merlinger forcierte sein van-Hagen-Therapie-Projekt; im Hochsommer war es für ihn besonders reizvoll, durch die nachglühenden Straßen zu streunen und den großen Tiergarten des Herrn zu observieren. Sie arbeiteten sich von den langweiligen, mausetoten Wohngegenden vor in das Leben, erst in das gemäßigte, dann in das brüllende und tobende, und tatsächlich war Mick nicht mehr so verspannt, wenn sie sich in den Zug setzten, und sie trafen interessante Menschen, die Merlinger – völlig unabhängig von ihrer Gesprächsbereitschaft – ausquetschte, und Mick saß daneben und spitzte die Ohren. Sie verlebten pralle Nächte: Einmal saßen sie erst mit zwei spanischen Delegierten eines Multiple-Sklerose-Kongresses auf dem warmen Bürgersteig vor deren Hotel, redeten in deutsch, englisch und Zungen über Krankheit, Politik und Kultur; es war genau die Melange aus Brüderlichkeit, Komm-Intern und gutem Wetter, die dem Kosmopoliten Merlinger höchste Wonnen verschaffte, während van Hagen die Ohren übergingen. Und danach waren sie plötzlich in Gesellschaft von zwei Transen und einem traurigen Aknegesicht (weiblich) sowie einem Kerl, der erst behauptete, er sei Honorarkonsul, und zu fortgeschrittener Zeit Einweg-Feuerzeuge feilbot. Und Plessner, der ausnahmsweise einmal und nur zaudernd an diesem Trip teilgenommen hatte, schwärmte davon, »was für Menschen da draußen frei rumlaufen«. Außerdem war er stolz darauf, vagabundiert und gestreunt zu haben, und hielt sich noch Tage danach für sehr, sehr verrucht.

Nicht immer verliefen ihre Ausflüge so harmonisch. Zumal als sie ihren Streuner-Radius auf größere Städte ausdehnten.

»Ich bin zwar Pazifist, Sir, aber ich scheue nicht die Konfrontation, Sir!« erklärte Merlinger um fünf Uhr morgens in Cromwells Zimmer.

Cromwell war eiskalt vor Zorn und Müdigkeit.

Schade um das schöne Valium.

Merlinger war bereits dreimal bei seinen Ausflügen erwischt worden, nie von Ludwig, sondern immer von Rosel, weil unter dem Schutz seiner Randale Mick ins Haus zurückschleichen konnte. Aber ihr letzter Ausflug hatte die Polizei auf den Plan gerufen. Merlinger hatte ein paar Jugendliche, ein paar Schlägertypen und Ärgersucher mit dem Messer bedroht, und leider waren Polizisten in der Nähe gewesen. Die hatten sie auf die Wache gebracht, die Personalien festgestellt, ihn wegen unerlaubten Waffenbesitzes zusammengestaucht und sie danach zur Schule gefahren, wo Rosel und Ludwig sie zornbebend in Empfang genommen und sofort – in einer unvorstellbaren Harmonie und Übereinstimmung – Cromwell aus dem Schlaf geklingelt hatten, um ihm die Schandtaten seiner Leute mitzuteilen. Rosel konnte noch nicht mal zetern, denn Ludwig machte neben dem Telefon besänftigende Gesten: »Pst! Pst! Der Mann hat eben noch geschlafen! Jetzt kreisch nicht gleich wieder los!«

Cromwell hatte sich tatsächlich in Schlaf gebracht, und als das Telefon klingelte, hätte er die Welt erschlagen können. Er zog sich schlaftrunken an, schickte die völlig verstörte van Hagen zu Bett und bat den Rädelsführer Merlinger zu einer »kleinen Besprechung«.

Was machten die beiden nachts in der Stadt?

»Leute studieren, Sir!«

Cromwell nickte. »Okay. Und warum brauchen Sie für Ihre Studien a) ein stehendes Messer und b) van Hagen und c) ein Polizeiaufgebot? Können Sie mir das erklären?«

»Ich könnte, Sir, aber das würde zu ausschweifend, Sir!«

»Dann schweifen Sie bitte aus, Herr Merlinger, Sir.«

Merlinger setzte sich neben Cromwells Schreibtisch auf den Boden.

»Okay, Sir! Sie haben es so gewollt. Also.

Erst mal: Ich mag van Hagen. Aber nicht so, wie Sie jetzt vielleicht denken – ich mag sie, wie man eine Schwester mag oder seinen Hamster oder so. Mit anderen Worten: fürsorglich. Und nun ergab es sich, daß ich beim Studium meiner Fachliteratur – wie Sie wissen, ist die Psychologie mein Steckenpferd, ach was, Steckenpferd! Das grenzt schon an Berufung ...«

»Herr Merlinger! Bitte!«

»Okay, okay: Mick hat immer Schiß, und ich treib ihr den aus!« Und kokett fügte er hinzu: »Ich bin nun mal ein Samariter, Sir!« Merlinger pausierte und rieb sich selbstvergessen die Knie.

»Ein sauberer Samariter, der seine Schäfchen in Gefahr bringt.«

»Aber genau das ist es doch, Sir!« rief Merlinger aufgebracht. »Das ist der Punkt! Mick muß endlich lernen, was es heißt, sich zu behaupten! Und da draußen ist halt der beste Übungsplatz! Außerdem bin ich ja immer dabei!«

Cromwell verzog das Gesicht, und Merlinger schwächte ab: »Ich WAR ja immer dabei. Okay, es soll nicht wieder vorkommen, Sir.«

Cromwell zupfte an seinem Pullover und merkte erst jetzt, daß er ihn in seinem Tran falsch herum angezogen hatte.

»Und warum das Messer?« fragte er, zog den Pulli aus, krempelte ihn um und zog ihn wieder an.

»Ausgerechnet ein Hemd wie du stellt so eine blöde Frage«, dachte Merlinger. Daß so ein Schmalhans wie Jordan sich ohne Messer überhaupt aus dem Haus traute. Merlinger räusperte sich. »Das war so: Wir streifen so durch die Innenstadt, und plötzlich stehen drei Kerle vor uns und machen uns an. Ich sage: Laß uns einfach weitergehen. Mick ist aber mal wieder ins stocksteife Angstkoma gefallen. Einer der Typen baut sich vor ihr auf und sagt etwas sehr Ordinäres. Ich will es jetzt nicht wiederholen, denn Sie müßten sich danach die Ohren waschen, Sir.« Cromwell ächzte. Er war müde und verquollen und wollte diese unerfreuliche Geschichte so schnell wie möglich hinter sich bringen. »Meine biologische Uhr tickt. Könnten Sie mir mit der Kurzfassung Ihrer Abenteuer dienen?« fragte er gereizt. Merlinger postierte sich in Schneidersitz und sprach schnell und abgehackt: »Okay, Sir! Wir: Harmlose Passanten. Dann Auftritt böse Buben. Wollen van Hagen ans Leder. Ich Messer raus und gesagt: Verschwinden! Buben verschwinden. Keine Sekunde später spüre ich Hand auf Schulter. Ist Hand von Gesetz. Wir erst Wache, dann hier, Sir!«

Cromwell verfluchte den Tag seiner Geburt.

Und den Tag von Merlingers Geburt.

Was für ein Scheiß! Was für ein überflüssiger, vermeidbarer und schlafraubender Scheiß! »Herr Merlinger, würden Sie dergleichen bitte nie, nie, nie wieder tun? Und auch unbescholtene Dritte nicht dazu anstiften? Würden Sie bitte, bitte nie wieder ein Messer mit sich herumtragen? Und würden Sie bitte, bitte etwaige Erziehungsmaßnahmen an van Hagen m i r überlassen? Und keine Sorge: Ich werde dafür sogar bezahlt!«

Merlinger grinste. Dr. Jordan war richtig. So ein Sepp wie Baumann hätte ein Tribunal einberufen, Benrath hätte ihn Stunde um Stunde mit Moralin eingeseift, aber Jordan verhandelte solch einen Gesetzesbruch wie ein Gentleman. Hier ein Ehrenwort, da ein Ehrenwort, und der Käse war gegessen.

»Sir, ich schwöre, daß ich van Hagen nie mehr zum Streunen animieren werde.«

»Gut. Und was ist mit Ihnen und Ihrer Streunerei?«

Merlinger zögerte. »Sir, ich schwöre, daß ich versuchen werde, es mir abzugewöhnen, Sir!«

Immerhin. Cromwell rieb sich die müden Augen.

Merlinger erhob sich, schlug die Hacken zusammen und schnarrte: »Sir, danke für die Art und Weise, wie Sie diesen Fall behandelt haben! Hoffe, es wird keine Konsequenzen nach sich ziehen! Das hoffe ich auch stellvertretend für van Hagen, Sir!« Cromwell stand auf.

»Halten Sie nur einfach die Klappe und gehen Sie schlafen. Dann bin ich schon zufrieden, Herr Merlinger, Sir.«

Merlinger verschwand, und Cromwell ging zurück in sein Schlafzimmer. Während er die Tür öffnete, bemerkte er, wie das Valium seinem Hirn erneut einen Tritt versetzte. Der Tag war damit ja quasi gerettet. Er würde aus der Wäsche gucken, als hätten seine Pupillen ein Schleudertrauma. Aber aus Rache dafür würde er seinen Leuten ein paar Referate reindrücken, von denen sie sich nicht so schnell erholten.

Ein Hochsommer-Nacht-Platzregen pladderte los, und die nasse Luft würzte durchs Fenster, zum Schlafen zu belebend. Cromwell marschierte durch sein Wohnzimmer, in sein Schlafzimmer, in sein Bad und wieder zurück durch das Schlafzimmer in das Wohnzimmer, auf dem Eßtisch und dem Sofa stapelten sich Bücher, aus der Spüle starrte ihn dreckiges Geschirr an, sein Schreibtisch war eine Pest von Papieren, und sein Pullover roch nach Schweiß, er hätte sofort die Waschmaschine anwerfen können, aber Benrath in der Nebenwohnung hätte sich für den Lärm bedankt. Diese Nacht war um, die konnte er vergessen. Gott sei Dank war er heute erst zur dritten Stunde dran, er trat ans Fenster und sah, daß alles im Dunkeln lag, kein Schwein wach, nur er, der letzte Mensch auf der Erde, und er konnte noch nicht mal laut Musik hören oder ganz normale Tagesgeräusche produzieren; die Schlaflosen sind doch die letzten Entrechteten, jeder Idiot darf ab sechs Uhr rumbrüllen und ein bißchen den neuen Rasenmäher ausprobieren, das ist seriös, je früher, desto seriöser, aber wir Schlaflosen müssen das Mäuschen machen, damit all die Brüller und Rasenmäher nicht in ihrer Nachtruhe gestört werden, damit sie morgens auch ja wieder fit genug sind zum Brüllen und Rasenmähen.

Da ging ein Licht an, das war bei Baumann; wenn der sich jetzt für seinen Waldlauf fertig machte, dann war aber wirklich alles zu spät, dann hatte er selbst nur noch maximal drei Stunden Ruhe. Cromwell ging in sein Schlafzimmer und legte sich auf das Bett, lauschte dem letzten Nachpladdern des Regens hinterher, und dann fiel er doch noch in Schlaf.

Eine diffuse Dichter-Konfiguration geht auf ihn zu und haut ihm die Ordner ins Gesicht. »Du labst dich an meinen Schmerzen. Soll ich dir dafür etwa dankbar sein?« Cromwell weicht zurück an einen Schrank, der plötzlich ein Mausegesicht bekommt. Kleine Krallen zwicken ihn. Cromwell wird wütend. Und während er auf die Krallen schlägt, schreit er die Dichter-Konfiguration an: »Andersrum wird ein Schuh daraus!« Cromwell wundert sich sogar im Schlaf, woher dieser Wortblödsinn kommt. Aber dann ist es ihm auch wieder verständlich, denn er erläutert – weiterhin brüllend – sein Gebrüll: »Leck mich am Arsch, du töner-ner Fuß!« schreit der Traum-Cromwell. »Du bist selbst an allem schuld! Mach mir doch den Schmerzensreichen und zieh mich weg in deine Pisse! Na gut! Na schön! DUUU gibst die Scheiße vor, und ich fresse sie dann! Glaubst du im Ernst, ich brauche ausgerechnet DICH, um mich zu ekeln? Ich hab genug Dreck in meinem eigenen Orkus! In meinem eigenen Privatorkus! Und DU kannst dich mal gehackt legen!« Die Mausekrallen ziehen sich endlich zurück und werden Marzipan. Cromwell mag kein Marzipan. Er herrscht sie an: »Wenn schon Krallen, dann aber Schoko!« Die Krallen werden zu Schoko, und Cromwell beginnt zu singen. Er singt sich selbst in den Schlaf. Er singt sich selbst – in Traum und Schlaf – in den Schlaf. Die Dichter ducken sich unter Hecken aus Nirosta. Cromwell singt und summt sich ins Koma. In den Schlaf-Schlaf. Und die Kriegsmännchen in seinem Traum werfen ihre Beine zu der Melodie: »Die Fünf-Minuten-Terrine...« Plötzlich steht Helene da und sagt, daß sie ihn noch nie hätte leiden können. Brandon lacht dazu. Und Mama schwebt durch das Bild, auf einer Schaukel, hin und her, und sie sagt: »Du bist mein Sohn, auf den ich stolz bin und an dem ich mein Wohlgefallen habe.« Dann fällt Mama von der Schaukel und schreit um Vergebung.

Cromwell wacht auf.

Und hat das Gefühl, er müßte die Welt erschlagen.

Er ist nicht krank.

Sein Herz funktioniert noch. Dito die Atemwege.

Cromwell ist weg und da.

Schließlich ist er mehr da als weg. Laken, Kissen, Tür. Alles da. Wir sind wieder da. In der Welt. Cromwell schlägt sich selbst in die Fresse.

Die Welt ist nicht wie der Traum. In der Welt gibt es Leute, die hin- und hergehen. Die aufstehen, arbeiten, essen und schlafen. Die zusehen, wie die Sonne aufgeht. Die sehen das ekelhafte Blau, das der kommende Tag an den Himmel schmettert. Die Welt ist nicht wie der Traum. Die Welt ist noch schlimmer.

So tief kann kein Tag denken.

Ich bin kein Drachen.

Ich gehe erst mal duschen.

Er hatte gerade noch eine halbe Stunde Zeit. Er prügelte sich unter die Dusche, zog seine letzten sauberen Sachen aus dem Schrank, versuchte sich ein halbwegs frisches Aussehen ins Gesicht zu ohrfeigen und ging in den Unterricht.

Er war nicht der einzige mit Problemen.

Auch van Hagen und Merlinger kamen nur mühsam durch den Vormittag. Diehl war ganz erstaunt, weil Merlinger kein Widerwort gab. »Herr Merlinger, ich mache mir ernsthafte Sorgen. Sie sabotieren ja gar nicht meinen Unterricht. Ist Ihnen was?«

Merlinger grinste müde. »Vielleicht bin ich ja nur aus Respekt still, weil Sie so ein toller Lehrer sind, Sir.« Diehl legte die Hand auf die Brust, als würde er eine Ehrenformation abnehmen: »Wenn ich mir diesen Satz auf ein T-Shirt drucken lasse, fallen die Kollegen um vor Neid!«

In der Biologiestunde mußten Wagner und Betge immer wieder van Hagen wachzwicken, damit sie nicht vom Stuhl rutschte. Anders freute sich. Er lehnte sich zurück und zischelte ihr zu: »He, Zecke! Was hast du denn die ganze Nacht gemacht? Zum heiligen Jordan gebetet? Oder einfach nur vergessen, wie man die Augen zumacht?« In der Mittagspause riet Plessner den beiden Schläfrigen zu verschärftem Kaffeekonsum. Jäschke besorgte eine Kanne Kaffee. »Vielleicht überlebt ihr damit den Nachmittag.« Er stupste Merlinger an, dessen Lider schon wieder auf Halbmast hingen: »Tasse oder intravenös?«

Als Jordan sein Klassenzimmer betrat, litten Mick und Merlinger an einem profunden Koffeinrausch. Merlinger hätte sich nicht gewundert, wenn sein Herz aus dem Körper geklettert wäre, um erst mal dreißig Runden um den Sportplatz zu laufen. Und Mick mußte ständig auf die Toilette. Merlingers Hände bebten, und ihm brach immer wieder die Stimme weg, weil sein unruhiger Atem wie ein Zitteraal durch den Körper schoß.

Cromwell kam herein, die Zugluft riß ihm die Klinke aus der Hand, und die Tür knallte zu. Merlinger erschrak und zappelte, als säße er auf einem elektrischen Stuhl, fegte erst mal Jäschkes Sachen vom Tisch, dann um ein Haar Jäschke selbst vom Stuhl, und dann griff er sich ans Herz. Alles prustete, und Cromwell fragte müde an, was denn so komisch sei.

Sie grinsten und sahen zu Merlinger und van Hagen, die schon wieder unruhig auf ihrem Stuhl hin und her ruckelte.

Merlinger sprach jetzt sehr, sehr schnell und atmete dabei nicht mehr in Reihenfolge: »Dr. Jordan! Es handelt sich hier um einen Chemie-Unfall! Einen kleinen Chemie-Unfall! Mick und ich haben die Dummheit begangen, während der Mittagspause eine Überdosis Koffein zu uns zu nehmen! So erklärt sich unser Zustand der mittleren, wenn nicht sogar fortgeschrittenen Aufgeregtheit! Wir dachten, der Kaffee würde uns ein wenig beleben! Daß er uns aber derartig scheiße unter Strom setzt, hätten wir nicht gedacht! Dabei hatte jeder von uns nur fünf Tassen! Ich kann mir das gar nicht erklären, Sir! Aber ich glaube behaupten zu können, daß ich im Augenblick der schnellste Mann auf Erden bin! Bestellen Sie bitte sofort Don Johnson auf den Sportplatz, quatsch: Jordan Jackson oder wie dieser Läufer heißt, weil, den hänge ich ab, und zwar in Gummistiefeln!« Die Klasse brach in anfeuernde Rufe aus, Cromwell lehnte an der Tafel und lachte bei der Vorstellung, wie ein völlig verzitterter Merlinger in rasendem Tempo und viel zu großen, schmatzenden Gummistiefeln über die Aschenbahn flitzte.

In diesem Moment kam Baumann über den Gang. Er hörte das Gelächter aus Cromwells Klassenzimmer, blieb stehen und lauschte.

Er trat ein. Die Klasse lachte weiter und wurde dann allmählich leiser, Cromwell fragte mit immer noch bebender Stimme, was anläge. Baumann sah sich um und merkte, daß ihn alle als Störenfried und Eindringling wahrnahmen. »Nichts, nichts. Ich hörte nur Lärm und dachte, die Klasse wäre ohne Aufsicht. Aber du bist ja da, Jordan. Das beruhigt mich ungemein.«

Er lächelte abfällig, wandte sich zur Tür und mußte jäh zur Seite springen, denn van Hagen schoß in ihrer Pipi-Panik blitzartig neben ihm aus dem Raum, Baumann vollführte einen lächerlichen Hopser, und die Klasse lachte erneut los. Cromwell bemerkte zum erstenmal so etwas wie Wut in Baumanns Gesicht.

Cromwell dachte: Für diesen versauten Abgang werden wir noch büßen.

Für das Sommerfest vor den großen Ferien beschloß Merlinger, man müsse einen Kampf zwischen Lehrern und Schülern auf dem Fußballfeld austragen. Er heftete seine Aufforderung zum Tanz ans schwarze Brett und begann schon mal seine Mannschaft aufzustellen.

Wie ein Feldherr schritt er die Front der Freiwilligen ab und jagte sie über den Platz. Als er die Aufstellung bekanntgab, waren die Mädchen sauer, denn außer Betge und zweien von den Naturwissenschaften fand kein weibliches Wesen Gnade vor Merlingers gestrengen Traineraugen. Selbst Betge landete auf der Reservebank, was sie zu rüden Merlinger-Beschimpfungen hinriß.

Merlinger trainierte seine Elf, als hätte er ein Diplom in Menschenschinderei gemacht, und als er von seinen murrenden Männern gefragt wurde, warum er bei dem harten Konditionstraining nicht mitmache, erläuterte er, daß er so oder so schon schwer für den Sieg arbeite: »Nacht für Nacht grüble ich über Strategien und Spielzügen, meine Herren! Das ist auch kein Zuckerschlecken!« Und zu Helene, die als Zaunkönigin zu Besuch war, sagte er: »Ich werd mir doch nicht die Füße dreckig machen.« Aber er verwendete tatsächlich mehr Zeit auf das Spiel als auf die Schule. Da mußten Trikots her, die Schüler sollten ihre eigene Hymne haben, überhaupt brauchte der Verein einen Namen und einen ordentlichen Schlachtruf. Anders'

Vorschlag wurde einstimmig angenommen: »Zieht den Lehrern die Lederhosen aus!« Wegen mangelnden Sportsgeistes verworfen wurde hingegen Betges erstaunliche Parole: »Töten! Töten!« Schließlich nannten sie sich schlicht: »Die Sieger«, und ihre Hymne sollte der Walkürenritt sein.

Nun mußten sich die Lehrer etwas einfallen lassen. Der jogginggestählte Baumann war sofort für ein Match zu haben, der Rest verhielt sich zurückhaltend. Cromwell erklärte: »Ich mach mich doch nicht zum Hampel.«

Worauf Baumann rückfragte: »Tatsächlich? Wann und wo? Und kann man mal dabeisein?«

Das Leben wurde schneller und stressiger. Es hagelte die letzten Klausuren, auf dem Unterdeck wurden die Abi-Prüfungen durchgezogen, und die Vorbereitung des Sommerfestes lief auf Hochtouren, denn die Sommerfeste waren Brandons besonderer Stolz, und da wollte er nichts dem Zufall überlassen.

Laura übernahm die Außengestaltung und wuselte und werkelte Tag für Tag im Park herum, ließ die Kleinen Girlanden basteln und damit Bäume und Sträucher schmücken, Plattformen für die Bänke und ein Tanzboden wurden aus dem Keller gezerrt und repariert, Sonnenschirme organisiert, das Schulorchester quälte den alten Musiklehrer Wiehl mit ausgesuchten Kakophonien, auf dem Unterdeck herrschte ausgelassene Stimmung über den Abschluß, die Befreiung; die Theater-AG zerstritt sich traditionsgemäß, und außerhalb des Unterrichts war das Haus voller Gerenne, Gezanke und geschäftigem Geschrei, und mittendrin, stolz und schimpfend, ein zufriedener Brandon, dem das Adrenalin aus den Ohren schoß und der immer öfter bei Helene Zigaretten schnorren mußte, denn: »Ich komm ja zu nichts!«

Die Gesamtkonferenz vor den Sommerferien warf einen Schatten auf Brandons Lieblingsfest; sie verlief etwas zu turbulent.

Cromwell mußte kurz vorher zu der Beerdigung einer Tante, seine Gruppe wurde während seiner Abwesenheit auf Baumann und Benrath verteilt.

Die Beerdigung war äußerst bedrückend; Cromwell fuhr bereits am Vorabend zu seiner Mutter, die ständig in Tränen ausbrach und von ihm und seiner Schwester Maja nicht zu beruhigen war. Die drei saßen die ganze Nacht zusammen in der Küche, und die Mutter erzählte Geschichten aus dem Leben ihrer Schwester, die es jetzt mit 45 Jahren bei einem Autounfall aus der Kurve getragen hatte und sie somit alleine in der gemeinsamen Wohnung zurückließ; er und Maja halfen der Mutter beim Sortieren von Tantes Sachen, und Cromwell versackte in einer Erinnerungsflut, als er alte Briefe und Fotos fand: Cromwell als Baby, Cromwell als Kind, Cromwell mit der Tante im Garten, Cromwell allein auf der Hollywoodschaukel, böse in die Kamera sehend.

Er saß auf dem Boden und sortierte und las, und dann begann er auch zu heulen. Maja nahm ihm alles aus den Händen und legte es zurück in die Schachteln. »Die Toten sind tot«, sagte sie im Befehlston.

Am nächsten Nachmittag fuhr er gleich wieder zurück nach Haidenfeld und war erleichtert, das Trauerhaus zurückzulassen und statt dessen wieder sein summendes, brummendes Tollhaus zu betreten. Nachdem er den Wagen vor dem Lehrerflügel geparkt hatte, freute er sich so, in der Ferne im Gras seine Gruppe zu sehen, das Normale, das Leben, daß er mal kurz zu ihnen ging.

Er traute seinen Augen nicht: Seine kurze Abwesenheit hatte ausgereicht, und er stand wieder fassungslos vor seinem alten Schnellkochtopf. Aber vor einem ohne fröhlichen Überdruck. Merlinger und Anders brüllten sich an, und Betge klebte bitterböse-tröstend an einer van Hagen, die wirkte, als hätte man sie zurückgebombt in ihre verkorksten Anfangs- und Angstzeiten. Cromwell griff sich Merlinger und verlangte Aufklärung.

Baumann hatte es seinen Gastschülern gründlich besorgt. Unter dem schadenfrohen Grinsen seiner eigenen Gruppe hatte er sie erst mal herzlich willkommen geheißen und dann jeden einzelnen von Cromwells Leuten auf Herz und Nieren geprüft.

An der Tafel.

In seinem Zweitfach Latein.

Als ersten hatte er sich Plessner vorgenommen. Der war anfangs noch guten Mutes, dann ließ ihn Baumann nur noch Sätze übersetzen, in denen es um fette Senatoren, dicke Cäsaren, Wänste und Freßgelage ging; alles natürlich unschuldig verpackt in geschichtliche Zusammenhänge. Der dicke Plessner stand zitternd an der Tafel, hörte hinter sich leises Prusten und Grunzen, und unerbittlich hackte Baumanns Stimme einen Satz nach dem anderen heraus, der Größenordnung: »Hannibal war so breit, daß er unerkannt neben seinen Elefanten die Alpen überqueren konnte! Was ist Ihnen, Plessner? Mit welchem Wort haben Sie Schwierigkeiten? Mit dem Wort »breit«? Meinetwegen können Sie auch ein Synonym wählen. Fett. Oder feist.«

Bis Plessner die Tränen kamen. Merlinger hatte daraufhin Baumann angefahren: »Da merkt man doch gleich, daß Sie Humanist sind! Bravo!«

»Herr Merlinger, bitte an die Tafel!«

»Das hab ich mir schon gedacht! Gott Kupfer!«

Dann hagelten auf Merlinger Sätze hernieder, bei deren Vokabular Herrn Stowasser persönlich die Tränen gekommen wären. Aber Merlinger ließ sich nicht kleinkriegen, schrieb nur die Vokabeln an die Tafel, die er kannte, und die Satzlücken füllte er mit einem Platzhalter aus, einem Platzhalter in Form des Wortes »Fuck«.

»Danke, Herr Merlinger. Dürfte ich jetzt Fräulein van Hagen nach vorne bitten!« Van Hagen war mit aschfahlem Gesicht sitzen geblieben und hatte sich nicht gerührt. »Wie ausgeknipst«, beschrieb Merlinger, »und sie hat doch schon Angst vor ihm, wenn er nur auf dem gleichen Flur ist!«

»Darf ich die Einladung an Sie wiederholen, Fräulein van Hagen!«

Keine Reaktion. Baumann schlenderte auf sie zu und beugte sich mit väterlichem Tonfall zu ihr hinunter, wobei er sich so mit beiden Händen auf der Tischplatte aufstützte, daß seine Krawatte direkt vor ihrem starren Gesicht baumelte. »Fräulein van Hagen? Sie haben es doch sonst immer so eilig. Ist Ihnen nicht gut? Sollen wir einen Arzt rufen? Huhu, Fräulein van Hagen!«

In diesem Moment platzte Betge der Kragen, und sie brüllte Baumann an: »Das sieht doch ein Blinder, daß ihr schlecht ist! Und hören Sie doch auf mit Ihrem doofen Fräulein, Fräulein!« Baumann sah Betge an, als wäre sie die dreckigste Nutte weit und breit: »Keine Bange, Betge. Ich würde Sie nie, unter keinen Umständen, mit solch einem ehrenhaften Titel anreden.«

Betge stand auf: »Entschuldigung, mir ist auch schlecht, ich muß kotzen gehen!« Dann zog sie Mick von ihrem Stuhl und zerrte sie mit sich aus dem Zimmer. Auch Merlinger stand auf. Baumann sah sich amüsiert um: »Noch jemand aus der Gruppe in Kotzlaune? Oder mit Lust auf einen Eintrag?« Plessner saß wie in Beton gegossen. Merlinger schubste ihn, Plessner sah ihn aus seinen verheulten Augen an, Merlinger sagte: »Komm, Bruder. Wir gehen.« Und Plessner tapste willenlos neben Merlinger hinaus und ward nicht mehr gesehen.

Merlinger wischte sich mit der Hand über die Nase: »Das war's.«

Cromwell hatte das Gefühl, er müsse sofort Amok laufen. Ganz großes Amok.

Er drehte sich fahrig um, sah zum Gebäude, dann drehte er sich wieder zu Merlinger, sah zum Wald; er wußte nicht, was er zuerst machen sollte: Plessner suchen oder Baumann töten. Merlinger wurde angst und bange vor Cromwells Gesichtsausdruck.

Cromwell sah auf die Uhr: »Ich muß in die Konferenz. Danach sehen wir weiter.«

Cromwell ging mit brüllendem Schädel ins Lehrerzimmer und merkte erst dort, daß er immer noch seinen vollen Beerdigungs-Wichs trug.

Er kam zu spät, sie hatten bereits begonnen, und er schob sich durch die zweite Reihe an seinen Platz am Konferenztisch, neben Benrath und gegenüber von Baumann, den er nicht anzusehen wagte, aus Angst, sofort ausfallend zu werden oder ihm eine zu scheuern.

»Entschuldigung.«

Helene schob sein verkniffenes, fahriges Wesen auf die Beerdigung.

Als er seine Unterlagen aus der Tasche zog, zitterten seine Hände so stark, daß ihm Benrath besorgt die Hand auf den Arm legte. Baumann dachte: »Wie putzig. Bubi ist ja ganz außer sich! Haben die Kleinen sich bei uns ausgeheult?« Und er hatte beim Blick auf

Jordans Gesicht, das dieser unter den blonden Zotteln versteckte, das sichere Gefühl, der Sollbruchstelle ein entscheidendes Stück näher gekommen zu sein.

Und ab gings zur Tagesordnung. Organisationsfragen, Personelles, Finanzielles und dann ans Eingemachte. Cromwell hatte sich die ganze Zeit über kaum bewegt.

Nachdem man Baumanns Gruppe ein reibungsloses Funktionieren und große Disziplin bestätigt hatte, nahm man sich Benraths Klasse vor. Da gab es ein paar kleine Probleme, Nichtigkeiten. Die Konferenz verlief so harmonisch, daß Brandon es beinahe Konrad gleichgetan und ein Nickerchen eingeschoben hätte. Aber als man auf Cromwells Truppe zu sprechen kam, brach sich ein großer Zorn Bahn. Vor allem die Praktikanten waren äußerst beleidigt.

»Arrogantes Pack! Wenn wir Aufsicht haben, behandeln sie uns wie den letzten Dreck!«

»Erst neulich mache ich Jäschke sehr freundlich auf einen Fehler aufmerksam. Und was sagt er zu mir? Er sagt: ›Ich lasse mir von niemandem Vorschriften machen. Das darf höchstens Dr. Jordan. Und selbst der muß sich dann warm anziehen!‹ Das ist doch unglaublich!«

Cromwell sah Jäschke vor sich und hörte, in welch selbstzufriedenem und beleidigendem Tonfall er das gesagt hatte. Trotz seiner Wut ging der schwache Hauch eines schwachen Lächelns über sein Gesicht.

Baumann schaltete sofort: »Wie ich sehe, findet Dr. Jordan das Verhalten seiner Gruppe amüsant. Das sollte man ihm seiner Jugend wegen nachsehen. Es kann ja eventuell verdienstvoll sein, zumindest e i n e Lehrkraft zu beschäftigen, die den Schülern mehr so als einer der ihren entgegentritt. Als Kumpel.« Baumann hatte das Wort ›Kumpel‹ so schleimig ausgesprochen, daß in der Obertonreihe das Wort ›Anbiedern‹ mitklang, und jetzt grinste er Cromwell mit voller Breitseite an: »Aber wir Erwachsenen dürfen wohl auch etwas Rücksichtnahme einklagen.« Baumanns Stimme klang jetzt sanft tadelnd, als wäre er eine gütige Tante:

»Ich weiß, daß es im Eifer von Kindergeburtstagen schon mal laut werden kann. Aber das muß doch nicht jeden Tag und im Klassenzimmer sein, ihr kleinen Racker.« Fast alle der von Cromwells Gruppe gebeutelten und gezausten Lehrer lachten. Sollbruchstelle: Ich komme. Benrath sah Cromwell nicht an, aber sie spürte einen lautlosen Schlag, einen Stromschlag neben sich, obwohl Cromwell kaum Bewegung zeigte; er hielt die rechte Hand auf die Tischplatte gepreßt, während er mit der linken einen Kugelschreiber würgte. Brandon wußte nicht, ob er sich einschalten sollte, und sah zu Helene. Ihr besorgtes Signal: Laß ihn erst mal machen.

Cromwell begann sehr leise zu sprechen, ohne Baumann anzusehen: »Ich weiß, daß ich es an Erfahrung nicht mit Ihnen aufnehmen kann, Herr Dr. Baumann. Ich weiß, daß ich kaum eine Ihrer Erfahrungen habe. Vielleicht sogar GAR KEINE IHRER Erfahrungen, Herr Dr. Baumann. Ich weiß zum Beispiel nicht, wie es ist, wenn man ein Kind demütigt. Wie fühlt sich das an? Lohnt sich der Kick? Dann werde ich's auch mal ausprobieren. Ich weiß auch nicht, wie es gelingt, innerhalb von nur einem halben Tag eine Gruppe zu ruinieren.«

»An deiner ›Gruppe‹, diesem hysterischen Haufen, ist nichts mehr zu ruinieren.«

»Wie nennst du es, wenn dir ein paar gutgelaunte, selbstbewußte Gören anvertraut werden und du sie in eine völlig aufgelöste Meute verwandelst! Alle nur noch daneben und verheult! Und was du mit Plessner gemacht hast, dafür könnte ich dir, halten zu Gnaden, sofort die Fresse polieren!«

Der einzige, der auf solche Worte vorbereitet war, war Fresse selbst. Trotzdem spielte Baumann die pikierte Unschuld, während alle andern durcheinander raunten. Benrath wurde es neben diesem vor Haß geradezu berstenden Cromwell so mulmig, daß sie im Reflex etwas von ihm abrückte. Baumann legte aufreizend langsam die Hände ineinander, Cromwell stand auf, schlug auf die Tischplatte, daß die Kaffeetassen klirrten, und brüllte Baumann an: »Und wenn du feige Ratte irgendein Problem mit m i r hast, dann halte dich an m i c h und laß andere da raus!«

Baumann spielte Empörung und hob nun auch die Stimme: »Flippst du oft so aus? Du bist ja gemeingefährlich!«

Cromwell sah tatsächlich so gewaltbereit aus, daß Brandon hinter ihn trat und ihn auf seinen Stuhl zurückdrückte. Cromwell schüttelte Brandons Hände ab, blieb aber sitzen. Brandon brüllte: »Schluß jetzt! Verdammt noch mal! Wir sind hier nicht auf dem Fischmarkt! Halbe Stunde Pause, bis wir den ganzen Schlamassel geklärt haben! Und zwar auf zivilisierte Weise! Baumann, Jordan – ab in mein Büro!«

Die anderen wären zu gerne dabeigewesen, aber so trieben sie sich mit ihren Kaffeetassen und dezenter Neugierde auf dem Gang rum. Helene fragte Benrath, ob sie etwas Näheres wisse. Benrath schüttelte den Kopf: »Cromwells Leute haben heute nachmittag, so vor einer halben Stunde, glaube ich, Baumanns Unterricht boykottiert, das ist alles, was ich bis jetzt gehört habe.«

Helene ging durch die kleine Schar der Neugierigen hindurch in Brandons Büro.

Cromwell lehnte, aufs äußerste gespannt, am Fensterbrett; Brandon saß an seinem Schreibtisch, und ihm gegenüber hatte ein völlig ruhiger Baumann Platz genommen, der gerade erläuterte, daß er nur business as usual gemacht habe, und schon seien Cromwells Leute ausgetickt. Ob es heutzutage bereits Kindesmißhandlung sei, einem Schüler an der Tafel Aufgaben zu stellen. Cromwell geriet erneut in Rage: »Was für Aufgaben! Erzähl doch mal, du sadistisches Arschloch!«

»Cromwell, komm wieder runter!« sagte Helene. Cromwell brüllte weiter: »Fragt mal Plessner, was für Aufgaben! Wenn er es euch vor lauter Scham überhaupt erzählt! Und Baumann zerrt ausgerechnet so einen wie Plessner an die Tafel und zwingt ihn ... ich könnte ihm den Hals umdrehen! Und was ist mit van Hagen! Baumann weiß doch genau, welche Schwierigkeiten wir hatten! Und jetzt haben wir die wieder! Danke, Baumann! Erst macht er alle ihre Freunde nach Strich und Faden fertig, und wenn sie dann vor Panik schon nicht mehr geradeaus gucken kann, dann nimmt er s i e dran!« Er wandte sich plötzlich wutentbrannt an Brandon und Helene: »Warum war sie überhaupt bei Baumann! Ich hatte doch ausdrücklich gewünscht, daß sie zu Benrath kommt! Was läuft hier eigentlich! Sabotage, oder was!«

Brandon sah zu Helene, und beide zuckten mit den Achseln: Keine Ahnung, warum das verschlampt worden war. Baumann meldete sich ruhig zu Wort: »Nun wollen wir mal bei den Fakten bleiben. Und Fakt ist, daß unser junger Kollege offenbar nicht nur große Schwierigkeiten mit seiner Gruppe hat, sondern noch größere mit sich selbst. Wie sein heutiger Auftritt einmal mehr beweist.«

Und jetzt legte Baumann letzte Hand in Sachen Sollbruchstelle an: »Aber wie ich aus Erzählungen weiß, war das ja zu erwarten. Du solltest dich besser in den Griff kriegen, Söhnchen.« Bevor Helene und Brandon reagieren konnten, griff Cromwell nach dem erstbesten Gegenstand und schleuderte ihn auf Baumann. Die Vase, die Brandon von seiner Mutter geerbt hatte, verfehlte zwar ihr Ziel, aber nicht die Wirkung. Etwas bleich stand Baumann auf, sah auf die Scherben und sagte mit nicht mehr ganz so sicherer Stimme: »Du gehörst doch in die Klapse, du Irrer.« Cromwell brüllte weiter wie ein Stier und mußte von Brandon und Helene festgehalten werden, weil er zum Anflug auf Baumanns Gurgel ansetzen wollte. Brandon hatte jetzt final die Nase voll und stieß seinerseits ein paar Brandon-Königs-Brüller aus, die sogar Cromwell zur Räson brachten: »Wir sind hier schon im Irrenhaus! Seid ihr durchgedreht? Ich hab Lust, euch beide sofort rauszuschmeißen!« Dann donnerte er Baumann entgegen: »Wenn du deine ewige Stänkerei gegen Jordan nicht unverzüglich einstellst, dann fliegst du als erster! Ich bin diese ewigen Provokationen leid! Laß deine Privatkriege gefälligst vor der Tür!« Etwas ruhiger, aber immer noch hinreichend laut nahm er sich Cromwell vor: »Und wenn du noch einmal hier den Rambo machst, dann kannst du sofort deine Sachen packen! Habe ich mich klar ausgedrückt! Ihr seid ja kindischer als eure Kundschaft! Daß man sich mit so was überhaupt beschäftigen muß! Unter erwachsenen Menschen! Und jetzt gebt ihr euch hier vor meinen Augen die Hand, oder ihr erlebt euer blaues Wunder!« So hatte Helene ihn lange nicht mehr erlebt. Stentor Brandon.

Nach längerem Zögern gaben sie sich tatsächlich die Hand. Cromwell schaute Baumann dabei nicht in die Augen, während Baumann ihm – bereits wieder krokodilig lächelnd – fast die Hand brach. »Und jetzt ab zur Konferenz!« blaffte Brandon. Cromwell ließ

Baumann den Vortritt und verschwand erst mal in seinem Klassenzimmer. Helene schloß hinter ihnen die Tür. »Wenn das mal das Ende vom bösen Lied war.« Und beeindruckt: »Gott, hast du gut gebrüllt.« Brandon winkte ab: »Das war nur aus Wut wegen der schönen Vase. Naja, so richtig schön fand ich sie eigentlich nie. Eigentlich fand ich sie sogar immer potthäßlich.« Auf dem Weg nach draußen schaute er noch mal kurz auf die Scherben: »Um ehrlich zu sein: Eigentlich hätte ich sie gerne selbst nach Baumann geschmissen.«

»Vielleicht solltest du mal darüber nachdenken, Baumann persönlich zu schmeißen.«

Brandon öffnete die Tür und sah sich einigen betont uninteressierten Kiebitzen gegenüber, die mit flinkem Blick sofort den Porzellanbruch registrierten. Brandon deutete auf die Scherben und sagte theatralisch: »Ruft Ludwig! Es kann abgeräumt werden!«

Baumann hatte mit seiner Feindseligkeit genau das Gegenteil dessen erreicht, was er wollte. Er hatte ihn nicht demontiert, Cromwell galt als Held.

Es wurde gemunkelt, er habe in Brandons Büro nicht nur eine lumpige Vase nach dem Feind geworfen, sondern mit der Zeit wurde aus der Vase eine gigantische Amphore, und der Streit wuchs sich legendentechnisch zu einem mordsmäßigen Zweikampf aus, in dem Baumann fast ein paar Zähne verloren und sich die Adlernase gebrochen hätte, wären da nicht Brandon, Helene und Ludwig herbeigeeilt, um den Schwächling vor dem erbittert seine Leute verteidigenden Racheengel Dr. Jordan zu schützen …

Bis zum Sommerfest fiel zwischen Cromwell und Baumann kein böses Wort. Das war kein Wunder, weil sie gar nicht mehr miteinander sprachen. Baumann steckte die angespannte Situation leicht weg, obwohl er nachhaltig von Cromwells Kontrollverlust beeindruckt war. Und Cromwell ärgerte sich über seinen Ausbruch.

Sie hatten die Konferenz tödlich ruhig und so schnell wie möglich durchgezogen, dann hatte sich Cromwell auf die Suche nach Plessner gemacht.

Er ging in den Wald und mußte Plessner nicht lange suchen, denn der war unüberhörbar. Er heulte. Als er Cromwell sah, schrie er ihn mit vor Heulen überkieksender Stimme an: »Haun Sie ab!« Plötzlich griff er sich einen Ast und schlug damit wie ein Irrer auf die Bäume ein. Cromwell blieb in gebührendem Abstand stehen und wartete.

Dieser sonst so sanfte Barockengel drosch und brüllte sich sein Unglück von der Seele, dann erlahmte allmählich sein Furor, er stand keuchend da und schrie: »Ich hab gesagt, Sie sollen verschwinden!«

»Ich will aber nicht!«

Plessner versetzte einem Baum einen letzten schwachen Schlag, dann ließ er seinen Prügel fallen und heulte nur noch. Dieses furchtbare in die Schultern hochgezogene Heulen, bei dem der Atem nicht mehr mitkommt und es klingt, als wollte sich jemand selbst ersticken.

Cromwell setzte sich auf einen Stamm und hielt Plessner ein Tempo hin. Plessner schnaufte und schnorchelte noch ein Weilchen trotzig im Stehen weiter, dann kam er zögernd näher, nahm das Taschentuch und setzte sich einen Meter von Cromwell entfernt, geschüttelt von schniefenden Nachbeben. Cromwell wußte nicht, was er dem Jungen sagen sollte.

»Das tut weh.«

»Was wissen Sie denn schon!«

»Ich kenn das.«

»Sie! Ausgerechnet!« Plessner wurde wieder wild

und brüllte Cromwell an: »Sie werden auch so behandelt! Guck mal, da kommt die fette Sau Jordan, oder was!«

Er heulte wieder los.

»Es gibt keine fetten Säue. Es gibt dicke Menschen und weniger dicke und welche, die gar nicht dick sind. Ja und? So what? Das einzige Problem ist: Es gibt kluge Menschen, die das so sehen, und dann gibt's da auch noch dumme und saudumme.«

Plessner überlegte schnaubend:

»Aber Dr. Baumann ist nicht dumm. Der steckt doch alle in die Tasche!«

»Da haben wir noch ein Problem: Es gibt ziemlich kluge Menschen, die sehr saudumm sind.«

Plessner sah Cromwell ungläubig an: »Sie meinen, Sie halten Dr. Baumann für ...«

»Ich meine gar nichts«, sagte Cromwell rasch. »Ich hab nur laut gedacht. Hm!« Er grinste Plessner übertrieben und verschwörerisch an, und der zeigte ein verheultes, ungläubig-erfreutes Lächeln.

Auf dem Rückweg wollte es Plessner dann genauer wissen: »Sind S i e tatsächlich früher, ich meine, gehänselt worden?« Und Cromwell antwortete salbungsvoll: »Mein lieber junger Freund! Das wäre untertrieben! Ich wurde gehänselt u n d gegretelt!«

Bis zum Fest bekam Cromwell seine Gruppe kaum noch zu Gesicht, nur van Hagen hielt sich immer in seiner Nähe auf, Rufweite war das mindeste.

Anders und Merlinger waren nur noch in Sachen Fußball unterwegs, und Merlinger stellte einen stolzen und aufgeregten Plessner ins Tor, was ihm harsche Kritik seitens der Kombattanten eintrug: Da könne man ja sofort einpacken; Plessner sei viel zu lahm und brauche mindestens zehn Minuten von einem Pfosten zum anderen. Merlinger bestritt dies und warb für Plessner als »per se schon mal sooo ein Hindernis … Ich sage nur: Abprallfläche, meine Herren!«

Jäschke verachtete Fußball, daher war die Verwunderung groß, als er sich anerbot und aufdrängte, via Lautsprecheranlage den Kommentator zu machen. Dank seiner eloquenten Eigenwerbung war es irgendwann für alle einleuchtend, jemanden live und vor Ort ein Fußballspiel kommentieren zu lassen, der keine Ahnung hatte, was Abseits bedeutete. Fortan vertiefte sich Jäschke in die Materie und lernte Formulierungen auswendig wie »nach vorne gehen«, »nicht nach vorne gehen« oder »den Sack zumachen«.

Betge war jetzt doch froh, auf der Reservebank gelandet zu sein, denn sie hatte nicht nur mit Wagner das Jahresheft der Schülerzeitung zu lektorieren, sondern auch in der Theater-AG für weitere Krawalle zu sorgen, weil sie ihre Emily in »Unsere kleine Stadt« eher modern, mondän und mit Federboa anzulegen gedachte, was bei den Puristen auf Widerstand stieß.

Van Hagen stand etwas verloren inmitten des Trubels, ohne Aufgabe, ohne Arbeit; Cromwell verfrachtete sie zu Laura mit der Bitte, ihr irgendeinen Posten zu verpassen, irgendwas, und sei's persönliche Referentin. Also hatte Laura stets eine mit einem Klemmbrett gepanzerte Mick hinter sich, die gewissenhaft alle Anweisungen Lauras notierte.

Laura hatte mit van Hagen ihre Schwierigkeiten, aber Cromwell zuliebe nahm sie Mick unter die Fittiche. Sie konnte mit diesem schweigenden Geschöpf da nichts anfangen. Und dann wieder war sie erstaunt und befremdet, wie schnell van Hagen mit ihren Aufgaben wuchs und vor allem: mit welcher Bestimmtheit sie befehlen konnte. Nach drei Tagen war sie wie ausgewechselt. Wie sie mit knappen Worten und viel Blickkontakt die Kleinen dirigierte! Ein Kopfnicken: Da lang! Ein Kopfschütteln: Weg damit!

Kein Brüllen, nie Lamento, aber letztlich immer ganz genau am Ziel ihrer Wünsche.

»Die hat der Teufel gesehen«, sagte Laura auf bayerisch zu Helene.

Während der zwei Festtage war das Wetter blendend.

Helene putzte sich zu solchen Anlässen immer besonders heraus, nämlich gar nicht. Sie trug ein unauffälliges graues Kostüm, keinen bunten Schnickschnack, keinen Homer Simpson. Brandon war jedesmal platt, wenn er sie – voll auf seriös – mit den Gästen, den Eltern, den Fördermitgliedern parlieren sah.

Laura rannte noch mal alles checkend durch den Park, ständig eine Notizen machende van Hagen im Schlepptau, die plötzlich sogar ein paar Flüche von Laura übernahm. Was da aus ihrer Kehle kam, klang zwar noch sehr untrainiert, aber immerhin ausbaufähig.

Dann trafen die Gäste ein; man stand erst stoffelig herum, bewunderte den Park und die Dekoration, das Schulorchester schrabbte luftig-schiefe Melodeien. Der Festakt in der Aula war vorüber, die Zeugnisse waren verteilt, und man konnte endlich zum vergnüglichen Teil übergehen. Helene hielt die hektische Laura an und sagte: »Das hast du wieder wunderschön gemacht.« Laura freute sich und ging – nun schon beruhigter – weiter, traf auf Cromwell, und er sagte: »Es ist so schön geworden. Wieviel Limonade hast du da drübergegossen?« Sie wurde böse und kniff ihn, aber er meinte es ernst: »Es hat wirklich alles irgendwie was von Limonade. Hell und friedlich und freundlich.« Sie umarmte ihn und sagte: »Danke, Hänsel.«

»Bitte, Gretel.«

Van Hagen scharrte unruhig mit den Hufen und sah auf ihre Notizen.

Merlinger rannte vorbei und schrie: »He! Interessenskonflikt! Wem drücken Sie die Daumen? Uns oder Ihren Versager-Kollegen?«

»Dem Sieger! Immer dem Sieger!«

»Also uns! Bis dann!«

Der Wurstbaron sonnte sich wie jedes Jahr im Glanz seines Enstiduhts; wenn er nach allen Seiten grüßend durch den Park schritt, ging ihm regelmäßig das Herz auf und die Brieftasche über. Und Ludwig, der die Grillerei beaufsichtigte, hatte jedesmal seine klammheimliche Freude beim Wenden der Würstchen, die der Baron selbstverständlich aus eigener Produktion wähnte, die sie aber sicherheitshalber von einem Haidenfelder Metzger bezogen.

Das Fußballspiel wurde angekündigt, und man ging zu dritt zum Platz: vorneweg Laura und Cromwell, in gebührendem Abstand van Hagen, die sich an ihrem Block festhielt. Cromwell drehte sich um und sagte: »Jetzt kommen Sie schon!« Und von da an lief van Hagen so dicht hinter ihm, daß sie ihm mehrmals in die Hacken trat und er sie fragte, warum man sie eigentlich nicht in der Mannschaft aufgestellt habe.

Jäschke, der vor seinem Mikrofon trohnte und zusah, wie sich die Gäste einfanden, kommentierte die Veranstaltung lustvoll in Grund und Boden.

Cromwell dachte erst, Jäschke hätte einen kleben, als er da im Tonfall eines Drückers, aber dennoch in akkuratem, pedantischem Hochdeutsch nicht nur die dümmsten Phrasen deklamierte, sondern auch schiefe Bilder und nicht mehr nur hinkende, sondern eher schon querschnittsgelähmte Vergleiche bemühte. Aber

Jäschke saß kerzengerade und stocknüchtern auf seinem hohen Schiedsrichterstuhl, den er vom Tennisplatz rübergeschleppt hatte, und plärrte ins Mikro:

»Ja, Petrus hatte ein Einsehen mit den Haidenfeldern, denn hier herrscht mal wieder Kaiserwetter, und es bleibt zu hoffen, daß diese Begegnung hier und heute genauso spannend wird wie seinerzeit äh, ja, genau, wie sagte schon Shakespeare: Es war Wembley, und nicht Wimbledon, hahaha!«

Wo nahm der Junge bloß diese dreckige Vertreter-Lache her!

Cromwell krümmte sich theatralisch wie unter Schmerzen in Lauras Richtung, was Jäschke sehr wohl wahrgenommen hatte und sofort kommentierte: »Auf unseren Libero Dr. ›Die Grätsche‹ Jordan müssen wir heute leider verzichten; er hat sich beim Negerkußwettfressen offensichtlich den Magen verrenkt! Hahaha!«

Jäschke gab die Aufstellung durch, und da war auch dem letzten klar, daß er vorhatte, an diesem Tag das Fußballspiel an sich und die Sportreportage im besonderen zu diskreditieren. »Mit der Nummer 3: Matthias Baumann! Jeder Schuß ein Treffer, harharhar! Mit der Nummer 4: Unsere liebe Ulrike Benrath! Alles Gute, schönes Fräulein! Wollen wir hoffen, daß der Drei-Wetter-Taft hält, was er verspricht! Hahaha!«

Brandon stand neben Helene und fauchte: »Hör endlich auf zu kichern, du blöde Person!« Aber Helene konnte den Blick nicht von ihm wenden, der versuchte, in seinem Schiedsrichterdress noch ein bißchen Restwürde auszustrahlen. Dann kamen Cromwell und Laura des Weges; sie sah ihren Vater und begann ebenfalls zu kreischen. Nun kündigte Jäschke Brandon an: »Und unser Unparteiischer ist kein anderer als der große Magic Brandon! Dem ich von dieser Stelle aus herzlich zurufen will: Wir wissen, wo Ihr

Wagen steht!« Brandon wandte sich irritiert an die vor Lachen brüllende Laura: »Was? Was hat der gesagt? Natürlich weiß er, wo mein Wagen steht! Jeder weiß, wo mein Wagen steht!«

»Er meint, daß sie dir die Reifen plattmachen, wenn du Scheiße pfeifst!« brachte Laura unter Ächzen raus.

Die erste Halbzeit – man hatte sich auf zweimal 20 Minuten geeinigt – wäre ohne Jäschkes Bemerkungen zum Gähnen gewesen; es bildete sich daher spontan ein reiner Jäschke-Fanblock, der ihm zujubelte und ihn damit zu Höchstleistungen anspornte. Im Gegensatz zu dem, was sich auf dem Feld tat. Die Lehrer spielten zäh und linkisch, und die Schüler trauten sich noch nicht so richtig an sie ran, obwohl Merlinger wie ein Berserker am Rand auf- und abgaloppierte und Haßparolen skandierte.

Merlinger mußte gegen jeden seiner Spieler irgend etwas in der Hand gehabt haben und während der Pause damit rausgerückt sein, denn in der zweiten Halbzeit spielten sie um ihr Leben und foulten wie die Teufel.

Jäschke geriet außer sich: »Da hat der Trainer aber noch mal tief in die Trickkiste gegriffen, die Jungs sind ja quasi wie ausgewechselt, hahaha! Gute Torchance für die Unsrigen; Anders steht frei! Höppner, gib ihm endlich die ›Kirsche‹, wie wir vom Fach zu sagen pflegen, aber da kommt Baumann, was hat er vor, was im Sinn und vor allem: was im Kopf? Undurchsichtige Sache das, und weit und breit kein Schiedsrichter! Wo bleibt Brandon! Wo bleibt Brandon! Wo bleibt Brandon! Da ist doch wohl noch nicht die Luft raus? Hahaha!«

Brandon lief langsamer, blieb stehen, schüttelte seine Faust in Richtung »Reporter« und brüllte mit seiner Restpuste: »Jäschke, wir wissen, wo dein Fahrrad steht!« In diesem Augenblick fiel das erste Tor durch Anders, und kaum einer hatte es gesehen, weil alle zu Jäschke und Brandon geschaut hatten. »So ein Pech!« jammerte Jäschke scheinheilig ins Mikro. »Ich glaube, jetzt müssen wir das ganze Spiel wiederholen! Wenn ich also alle noch mal auf ihre Ausgangspositionen bitten dürfte!«

Cromwell betrachtete hingerissen die Krawallschachtel auf ihrem Hochsitz: »Was haben die d e m denn ins Essen getan.«

Im Strafraum begann nun ein schwerer Streit darüber, ob Anders im Abseits gestanden hätte. Brandon machte sich auf den Weg zum Tor. »Ja, das kann man doch nicht anders kommentieren als mit einem: ›Großväterchen, Telefon!‹« quakte Jäschke, der offenbar Gefallen daran gefunden hatte, es Brandon zu zeigen.

Merlinger hielt es nicht länger auf der Bank, und er rannte los in den Strafraum, um unterstützend in die Debatte einzugreifen, woraufhin ihm Brandon sinnlos die rote Karte zeigte; das Geschrei wurde größer, und Brandon zeigte Anders die rote Karte, und Spieler und Fans, die Jäschke für das Durcheinander die Schuld gaben, versuchten, ihn von seinem Hochsitz zu schütteln; Jäschke nutzte die letzten Sekunden am Mikro, um – weiterhin im billigen Verteter-Tonfall – zu verkünden, daß es hier gerade darum ginge, »einen Unbequemen mundtot zu machen. Hahaha!« Inzwischen hatte Brandon der Hälfte aller Schüler wegen angeblicher Beleidigung die rote Karte gezeigt, ein Trupp Jäschke-Anhänger eilte diesem zu Hilfe, und sofort war neben Jäschkes nunmehr umgestürztem Hochsitz eine Rauferei in Gange, Brandon pfiff wie am Spieß, die Lehrer legten sich erschöpft auf den Rasen, Merlinger tobte, Brandon griff sich das Mikro und erklärte das Spiel für beendet. Unentschieden.

Nachdem sich der Pulverdampf verzogen hatte, kroch Jäschke völlig unversehrt unter einem Getränketisch hervor und klopfte sich den Staub von der Hose. Sofort war er von Fans umringt, die ihm johlend auf die Schulter klopften, und er, wieder ganz der Alte, quittierte das Lob mit einem spitzen: »Ich verbitte mir jede Art von Vertraulichkeiten!« Er stapfte davon, und als er an Cromwell vorbeikam, sagte der: »Herr Jäschke, Sie machen mir angst.«

»Das ist Zeitvergeudung, Sir!« Jäschke grinste plötzlich ein original Merlinger-Grinsen: »Das mache ich mir nämlich schon selbst!«

Später beim Abendessen setzte sich Jäschke zwischen Brandon und Helene. Brandon brummte ihn an. Jäschke gabelte grazil etwas Nudelsalat auf und sagte: »Ich nehme an, daß Sie sauer auf mich sind. Ich weiß auch nicht, welche Teufel mich geritten haben. Es muß die Höhenluft gewesen sein, dort droben. Ich kann verstehen, daß sich niemand gerne durch eine Beschallungsanlage und coram publico ob seines sportlichen Versagens verhöhnen läßt …«

»Jäschke. Ihr Fahrrad ist jetzt schon Brei. Sie müssen gar nicht weiterreden.«

Von Helene fiel allmählich die Anspannung des Tages ab, all diese Gespräche mit Eltern und Sponsoren, die Sorge, daß etwas schiefgehen könnte, das ewige Lächeln, Grüßen und Hofieren. Sie umarmte Laura und lachte ihr die Schulter naß. Brandon sagte nur: »Oh, oh. Morgen ist wieder der Simpson-Pulli dran.«

Tatsächlich fiel Helene nach den Festen und mit Ferienbeginn grundsätzlich in eine diffuse Übellaunigkeit, ähnlich der cromwellschen Sonntags-Einsamkeit.

Wochen ohne Arbeit und ohne Brandon, der immer mit Laura seine Verwandten in England besuchte. Was sollte sie jetzt machen? Urlaub mit Hilmar?

Brandon hatte einmal zu ihr gesagt: »Du blöde Person! Setz ihn an einem Rastplatz aus und mach dir ein paar schöne Wochen!« Wie zum Teufel machte man sich ein paar schöne Wochen! Alle hatten etwas vor: Benrath ging mit ihrem Freund Wandern, Baumann flog (mit Frau! Und sogar der eigenen!) nach Kreta, Diehl ging auf einen Segeltörn, und Konrad fuhr wie jedes Jahr in seine Stammpension am Comer See, wo er die Tage damit verbrachte, lesend auf der Terrasse zu sitzen, sich hin und wieder einen Weißwein bringen zu lassen und den anwesenden älteren Semestern Honneurs zu machen.

Helene stand an ihrem Fenster und beobachtete die abfahrenden Kolonnen. Brandon kam zum Verabschieden.

»So, ich fahr dann auch mal.« Er stellte sich neben sie und sah mit ihr aus dem Fenster. »Du blöde Person ...«, begann er.

»Ich weiß, ich weiß! Mach's gut. Paßt auf euch auf. Ich hab gehört, die fahren da falschrum.« Brandon umarmte sie: »Okay, Darling. See you.«

Als sie sah, wie er ins Auto stieg und ihr ohne noch einmal hochzusehen zuwinkte, war ihre Laune endgültig am Boden.

»Tja, das war's dann wohl.« Cromwell stellte seine Tasche auf den Tisch und sah auch nicht gerade so aus, als wäre gleich Bescherung.

»Was machen Sie? Fahren Sie weg?«

Helene stöhnte. »Nicht, daß ich wüßte.«

»Ich weiß auch nicht.« Dann lachte Cromwell: »Wir können ja zusammen an die dreckigsten Touri-Plätze der Welt fahren und denen da den Ober-Touri machen. Mit Hawaiihemd und Tirolerhut und allem

Drum und Dran.« Helene drehte sich zu ihm um. Und sagte dann: »Warum eigentlich nicht?«

Sie sahen sich eine Weile schweigend an, begannen zu grinsen, Cromwell griff sich euphorisch seine Tasche und sagte: »Los geht's!«

»Adolf oder deins?«

»Meins!«

Aufgekratzt fuhren sie zu Helene. Sie fiel über ihren Schrank her und packte einen Chaoten-Koffer, während Cromwell im Wohnzimmer Hilmar die Lage erläuterte. Kleiner Ausflug, höchstens eine Woche, Trip ins Blaue; Hilmar wirkte etwas entgeistert, knurrte aber Gute Reise.

Dann waren sie auf der Autobahn nach Süden.

Helene verspürte eine – wie Brandon es nennen würde – Leckarsch-Laune. Es war schön, so ziellos durch den Sommer gefahren zu werden, neben ihr ein gutgelaunter Cromwell, der sich mit der Begründung: »Luxus tut not!« von ihr die Zigaretten anrauchen ließ.

Cromwell fuhr direkt in einen Jahrhundertstau, und Helene räsonierte laut ein wenig über die Gesellschaft an sich und die Beschaffenheit des Menschen und was diesen eigentlich motiviere und antreibe, und vor allem: was ihn stoppe.

»Angst. Es gibt übrigens genau drei Todesängste:

1. Die Angst, keine Luft mehr zu kriegen.
2. Die Angst, das Herz könnte stehenbleiben.
3. Die Angst, den Verstand zu verlieren.

Alle Restängste bauen darauf auf. Mit anderen Worten: Was diese Basics angeht, da sind wir alle gleich. Sozusagen Pauschalreisende auf dem Weg durchs Leben.« Und sie kommentierte sich selbst mit einem: »Mein Gott, bin ich heute wieder gut!«

»Sind Sie, sind Sie. Aber die Pauschalthese nehme ich Ihnen trotzdem nicht ab.«

»Jaah! Dann kommen wir doch mal zu meiner Lieblingstheorie!« rief Helene in Diskutierlaune: »Also: Alles Negative hat normalerweise ein positives Pendant. Gut hat Böse. Liebe hat Haß, Trauer hat Glück. Nur die Angst ist ein Monolith. Sie hat keinen sie auslöschenden Gegenpart.«

»Doch. Zum Beispiel die Euphorie.«

»Euphorie ist eine Sekunde, Angst ein Jahrtausend. Kein ernstzunehmender Gegner.«

»Mut.«

»Mut ist nur eine mögliche Reaktion auf Angst. Der Mut braucht die Angst. Sonst wäre er ja kein Mut, sondern bloße Handlung. Mut ist nur ein Hilfsmittel im Kampf gegen die Angst, genauso wie Flucht. Oder Hoffnung.«

»Tavor.«

»Wenn dir so was dazu einfällt, muß ich mir wirklich Sorgen um dich machen!«

»Überwindung.«

»Haha, bei Höhenangst rauf auf den Turm – das ist ein Lernprozeß. Aber kannst du auch lernen, das Atmen oder den Herzschlag einzustellen, ohne zu sterben? Ich sagte ›Basics‹, Freundchen! Solange der Mensch einen Körper hat, wird er auch Todesangst haben.«

»Aber die Sache mit dem Verstand: Wenn ich meinen Verstand verliere, merke ich doch eh nichts mehr.«

»Wir sprechen hier von der ANGST davor, den Verstand zu verlieren. Wir haben ihn also noch! Außerdem ist der Ausdruck »Den Verstand verlieren« irreführend. Es müßte heißen: »Nichts mehr verstehen«. Die Aussicht darauf, NICHTS mehr zu verstehen, ist für jeden Menschen eine tödliche Gefahr. Ich habe in der Psychiatrie Leute gesehen, die vor Angst die Wände hochgegangen sind. Und zwar nicht wegen dem Schlangenfraß, den sie da serviert bekommen. Soviel zum Thema Todesangst und den Verstand verlieren.«

»Ich verlier den Verstand, wenn sich nicht gleich der Stau auflöst.«

»Hast du heute noch so viel vor?« fragte Helene pseudo-mitleidig. »Ist der Terminkalender so voll?«

»Eher die Blase.«

An der nächsten Raststätte wurde er seine Sorgen los, und ihm fiel ein, daß er seiner Mutter den angekündigten Besuch absagen mußte.

Helene lehnte an der offenen Telefonzelle, die Sonnenbrille auf der Nase, und das Raststätten-Volk drumherum starrte erst auf Homer und dann auf die gesamte alte Schachtel, die da neben einem jungen Mann herumlungerte, der ins Telefon rief: »Nein, Mama! Mir geht's gut! Nein, mir ist nichts passiert, Mama!« Helene freute sich diebisch, als sie in den Gesichtern der Vorübergehenden die Vermutungen rattern sah, so laut und deutlich, als würden alte Registrierkassen klingeln.

»Ja, stell dir vor: Es gibt noch ein Leben nach der Schrankwand!« schickte sie einer Vettel hinterher, die sich mit Kuhblick an ihnen vorbeischob.

Helene fühlte sich schlicht großartig. Taufrisch, überheblich, Bäume ausreißen wäre noch das mindeste; Brandschatzen, Bombenlegen. Dann eine Bank überfallen und mit Cromwell ans Ende der Welt fahren und Brandon und Laura nachkommen lassen und eventuell auch noch Jäschke, der von einem Hochsitz herab ihr Strandleben kommentieren würde: »Wird sich der alte Mann in die Wogen trauen? Das sieht bis jetzt ganz gut aus. Doch da! Da! Da fällt ihm eine Kokosnuß auf den Kopf und ein Barcadi in den Rücken …«

Cromwell hatte aufgelegt, streckte sich und fragte,

als hätte nicht er, sondern Helene gerade telefoniert: »Und? Gibt's was Neues?«

»Nichts. Nur Leute«, sagte Helene und wies unauffällig auf eine vollversteißte Trias von plissierten fränkischen Hausfrauen, die sie unverhohlen anstarrten und sich lautstark das Maul zerrissen. Cromwell sah kurz rüber: »Soll ich Sie jetzt hier sofort nehmen oder küssen wir erst?« Sie lachten, und die Steiße drehten beleidigt ab. »Wußten Sie, daß die Beduinen über 200 Bezeichnungen für ihre Kamele haben, aber nur drei oder vier für ihre Frauen?«

»Das nenn ich klare Verhältnisse.«

Als es dunkel wurde, waren sie im Trentin und fuhren im Rabenschwarz der Nacht zwischen den noch rabenschwärzeren Bergwülsten hindurch; es gab tatsächlich zwei Arten von Schwarz, ein bulliges fettes Bergschwarz und darüber ein leichteres Himmelschwarz. »Was für ein Ofenrohr«, sagte Helene.

Sie fanden ein Hotel am Berg und aßen unter Bäumen an einem Holztisch zu Abend; die Bedienung legte sogar eine Dreiviertelüberstunde für sie ein, dann spürte Helene die Kilometer in den Knochen. Als sie sich vor den Zimmertüren trennten, sagte sie: »Das war doch mal ein schöner Tag.«

Cromwell, vom langen Fahren und vielen Essen bis an die Valiumsgrenze ermüdet, antwortete: »Und morgen ans Meer!«

»Und morgen ans Meer!«

Sie fuhren und wechselten einander dabei ab, nachdem sich Helene auf der Landstraße mit dem Prinzip »Automatik« vertraut gemacht hatte. »Fahre ich nicht wie eine Eins?« fragte sie auf der Autobahn stolz und in regelmäßigen Abständen Cromwell, der dann pflichtschuldig sagte: »Wie eine Eins plus.«

Und dann schrie er plötzlich auf: »Wir müssen auf die rechte Spur!«

»Ich weiß, Schatz.«

Helene begann »Hallo, kleines Fräulein« zu pfeifen, und dann fiel ihr auf, daß sie seit Ewigkeiten nicht mehr gepfiffen hatte, wann eigentlich zum letztenmal, zum Abitur oder wann, oder zum Examen oder zu Brandons Scheidung, ich habe alles erlebt, nichts Menschliches ist mir fremd, ich bin auch hier nicht in der Fremde, ich habe die größte und merkwürdigste Familie der Welt, einen Mann, der nicht mein Mann ist, und einen Mann, der zwar nicht mein Mann ist, aber trotzdem mein Mann, und eine Tochter, die ich nicht geboren habe, und einen fremdehelichen Sohn.

Helene hätte sofort anhalten können, um Cromwell vor Dankbarkeit zu umarmen.

Cromwell legte sich seitwärts in den Sitz und betrachtete die Ödnis der Po-Ebene, die stillgelegten Höfe und Häuser, die früher einmal mitten in der Landschaft gestanden hatten und jetzt ausgebeint neben der Autobahn zerfielen. Dann schlief er – tatsächlich und ohne Hilfsmittel – ob dieser Ödnis ein und wurde erst wieder wach, als Helene nach Kaffeepause und Fahrablösung verlangte.

Als er auf einen Tunnel zufuhr, setzte er seine Sonnenbrille auf und schrie los, sobald sie in die Röhre schossen.

»Was ist?« fragte Helene erschrocken.

»Das ist der Wahnsinn!« schrie Cromwell und beschleunigte den Wagen in die Finsternis hinein.

»Du siehst doch gar nichts mehr! Nimm die Brille ab!«

»Genau das ist es doch! Als würde man direkt zur Hölle fahren!«

Nach drei Tunnels hatte Cromwell Helene so weit,

daß sie es auf dem Beifahrersitz auch mal ausprobierte: Man fuhr erst blinzelnd durch das gleißende Licht, dann tauchte man in die schwarze Hölle ein, und wenn man dabei zusätzlich die Sonnenbrille trug, wurde es so abrupt und gefährlich finster, daß einem diese Finsternis mit Macht in den Magen und den Kopf fuhr, eine Ahnung davon, wie es wäre, den Verstand zu verlieren, in ein schwarzes Laken gewickelt, und das Laken war endlos, aber dann plötzlich sah man ein Licht; wie ein Geschoß, wie ein Projektil flog man zum Licht, in das Licht hinein, und es war tatsächlich so, als würde man aus der Hölle aufsteigen, zur Sonne und allen Oleanderfarben, bis dann die nächste Hölle kam, in die man einfuhr und in der man sich ekelte, als würde man unter den Schrauben eines U-Bootes schwimmen, in die vollkommene endgültige Hölle.

Cromwell parkte am Abend an einer Promenade, und dann standen sie eine Weile an dem laut mit den Kieseln plappernden Meer, und ganz weit hinten bog sich der dunkelnde Horizont. Cromwell sagte: »Ich habe keine Angst vor dem Weltuntergang. Ich glaub, ich werde vor den apokalyptischen Reitern stehen und sagen: Was wollt IHR denn hier! Habt ihr den Arsch offen?«

Sie bekamen trotz der Saison noch zwei Zimmer, zwei schöne, schrundige Zimmer mit jeweils drei verkommenen Betten und einem verkommenen Bad, aber mit Balkon zum Meer. Nach dem Essen kauften sie eine Flasche Rotwein, setzten sich auf Helenes Balkon und hörten dem Meer zu, das über die Kiesel floß und dann von einem steinern klirrenden Sog wieder zurück in die Tiefe gezogen wurde.

»Weißt du«, begann Helene und legte ihre Füße

auf die Balkonbrüstung, »als ich klein war, da sagte uns der – so nannte man das damals – ›Domkapellmeister‹, also der Domkapellmeister sagte uns, die Orgel hätte den Ewigen Atem. Den hat das Meer auch. Den ewigen Atem. Was für ein schöner Begriff.«

»Sie waren im Kirchenchor?«

»Weil meine Eltern sich nicht entscheiden konnten.«

»Wie? Was?«

»Weil es in unserer Familie immer ein furchtbares Durcheinander gegeben hat. Jedenfalls, was Glauben und Geisteszustand angeht. Da hat jeder wild durcheinandergeglaubt, was er wollte. Die Mutter sagt: Die Katholiken haben das Himmelreich gepachtet. Der Vater predigt: Die Juden sind das auserwählte Volk. Die Oma ist zu Rudi Steiner konvertiert und der Großvater zum Alkoholismus. Nur eins kann man uns nicht vorwerfen: Wir waren nämlich niemals protestantisch.«

Sie kicherten in das Meer und die Nacht hinein. Ein Pulk Ragazzi knatterte auf Motorrollern über die Promenade, stellten sie vor einer nahen Bar ab, blieben auf den Sätteln hocken und plärrten ihre Lebensfreude gen Himmel. Cromwell stützte sich auf das Balkongeländer und betrachtete das ausgelassene Treiben.

»Diese Knalldeppen!« sagte er nach einer Weile.

»Vergreister Grantler«, sagte Helene.

»Ich bin ja nur neidisch«, sagte Cromwell.

Am nächsten Tag fuhren sie tief in den Süden, wo die Erde vor Hitze brüllt; sie nahmen die Landstraße, hielten an und gingen durch dieses zikadische Brüllen, bis Cromwell glaubte, sofort einen Sonnenstich zu bekommen. Sie fuhren wieder zurück ans Meer und kamen in einem Hotel unter, das sehr teuer aussah, aber es war hauptsächlich groß, kühl und ruhig. Und fast leer. Außer ihnen waren nur zwei alte Paare und eine britische Familie im Restaurant. Nach dem Essen machten sie einen Gang zum Hotelstrand, wo das Meer schwappte und raunte, in der Ferne sahen sie die Lichterketten einer Stadt, und manchmal trug die Stadt menschliche Laute zu ihnen über das Wasser. »Laß uns doch einfach mal ein paar Tage hierbleiben«, schlug Helene vor und machte das auch sofort in einem Mischmasch aus Englisch und Französisch an der Rezeption klar. Als sie zum Strand zurückkam, war Cromwell verschwunden, sie setzte sich in den Sand und wartete. Dann stand er so plötzlich hinter ihr, daß sie zusammenzuckte.

»Ich bin's bloß.« Cromwell setzte sich neben sie. Er hatte sich einen Pulli aus dem Auto geholt und ihr ihren Homer Simpson gleich mitgebracht. Sie saßen da und waren beide zu maulfaul und in Gedanken, um viel zu reden.

»O Mann.«

»Das kann man laut sagen.«

Er sah lange ins Meer, betrachtete die Hotelanlage, die zusammengestellten gestreiften Liegestühle, gepunkteten Sonnenschirme, kam zurück und sagte: »Das ist so fünfziger Jahre. Mich würde es nicht wundern, wenn hier sofort ein Trupp Freddie Quinns und Vico Torrianis einmarschiert und losschmalzt.«

»Wir müssen morgen unbedingt Postkarten schreiben.«

Sie schrieben ihre Postkarten, Helene an Brandon und Konrad und Hilmar, Cromwell an seine Mutter, seine Schwester und Laura, und dann legte Helene sich zur Siesta auf ihrem Balkon ab, blinzelte tranig auf Strand und Meer; sie sah Cromwell wie am Vorabend am Wasser herumtigern, in Shorts und T-Shirt lief er den kleinen, fast leeren Privatstrand auf und ab; konnte der Mann sich nicht einfach mal hinsetzen und relaxen, Herrgottnochmal! Die englische Familie vom Abendessen tauchte auf, die Eltern wagten einen freundlichen Konversationsversuch mit Cromwell, und die beiden Kinder, ein Junge und ein Mädchen, beäugten ihn zunächst kritisch, dann fand er Gnade vor ihren Augen und mußte sich längere Geschichten über einen Hund anhören und daß sie neulich eine große Spinne in ihrer Badewanne gehabt hatten. Irgendwann brummte ihm der Schädel wegen der Übersetzungsarbeit; nicht nur vom Englischen ins Deutsche und wieder zurück, sondern auch von der Kindersprache ins Erwachsene und wieder retour.

Am Abend gingen sie in eine Sportplatzschänke, die viel angenehmer war als das steife Hotelrestaurant.

Überall Resopal, ein Muttchen mit daumenbreiten Ringen unter den Augen servierte; aus unerfindlichen Gründen wurde nur holländisches Dosenbier aufgetragen, dazu gab es Kaninchen, Gemüseberge und Obst, und dann sahen sie IHN, dann sahen sie KURT. Helene jedenfalls behauptete, daß er sie an einen Kurt aus ihren Studientagen erinnere.

Kurt war die kleinste und dünnste Katze der Welt und saß abseits auf dem Spielplatz, auf einem Klettergerüst und wehrte schwach fauchend den fetten Schänkenhund ab, der ihn umkreiste und ankläffte. Helene und Cromwell sahen hinüber, und das Muttchen redete auch sofort auf sie ein. Daß Kurt sich seit einer Woche hier herumtreibe, so jung, ohne Mutter, und sie könne ihren Hund kaum davon abhalten, Kurt das Leben zur Hölle zu machen. Daß sie Kurt immer wieder Reste hinstelle, aber die anderen Katzen wären schneller und stärker, und Kurt würde immer schwächer, und sie hätte nun wirklich doch genug anderes zu tun – kurz: ob sie nicht Interesse an der kleinen weißen Katze hätten.

Helene war sofort dagegen, Cromwell sofort dafür. Das Muttchen tätschelte Cromwell und legte erst mal ihre Hundepestilenz an die Leine. Cromwell holte Kurt vom Gerüst. Kurt war tatsächlich so schwach, daß er sich nicht wehrte und eher gottergeben in Cromwells Händen lag. Er fauchte nicht, er maunzte nicht, er rührte sich kaum. »Der hat bestimmt Flöhe«, sagte Helene und nahm Abstand. Cromwell streichelte das dürre Tier, dem ständig die Augen zufielen. Das Muttchen kam mit einer großen Portion in Stanniol verpackter Essensreste, kassierte nur die halbe Rechnung, gab noch zwei Grappe aus und war sichtlich froh, diese schneeweiße Jammerkreatur loszuwerden.

Kurt ließ sich willenlos ins Hotel tragen, Cromwell stopfte ihn unter seinen Pullover und trug ihn an der Rezeption vorbei in sein Zimmer, während Helene zur Vermeidung ärgerlicher Szenen mit der Rezeption das Thema »Haustiere« abklärte.

Und dann saßen er und Helene auf dem Fußboden, schoben dem müden und langsamen Kurt kleine Essensbröckchen hin; dann wankte Kurt los, sah sich das Zimmer an, ging ins Bad, pinkelte zielsicher in den Abfluß der Dusche, torkelte zurück und schlief neben der Stehlampe ein.

Den nächsten Tag durchschlief Kurt, nur kurz unterbrochen von kleinen Essenseinlagen und Pinkelpausen. »Vielleicht ist er ja richtig krank und steckt uns am Ende noch mit irgendwas Schrecklichem an«, befürchtete Helene, die sich auf Cromwells Balkon gesetzt hatte und ihren Abstand zu Kurt beibehielt. Cromwell lag neben Kurt auf dem Boden und sah ihm in die immer wacher werdenden Augen. »Nee, der ist okay. Nur am Ende seiner Kräfte.« Cromwell streichelte Kurts stumpf vom Körper abstehendes weißes

Fell, und Kurt gab zum erstenmal so etwas wie ein Schnurren von sich.

Am nächsten Morgen war Kurt wie ausgewechselt.

Cromwell hatte fast einen Schlafrhythmus gefunden – von vier bis acht schlief er, danach lag er still in den Kissen und horchte dem Meer hinterher –, und nun wurde er um sieben Uhr geweckt, weil jemand mit seinen Zehen kämpfte. Kurt hatte genug Kraft getankt. Er sauste durch das Zimmer und über Cromwells Bett und beschloß, nachdem er Cromwells Füße traktiert hatte, sich auf seinem Gesicht auszuruhen. Er plazierte brummend seine Pfoten auf Cromwells geschlossenen Augen, und der wagte nicht, sich zu bewegen.

»Der Bursche muß zum Tierarzt«, wiederholte Helene. Aber Kurt genas so überraschend schnell von seiner verdarbten Kindheit, aß sich vital und fidel und hatte ganz offensichtlich nichts anderes im Sinn, als Cromwell zu schmeicheln und zu zerkratzen.

Oder das Hotelpersonal zu betören.

Cromwell war auf dem Weg zu Helene an der Rezeption vorbeigegangen und hatte vergessen, daß sein T-Shirt freien Blick auf die Schmisse gewährte, die ihm Kurt im Zuge von Streitspielen an den Armen zugefügt hatte. Die Rezeptionistin schien erst vor Rührung einer Ohnmacht nahe, dann winkte sie ihn heran, zwei Mädchen kamen dazu, und alle drei redeten auf Cromwell ein, was für ein liebliches Kätzchen er da hätte! Und: Madonna! Die Kratzer an seinem Arm! Und sie drohten ihm lachend und hingerissen (Madonna!), sie würden ihn ebenfalls kratzen, wenn er das Kätzchen schlecht behandeln sollte! (Madonna!) Da kenne man nix, Madonna! Cromwell erklärte auf englisch, er sei ja nur Opfer und Geisel dieses weißen Teufels, der Ernährer, der sich dann auch noch dafür schlagen lassen müsse … Als Cromwell und Helene am Abend –

aus Faulheit, wegen des Fußmarsches zum Sportplatz – im Hotelrestaurant aßen, bekam Cromwell eine Behandlung Erster Klasse.

»Wie fühlt man sich denn so als König von Kalabrien?« fragte Helene. »Und welche von denen führst du zum Altar?«

»Fahren wir zurück.« sagte Cromwell.

»Wie willst du Kurt ohne Papiere über zwei Grenzen bringen?«

Die ersten zweihundert Kilometer waren der pure Terror, denn Kurt schrie sich heiser und suchte im ganzen Auto nach dem Ausgang. Dann kletterte er Cromwell auf die Schulter, krallte sich fest und döste. Am Abend, wieder im Trentin, fing der Zirkus von vorne an, denn Kurt entwischte in den Hotelgarten; wieder eingefangen, machte er in Cromwells Zimmer Rabatz, und als Cromwell ihn genervt eingeschlossen hatte, um wenigstens in Frieden das Abendessen einzunehmen, lag Kurt bei seiner Rückkehr beleidigt unter dem Schreibtisch, würdigte Cromwell keines Blickes und hatte eine Protestlache mitten ins Bad gesetzt.

Um morgens wieder in allem Übermut über Cromwells Füße herzufallen.

An der Grenze wurden sie angehalten und mußten die Ausweise zeigen. Und als hätte Kurt einen sicheren Instinkt für Situationen, in denen man besser die Klappe hielt, begann er laut zu klagen. Cromwell auf dem Fahrersitz war kurz davor, das Vieh zu erschlagen, lächelte aber nur gewinnend die Zöllner an, Helene lächelte mit, und Kurt, der aus seinem weißen Anzug heraus den Zöllner durchs Fenster anschrie, provozierte bei diesem ebenfalls ein Lächeln, Winken und Miau-Laute.

»Lang und hoch lebe il popolo italiano!« sagte dreihundert Meter später Cromwell, der sich bereits alles ausgemalt hatte, von der bitteren Quarantäne bis zur erlösenden Verhaftung.

Danach schlief Kurt auf dem Boden vor dem Rücksitz ein.

Der Abschied mußte schnell vonstatten gehen. Denn Kurt war, als sie vor Helenes Haus hielten, in aufgebrachter Ausbruchsstimmung. Cromwell hielt die Katze fest, Helene nahm ihr Gepäck aus dem Wagen und schloß die Tür, Cromwell stieg aus, setzte Kurt zurück und schloß seine Tür; Kurt kletterte auf den Rücksitz und schrie Helene an, die Cromwell zum Abschied umarmte: »Das war schön.« Cromwell drückte sie und sagte:

»Das war sogar sehr, sehr schön.« Nach einer Weile deutete er hinter sich, auf den erbost tobenden Kurt: »Bis auf den da!«

Als er den sich windenden, kratzend zappelnden Kurt in seine Wohnung trug, bedauerte er erneut dessen Adoption. Kurt schien den Stimmungswechsel zu ahnen und gab sich den ganzen Abend lang höflich und wohlerzogen, legte sich unter Cromwells Schreibtischlampe, brummte dezent, pißte nur in das provisorische Katzenklo und machte ansonsten einen auf Sphinx.

Am nächsten Tag wurde die Sphinx entwurmt und entfloht.

Erst während der restlichen Ferien ging Cromwell auf, was er sich mit Kurt da eigentlich angetan hatte: So einfach in den Wagen setzen und verreisen war nicht mehr. Kurt wollte gewartet und bespielt werden und legte keinen Wert auf größere Ortswechsel mit dem Auto.

Zunächst machte er sich Cromwells Wohnung untertan. Das Wohnzimmer hatte er rasch im Griff, wobei er einen Bogen um die Wohnungstür machte; die Welt da draußen schien ihm offenbar zu groß und unheimlich.

Die Küchenzeile, in die Wand gegenüber der Fensterfront gedrückt, war für ihn auch nur von mäßigem Interesse, denn Kurt war kein Gierschlund, sondern eher mit einem stundenlangen »Wir-schlagen-nach-dem-Korken-am-Band«-Spiel zu entzücken als mit einem sich öffnenden Kühlschrank. Aber Cromwells Schreibtisch vor den Fenstern und das Sofa daneben waren sofort Kurts Favoriten. Anfangs brauchte er mehrere Anläufe, um den Schreibtisch zu erklimmen; erst irgendwie auf den Stuhl kommen, dann mehrmals von der Tischplatte abrutschen und zurückfallen, sich aufrappeln und einen neuen Versuch starten. Wenn er daran scheiterte, hüpfte er übergangslos in buckligen Bocksprüngen durch das Wohnzimmer. Um den runden, mit Büchern, Bildern und Schnickschnack überladenen Eßtisch in der Mitte des Raumes herum, dann sauste er ins Nebenzimmer, machte auf Cromwells Bett ein Nickerchen und ging von dort aus in das Badezimmer, um seine Geschäfte zu erledigen; in dem toten Winkel zwischen Badewanne und Kommode stand sein Katzenklo. Cromwell sah immer wieder fasziniert zu, wie Kurt erst in der Streu herumscharrte, sich dann in Pinkelposition brachte, dergestalt verharrte und während des Abdrückens mit halb geschlossenen Augen ins Imaginäre blickte.

»Als würde er beim Scheißen zum Buddhismus finden«, sagte Cromwell.

Das Katzenklo im Bad hatte den Nachteil, daß er die Türen offen lassen mußte und Kurt jederzeit Zugriff auf sein Bett hatte. Und davon auch Gebrauch machte.

In schlaflosen Nächten war das angenehm, aber aus einer zäh errungenen Nachtruhe gerissen zu werden, weil da plötzlich etwas auf dem Gesicht schnurrte oder dem Bauch Milchtritte verpaßte oder sich beißend und kratzend gegen die Füße warf – Cromwell rüstete nach einer Woche den Haushalt um. Kurt mußte nun mit Klo und Decke im Wohnzimmer hausen, was ihn so verärgerte, daß Cromwell ihn hin und wieder doch in seinem Zimmer schlafen ließ. Kurt bedankte sich dafür mit doppelt so lautem Gesichts-Schnurren, doppelt so heftigen Milchtritten und wahren Fuß-Massakern.

Die Ferien gingen dem Ende entgegen, auf dem Unterdeck liefen die Auslesearbeiten bereits auf Hochtouren, in das ruhige Gebäude kehrten allmählich die Kollegen zurück, und so kam es, daß ein knackig gebräunter Baumann aus dem Auto stieg und sah, wie Cromwell ebenfalls vor dem Seitenflügel einparkte. In Begleitung einer Frau.

Eine Jordan-schmale Frau, die sich mit identischen Jordan-Bewegungen das Haar aus dem Gesicht strich, und als Baumann herantrat, sah sie ihn fragend aus Jordan-Augen an, während Cromwell sich gerade am Kofferraum zu schaffen machte. Er hatte die Reisetasche in der einen und die Autoschlüssel in der anderen und somit einen guten Grund, Baumann nicht die Hand geben zu müssen.

Cromwell machte Baumann sehr höflich und sehr reserviert mit seiner Mutter bekannt, die für zwei Tage zu Besuch sei. Frau Jordan reichte Baumann die Hand mit so einer selbstsicheren, aber dennoch unschuldigen Grandezza, daß er um ein Haar zu Handkuß und Komplimenten angesetzt hätte und plötzlich den Wunsch verspürte, niemals den Rest des Jordan-Clans kennenzulernen. Es könnte doch so etwas wie Neid aufkommen. Wenn er da nur an das Baumannsche

Muttertrampeltier dachte, für das er sich schon im Kindergarten geniert hatte. Verglichen damit war Frau Jordan eine Elfe. Und ihn erstaunte ihr Alter. Die war ja höchstens zehn Jahre älter als er. Und hatte einen erwachsenen Sohn. Baumann beschlichen noch mehr ungute Gefühle, die stark in Richtung Midlife-Crisis gingen.

Baumann kehrte nämlich ein wenig angeschlagen aus dem Urlaub zurück; immerhin hatte ihn seine Frau verlassen. Und obwohl er sie immer hatte loswerden wollen, nagte es nun doch an ihm, daß auf Kreta irgendein schwedischer Schleimbeutel seiner Alten so viele Flöhe und Schmeicheleien ins Ohr gesetzt hatte, bis sie mit wehenden Fahnen zu ihm übergelaufen war.

Einen Baumann verließ man nicht so einfach, auch wenn man schon längst von ihm verstoßen worden war!

Baumanns Rüstung zeigte Risse.

Und er Gefühle: Als er aus seinem verwaisten Klassenzimmer kam, die Tür zum Lehrerflügel öffnete und im selben Moment Jordan und seine Mutter Cromwells Wohnung verließen, offensichtlich ausgehfertig, ertappte er sich bei dem Wunsch, dazugebeten zu werden; dann schüttelte er sich und ging zurück in seine Wohnung. Die Rüstung reparieren.

Van Hagen hatte die Ferien in der Schule und die Wochen beinahe durchschweigend verbracht. Cromwell traf sie, als er gerade einen Sack Katzenstreu aus dem Wagen hievte. Plötzlich stand sie neben ihm, barfuß und in kurzen Hosen, betrachtete seine Einkäufe und fragte, ob sie ihm beim Tragen helfen könne. In seiner Wohnung stellte er ihr Kurt vor. Während er auspackte und einräumte, schrubbten Kurt und van Hagen um den Eßtisch herum und balgten sich um den Korken am Band. Kurt machte Buckel und sprang mit allen Vieren auf einmal in die Luft, van Hagen lachte, und Cromwell stellte fest, daß dies ein Geräusch war, das man bisher selten von ihr gehört hatte. Dann besann sich Kurt auf seine Kurt-Pflichten, fiel über ihre Beine her und versetzte ihnen ein paar gewaltige Kratzer, Mick schrie und lachte und kugelte über den Boden, Kurt verfolgte sie, dann ließ er von ihr ab und verschwand im Nebenzimmer, wohl um seinen buddhistischen Verrichtungen nachzugehen. Van Hagen blieb auf dem Boden sitzen, betrachtete ihre zerschundenen Beine und strahlte Cromwell dann mit einer Begeisterung an, die er noch nie an ihr gesehen hatte, das Gesicht plötzlich hell und klar und in der Welt, nicht wiederzuerkennen. Während er herumsortierte, betrachtete van Hagen sein Wohnzimmer; sie bewegte sich dabei, als wäre sie in einem Museum, bestaunte mit hinter dem Rücken verschränkten Armen das Chaos auf seinem Schreibtisch, und dann stand sie lange vor Lauras Zeichnung vom nackten Cromwell in der Höhle, was ihm ein wenig peinlich war, obwohl man sein Gesicht nicht erkennen konnte. »Hat das Frau Brandon gemacht?«

»Ja«, sagte Cromwell und dachte, wie seltsam das klang: er wäre nie auf die Idee gekommen, Laura mit »Frau Brandon« anzusprechen. Mick wanderte weiter und begann ihn auszufragen:

»Haben Sie Geschwister?«

»Eine jüngere Schwester.«

»Was macht sie?«

»Sie studiert.«

»Was?«

»Medizin.«

»Ich habe einen zwölf Jahre älteren Halbbruder.«

»Das wußte ich ja gar nicht.«

»Er ist ein Mörder.«

»Wie bitte?« Cromwell starrte auf van Hagen, die im sanften, rötlichen Licht der Sommerabendsonne durch sein Wohnzimmer ging.

»Er hat ein Kind erwürgt«, sagte van Hagen seelenruhig und fast heiter und sah sich Cromwells Bücherstapel neben dem Sofa an. »Das ist aber schon eine Weile her.«

»Das haben Sie doch eben erfunden, oder?«

»Nein.«

Kurt schoß aus dem Schlafzimmer, und sofort begannen sie erneut zu raufen.

»Erzählen Sie mir mehr darüber.«

Van Hagen rutschte über den Boden und hielt sich Kurt mit dem Korken auf Kratz-Distanz. »Da gibt es nicht viel zu erzählen. Ich habe ihn kaum gekannt.« Und sie machte keinerlei Anstalten, weiter zu sprechen. Kurt war offenbar viel interessanter als ein lumpiger Kindermord. Als es dunkel wurde, fragte sie beim Abschied: »Darf ich Kurt wieder besuchen kommen?«

»Sicher«, sagte Cromwell, immer noch irritiert von ihrer Art.

»Irgendwie kaltschnäuzig«, sagte er zu Helene.

Er freute sich, als mit dem Ferienende peu à peu seine Gruppe wieder eintrudelte. Betge, braungebrannt und in höchster Erzählbereitschaft, referierte ihm innerhalb von fünf Minuten die letzten sechs Wochen; ihre Eltern hatten für den Sommer das Mausoleum nach Griechenland verlagert, und Betge hatte so lange einhalten müssen, daß sie jetzt egalweg auf jeden ihre Erzählströme losließ, sogar Anders bekam sein Teil ab, und eine gut erholte und entspannte Wagner duldete mit gütigem Augenrollen den Nachholbedarf ihres Schimpansenbabys. Jäschke war froh, den Urlaub überhaupt überlebt zu haben, und kehrte mit einem völlig ruinierten Magen zurück, denn obwohl er souverän über ziemlich allem stehen konnte, gab es einen Umstand, der ihn kopflos und krank machte: Er reagierte nahezu hysterisch auf Lärm. Er hörte zwar sehr gerne Musik in Überlautstärke, alles durcheinander, von Beethoven bis Grunge, aber das rangierte bei ihm unter wohltuend geordnetem Geräusch, dessen Pegel er selbst bestimmte. Autos jedoch, Preßlufthämmer, Zugrattern brachten ihn fast um den Verstand, ebenso wie leise konstante Lärmquellen; eine fiepende Heizung während einer Klausur genügte, und Jäschke verließ das Zimmer. Zu Hause war er ständig seinen Todfeinden ausgesetzt gewesen. Da mußte er nicht nur die Stimme seiner Mutter ertragen, sondern auch noch eine donnernde Durchgangsstraße, und es schien ihm, als würde er immer dünnhäutiger und hellhöriger und hysterischer. Das vergangene Jahr in Haidenfeld hatte ihn zusätzlich des Lärms entwöhnt. Jeden Morgen, wenn der Berufsverkehr vor seinem Fenster anhub und ihn Lkws aus dem Schlaf rissen, lag er verzweifelt und vor Zorn fast weinend im Bett und hatte das Gefühl, er könne seinem Magen bei der krampfartigen Selbstauflösung zuhören; er sah so blaß und spitz um die Nase aus, daß Cromwell kaum noch die aufgedrehte Krawallschachtel vom Sportplatz erkannte. »Herr Jäschke, Sie sehen aber nicht sehr erholt aus.«

Jäschke schenkte Cromwell ein verbittertes, frühvergreistes Lächeln, ging in den Park und legte sich ins Gras.

Noch jemand kam dünner aus den Ferien zurück: Plessner. Er lächelte Cromwell zur Begrüßung ebenso gschamig wie kokett an, und Anders fragte ihn verblüfft: »Sag mal, Plessner, wo hast du deine bessere Hälfte gelassen?« Plessner hatte nicht nur Gewicht ab-, sondern auch an Selbstvertrauen zugenommen und zeigte einem erstaunten Anders den Stinkefinger.

Merlinger hatte offenbar zuviel vom mütterlichen Katholizismus abbekommen. Er belegte – sehr zur Erleichterung des Predischäs – nicht mehr Religion und behauptete, knallharter Stalinismus sei nunmehr das Mittel der Wahl. Dann bereitete ihm auch der Stalinismus keine rechte Freude mehr, und er gründete »Die Anarchisten«; einen Club, der sich Libertinage in jeglicher Form auf das schlaffe Banner geschrieben hatte, was Merlinger trotzdem nicht daran hinderte, auf pünktlichem Zahlen der Mitgliedsbeiträge zu bestehen und mit Betge am Redaktionscomputer der Schülerzeitung Formulare und Ausweise zu entwerfen. Sogar Jäschke trat den Anarchisten bei; wie er betonte allerdings nur, »um wenigstens einmal im Leben unter Protest aus einem Verein austreten zu können«.

Sie ließen das Schuljahr langsam angehen, nutzten die letzten sommerlichen Tage im Park, und eines Abends bat Merlinger sein Kader zum ersten »Parteitag«.

Die Anarchisten waren fahrlässig zugekifft und/oder besoffen, und das war auch der Grund, warum Ludwig der Kragen platzte und er die ganze Veranstaltung Cromwell petzte. Cromwell ging über die dunkle Wiese und die Aschenbahn zu seinem Trupp, der sich da auf der Hochsprungmatte kugelte und Ludwig ärgerte: Er solle aufhören herumzumosern und lieber Getränke ranschaffen, und er würde ja rumballern wie ein Maschinengewehr, man sei schließlich nicht bei der PKK, woraufhin ein possierlich betrunkener Jäschke das Berufsbild des »PKK-Kellners« entwarf, was Anders mit Blick auf Ludwigs offenes Arbeitshemd mit der Aussage toppte, er sähe eher aus »wie ein Zigeunerschwager«. Cromwell wollte gerade dazu ansetzen, sie zusammenzuscheißen. Aber dann hörte er Betges angedonnertes »Referat« über die Städte der Welt und die Stadt Salzburg im besonderen, und sie sei da ja eigentlich noch nie gewesen, wisse aber aus Instinkt, wie Salzburg aussähe, nämlich: »Genauso wie Venedig, nur kleiner und ohne Gondeln.« Cromwell sagte: »Und die Kanäle sind auch nicht so voll wie hier.« Merlinger wieherte los: »Oh Scheiße! Die Fremdenpolizei! Habt ihr auch alle eure Papiere dabei!« Ludwig sah ihn an, als wolle er ihn sofort am Schlafittchen packen und mindestens über hundert Meter katapultieren, und den Anarchisten verging das Kichern, als Cromwell sagte: »Ende der Feier. Wir sehen uns morgen um – na, sagen wir mal sechs Uhr dreißig!«

»Nein! Das ist Willkür!«

»Ja, aber natürlich ist das Willkür. Und wer zu spät kommt, wird erschossen.«

Der letzte Herbst

Nach den Ferien mußten sie auch nach einem neuen Musiklehrer suchen, denn der alte Wiehl hatte im Urlaub einen Schlaganfall erlitten.

Als Patrizia sich als mögliche Musiklehrerin vorstellte, ging ein Raunen durch die Schule. Mit so einer Schönheitskönigin hatte niemand gerechnet. Sogar Konrad war fassungslos: »Mal abgesehen von diesen Augen und diesem Näschen: Was für eine Lockenpracht! Ist die Frau überhaupt echt?« Patrizias Haare stellten sogar Betges Honigströme in den Schatten;

dunkelbraun, bis zur Taille und so wild gewellt, daß Patrizia sie mit drei Bändern zum Zopf zwang. Als Merlinger sie zum erstenmal sah, boxte er Jäschke in den Arm und sagte: »Was für ein Feger! Ich sattel um auf Musik!« Jäschke erinnerte ihn kurz an sein musikalisches Talent, an sein absolut unabsolutes Gehör und seine Fähigkeit, einen Ton nicht länger halten zu können als eine nervöse Sextanerblase das Wasser, aber Merlinger schien wild entschlossen, sich fortan der Frau Musica zu ergeben.

Patrizia war sofort ebenso engagiert wie beliebt. Und von Anfang an Haßobjekt der Mädchen. Für Wagners Selbstbewußtsein stellte Patrizia eine schwere Belastungsprobe dar. Irgendeine ungerechte Instanz hatte ein Füllhorn über Patrizia ausgeschüttet, das eigentlich Wagner zugestanden hätte. Wenn sie Patrizia ansah, ging der Neid fast in physischen Schmerz über, so unerträglich war ihr diese Ansammlung von unverdienten Begünstigungen. Warum gab es Menschen, die von so vollendeter Schönheit waren, daß ihnen alle Welt zu Füßen lag, während andere ständig darüber hinwegkämpfen mußten, daß sie aussahen wie die Nacht? Wagner konnte nichts anderes, als einen distanzierten Umgang mit Patrizia zu pflegen. Dieser allseits beliebten Plunze auch noch Tribut zu zollen, wäre ihr wie Verrat vorgekommen. Und vor lauter Neid und Hader bemerkte Wagner nicht, daß Plessner noch immer ein Auge auf sie hatte.

Betge mochte Patrizia nicht, weil a) Wagner sie nicht mochte und b) Merlinger so schamlos auf sie abfuhr. Und van Hagen haßte Patrizia, weil sie sich zu oft in Dr. Jordans Nähe herumtrieb. Denn Patrizia hielt sich sehr oft im obersten Stock auf. Helene sprach Brandon darauf an. Er zuckte mit den Schultern: »Ist mir noch gar nicht aufgefallen. Vielleicht hat sie ja was mit Baumann.« Helene stöhnte. »Männer! Ich denke mal, daß Lockenköpfchen sich jemand anderen in denselben gesetzt hat.« Wenn es um Cromwell ging, arbeiteten ihre Sensoren eigentlich zuverlässig.

Helene sah ihn vor sich, unruhig am Strand auf und ab gehend, wie er Kurt vom Gerüst holte, wie er im Tunnel schrie, und sie beobachtete Patrizia, maßnehmend und abschätzend, ob sie gut oder schlecht für ihn wäre. Keine schlechte Wahl. Vielleicht sogar eine bessere als die hektische Laura.

Laura machte zunächst einen großen Bogen um Patrizia. Sie war ihr nicht geheuer. Laura kam mit dieser gesitteten, gediegenen Art nicht zurecht. Sie war in einem Irrenhaushalt aufgewachsen. Im Trubel der Schule, im Herzen des Hurrikans hatte sie im Sandkasten gesessen, und große Gefühle, Abstürze, Zusammenbrüche und Freudenfeuer waren für sie die Normalität, sie hatte ein gestörtes Verhältnis zu jeder Form von Langsamkeit oder Zurückhaltung. Das Leben war laut und bunt, und Laura stand in ihren dreckigen Arbeitshosen mittendrin und tat das ihre, damit nicht aus Versehen mal Ruhe im Karton einkehrte. Wenn sie dann die gepflegte Patrizia sah, die immer geschmackvoll gekleidet war und so gut nach Parfüm duftete, fühlte sie sich in der falschen Umlaufbahn. Das war eine sehr fremde Frau von einem sehr fremden Stern, und Laura sah es überhaupt nicht gerne, wenn die Fremde sich mit Cromwell unterhielt. Cromwell gehörte in Lauras Universum und nicht zu diesem schönen Alien.

Patrizia wurde von allen umgluckt, von Baumann beflirtet, und sogar Konrad leistete sich die eine oder andere, manchmal sogar gewagte neue Krawatte. Patrizia nahm die Zuwendung, die ihr entgegengebracht wurde, so, wie sie alles tat: seelenruhig und freundlich. Nur das Prinzip Cromwell leuchtete ihr nicht ein.

Baumann wollte sie flachlegen, soviel stand fest. Konrad wollte schmeichelnd Artigkeiten austauschen. Aber Cromwell schien sie in aller Höflichkeit zu übersehen. Wie er über den Gang stürmte, immer ein paar Schüler im Schlepptau – und Jordans Schüler schienen wirklich ununterbrochen an ihm zu kleben –, das hatte etwas von einer Visite; der Chefarzt und seine Untergebenen rauschen über die Station, schnell, wichtig und mächtig. Sie hatte seine Schüler gerne in ihrem Unterricht, der Ausdruck »irgendwie kauzig« kam ihr in den Sinn, und die Art, wie Cromwell seine Käuzchen behandelte, gefiel ihr. Obwohl er ständig in Fahrt war, nie müßig, war er zu seinen Schülern von solch ruhiger Bestimmtheit, konnte aber auch mit ihnen rumbrüllen und kindisch sein. Als sei Cromwells größte Sorge, aus ihnen könnten langweilige Erwachsene werden.

Und dann irritierte sie Cromwells Feindseligkeit gegen Baumann, den sie nur als charmanten Plauderer kannte. Die Wucht schien ihr unangemessen. Sicher, Baumann hatte andere pädagogische Prinzipien, und das merkte man seinen Schülern auch an. Gegen Cromwells Leute hatten sie tatsächlich etwas von langweiligen Erwachsenen. Aber das konnte ja kein Grund sein, gleich mit Keulen aufeinander loszugehen.

Baumanns Rüstung war soweit wieder in Schuß, daß er mit gewohnter Souveränität Kurs auf Patrizia nahm. Und ihr offensichtliches Interesse an Cromwell ließ in ihm den Entschluß reifen, den angespannten Waffenstillstand, der seit der Konferenz zwischen ihnen herrschte, endgültig zu beenden. Patrizia durfte im Lehrerzimmer Zeugin der Wiederaufnahme der Kampfhandlungen werden:

Van Hagen verweigerte die Arbeit am Computer. Er war ihr nicht geheuer. Was war, wenn sie einen Text eingab, und die Kiste schluckte ihn einfach und rückte ihn nicht mehr raus? Wo gingen sie dann hin, ihre Gefühle und Gedanken? In irgendeinen noch ungeheuerlicheren Zentralrechner? Oder einfach nur in die Steckdose? Und blieben die dann da stecken? Deshalb hießen die Dinger ja wohl Steckdose. Cromwell las Benrath aus Micks abstrusem Aufsatz vor. »Süß!« sagte Benrath. »Eine schöne Sicht der Dinge.« Baumann ließ seine Zeitung sinken. »Ja, man wünschte sich, man wäre noch mal vier.« Cromwell legte van Hagens Text weg. »Zumal wenn man selber einen Blick auf die Welt hat, der völlig abgewichst ist.« Patrizia sah hoch, und Konrad räusperte sich strafend.

»Dr. Jordan. Bitte.« Baumann lächelte Cromwell freundlich an, beide Mundwinkel im Einsatz: »Was bedeutet das eigentlich: wichsen? DU kannst mir das doch ganz bestimmt erklären.«

»Das ist das, was du täglich vor deiner Klasse praktizierst.«

Patrizia war platt, und Konrad beendete sehr bestimmt den Schlagabtausch. »Hier geht es ja zu wie bei den Hottentotten!« rief er erbost. Benrath grinste in sich hinein. Ob Konrad damit meinte, daß Hottentotten ständig am Wichsen waren? Oder zumindest ständig darüber sprachen? »Sie sind mir ja feine Vorbilder für Ihre Schüler! Da muß man sich nicht wundern, wenn die Sitten in diesem Hause verkommen! Erst gestern mußte ich mitansehen, wie sich zwei Schüler in innigen Absichten aneinander zu schaffen machten …«, und Konrad ergab sich einer Betrachtung über Schamlosigkeit und Werteverfall. Cromwell machte sich auf den Weg, um van Hagen an den Computer zu zwingen, und Patrizia staunte. Wie konnten sich zwei Menschen so beiläufig an die Kehle gehen. Baumann hatte nicht die Stimme gehoben, und Cromwell hatte ihm geantwortet, als wären derartige Repliken und Beleidigungen sein gewohntes Tagwerk. Patrizia sprach Helene darauf an. »Man könnte nicht behaupten, daß sie sich mögen. Sie haben unterschiedliche Ansichten«, sagte Helene vorsichtig. »Und manchmal reagieren sie halt über.«

»Aber ganz schön heftig.«

»Das kommt vor. Und Sie? Kommen Sie gut mit unseren Irren zurecht?«

»Ich kann nicht klagen.«

Merlinger trieb seine Balzerei schamlos auf die Spitze, meldete sich erst freiwillig zum Chor, und als Patrizia daran ging, das kleine, etwas abgewirtschaftete Schulorchester auszubauen, meldete er sich dreist auch noch dort an.

»Welches Instrument?« fragte Patrizia.

»Noch keins.«

»Wie bitte?«

»Naja, ich hatte bisher noch nicht das Privileg, ein klassisches Instrument erlernen zu dürfen. Aber so was läßt sich ja ändern. Irgendwas wie Posaune oder Klavier – ich wäre da völlig flexibel. Was Sie halt gerade dahaben!« Patrizia brach in ein Gelächter aus, das Merlinger sofort als ›glockenhell und lieblich‹ lobte. Dann wurde er sehr ernst, zauberte ein Dackelrunzeln auf seine Stirn und sagte mit Tremolo: »Wissen Sie, da wo ich herkomme, da gab es keine Musik. Schon gar keine Instrumente, so Fagotts oder so Oboen. Wir waren soo arm – wir hatten noch nicht mal eine Stradivari.« Patrizia lachte weiter, und Merlinger setzte zum letzten Schlag an: »Ich könnte auch auf dem Kamm blasen!« Und mit einem adorierenden Blick auf Patrizias Mähne fügte er hinzu: »Am liebsten natürlich auf Ihrem!«

Patrizia stellte ihn schließlich als Aushilfs-Orchesterwart ein: den Flügel schieben, Noten sortieren; alles Tätigkeiten, von denen Merlinger behauptete, sein Leben lang darauf scharf gewesen zu sein.

Dann verlor er die Freude und kündigte.

Zugunsten des Theaters.

Denn mit Gregor zog noch ein frischer Wind ein. Gregor war Schauspieler, ein sorgloser junger Mann, ein großer Tragöde und Schmierenkomödiant, und als Brandon ihn während einer rauschenden Premierenfeier kennengelernt hatte, fühlte er sich seinem alten Ziel nah: der professionellen Betreuung seiner Theater-AG. Brandon wollte DEN BESTEN dafür, und an diesem Abend bildete er sich ein, daß er in Gregor den Besten vor der Flinte hatte, der jetzt nur noch erlegt werden mußte. Gregor hatte zwanzigminütige Ovationen hinter sich und das tausendste Glas Champagner vor sich, als Brandon ihm im lärmenden Gewühl seine Honneurs machte. Gregor konnte an diesem Abend die ganze Welt umarmen, warum also auch nicht diesen lustigen alten Mann mit seinen lustigen, weltfremden Ideen: Er, Gregor, würde viermal im Monat hinausfahren und aus den Gören ein Ensemble bilden, das die Welt noch nicht gesehen hatte. »Lassen Sie uns das Ganze doch an einem ruhigeren Ort besprechen!« hatte Brandon ihm im Getümmel zugebrüllt. Laura war bereits instruiert und schenkte Gregor ihr schönstes Lächeln, wofür er sich sofort mit einem leicht angetrunkenen und eleganten Handkuß bedankte.

Ein ruhigerer Ort war ihm genehm, er hatte sein Lob eingeheimst, die undankbare vergeßliche Premierenmeute ging bereits vom Lobhudeln zum Abschwätzen über, diese Laura gefiel ihm, und den Alten würde man schon irgendwie loswerden.

Hier irrte Gregor. Der Alte war wie ein Schraubstock, redete im Hinterhof ununterbrochen und geistreich auf ihn ein, während seine Tochter dazu ihr hinreißendes Lächeln lächelte. Gregor saß auf einem Müllcontainer zwischen Brandon und Laura, und je mehr die beiden redeten und je mehr Champagner floß, um so logischer schien ihm Brandons Vorhaben. Es mußte spannend sein, mit diesen merkwürdigen Jugendlichen etwas auf die Beine zu stellen, und großherzig war es obendrein. Gregor wurde bei dem trunkenen Gedanken warm ums Herz.

»Und es ist ja noch nicht mal für Gotteslohn!« rief Brandon. »Sie werden fürstlich entlohnt! Hunderttausend Schüler werden es Ihnen danken, mit Elan bei der Sache sein und Sie verehren wie einen lebendigen Gott!« Brandon verlor kurzzeitig vor Emphase das Gleichgewicht und wäre beinahe vom Container gepurzelt. Der auch nicht mehr so sattelfeste Gregor hielt ihn am Jackett fest. »Okay, ich mach das. Erst mal ein halbes Jahr auf Bewährung. Wenns nicht klappt, bin ich raus aus der Nummer.«

»Also abgemacht!« Brandon hielt ihm die Hand hin, Gregor schlug ein, und jetzt wären sie beinahe zusammen vom Container gefallen. Unter ewigen Schwüren verabschiedeten sie sich voneinander, Gregor küßte abwechselnd Laura und Brandon und Brandon und Laura, versicherte die beiden seiner ewigen Liebe und Freundschaft, und als Laura das Auto startete, machte Gregor einen derart verwischten Kratzfuß, daß er fast gegen die Hauswand gekracht wäre.

Und obwohl er zeitlich in die Bredouille kam, hielt er Wort, als Brandon ihn anrief: »Wie sieht's aus? Wann können wir mit Ihnen rechnen?« Gregor blätterte hastig in seinem Terminkalender, der sich ängstlich unter einem drei Tage alten Pizzateller versteckte: »Paßt euch nächste Woche Mittwoch?«

»Perfekt!«

Gregor legte auf und ärgerte sich, daß er ein zu guter Kerl mit viel zu großem Herz war.

Cromwell war angetan von Gregors Konzept und verdonnerte seine gesamte Gruppe zur Teilnahme. Merlinger sah sich bereits in großer Pose über die Bühne schreiten und mittels ergreifender Deklamation tragischer Texte sein Publikum in ein Wasserwerk zu verwandeln. Das war doch mal was anderes als diese Krippenspiele; jetzt galt es, den prächtigen Charakterkopf zu präsentieren! Dementsprechend groß waren denn auch Enttäuschung und Gemecker, als Gregor sie zu Beginn jeder Sitzung erst mal mit Sprecherziehung quälte. Auch Betge fühlte sich zurückgestuft; sie hatte mehr Maria Stuart oder die Jungfrau von Orleans im Sinn gehabt, aber jetzt stand sie da, mußte flankenatmen und laut und deutlich sinnlose Laute artikulieren.

»Es kann keinem von Ihnen schaden, mal zu lernen, wie man korrekt die Zähne auseinanderkriegt!« unterband Cromwell alle Diskussionen. Plessner und Wagner genierten sich während der Phonetik-Übungen in Grund und Boden, Jäschke absolvierte sie stoisch, und van Hagen nuschelte sich leise durch.

Gregor arbeitete gern mit seinen Leuten, Woche für Woche, wie er es Brandon versprochen hatte. Außerdem fühlte er sich in der Schule pudelwohl. So was hätte er auch gerne gehabt, früher. Aber ihn hatte man in häßlichen Waschbetonklumpen im Stil stammheimscher Architektur lustlos durch ein paar laute, überfüllte Klassen geschleift. »Mich wunderts, daß ich überhaupt lesen und schreiben gelernt habe.«

Er unterhielt sich gerne mit Cromwell, charmierte die Damenwelt an, ließ sich von Benrath bewundern und ausfragen, erzählte Patrizia Geschichten vom Pferd, und als »seine« Schüler endlich ihre anfängliche Verlegenheit ablegten und immer unbekümmerter ihre Übungen in die Aula donnerten, entwickelte er einen beinahe brandonschen Ehrgeiz.

Merlinger konnte tatsächlich spielen, ein echtes Talent, auf der Bühne ebenso angst- wie schamlos. Und auch Plessner zeigte Anlagen, man mußte ihn nur dazu bringen, laut genug zu sprechen; bei Betge verhielt sich das eher umgekehrt: »Corinna, du befindest dich auf einer Bühne und nicht auf einer Kirmes!« Das Mädchen übertrieb, wo sie nur konnte. Wagner agierte immerhin linkisch, aber das war noch nichts gegen van Hagen.

Van Hagen, die wie ein Stück Holz auf der Bühne stand.

»Was für ein Gedicht hast du vorbereitet?«

»Die Loreley.«

»Na, dann mal los!«

Van Hagen stand sehr unglücklich da oben. Merlinger war kurz davor zu intervenieren – »Sehen Sie nicht, daß sie das nicht mag?« –, aber van Hagen spulte das Gedicht ab. Langweilig und stotternd. Gregor überlegte einen Augenblick: »Mick, weißt du, wie es sich anfühlt, wenn man traurig ist?« Mick wechselte unsicher Spiel- und Standbein. »Ja, Sir.«

»Und das Gedicht ist traurig, oder?«

»Ja, Sir.«

»Warum erinnerst du dich nicht einfach an irgend etwas Trauriges und legst dann noch mal los?« Mick verschwand in Gedanken. Gregor ließ ihr Zeit und schlug mit einem Reclambändchen nach Betge, die gerade zu einer Bemerkung ansetzen wollte. Mick trat an die Rampe und begann.

Ein so oft gehörtes, abgelutschtes Gedicht. Aber sie trug es vor, als wäre es gestern geschrieben worden. Und alle durften an einer Uraufführung teilnehmen.

Van Hagen sprach zunächst freundlich, von der kühlen Luft, dem Dunkeln, dann brutal tonlos, von dem Luder auf dem Felsen, und dann wurde sie wirklich auf eine traurige Art wütend und sah aus, als könne sie sich nur noch mühsam zurück- und aufrecht halten:

»Ich glaube, am Ende verschlingen
die Wogen Schiffer und Kahn.«

Mick sah so zur Aulatür, daß sich alle umdrehten, aber da war nichts, und die letzte Zeile spuckte sie aus; es war nur ein haßerfülltes Zischen:

»Und das hat mit ihrem Singen
die Loreley getan!«

Sie haßte die Loreley, die Loreley war Micks persönliche Todfeindin, sie war ein Schwein, sie hatte Micks Mann absaufen lassen.

Mick stand reglos da, alle applaudierten und pfiffen. Gregor ging zu ihr auf die Bühne und legte ihr den Arm um die Schulter. Und schrak zurück. Von unten hatte sie so aufgebracht ausgesehen, zitternd vor Leid und Zorn, aber sie war völlig ruhig, völlig. Sie sah ihn an, erst durch ihn durch, dann kam ihr Blick wieder zu ihr zurück, sie sah Gregor wirklich an, ein Grinsen zog über ihr Gesicht, und sie sagte nur: »Zufrieden, Sir?«

Gregor erzählte die Geschichte im Lehrerzimmer. »Das war, ja wie soll man sagen: Das war diabolisch! Genau: Diabolisch! Ich dachte: Hat die mich die ganze

Zeit verarscht? Oder bin ich hier bei Exorzistens gelandet? Kommt ihr gleich grüner Schleim aus dem Mund? Ich lasse sie alles vortragen, was sie drauf hat, und als sie fertig ist, dreht sie sich wieder zu mir, bekommt dieses Grinsen und fragt wieder: Zufrieden, Sir?« Gregor sah auf die Uhr, warf sein halbgegessenes Brötchen auf den Teller und nahm eilig seine Sachen. »Ich muß los. Aber eins sage ich euch: Aus der da hole ich alles raus! Alles! Das wird mein Meisterstück, sozusagen!« Helene kam das irgendwie bekannt vor. Cromwell hatte so etwas Ähnliches gesagt. Allmählich wurde ihr van Hagen unheimlich. Vielleicht war sie ja wirklich diabolisch. Und verarschte tatsächlich alle mit ihrem autistischen Getue. Helene zog ihre ketzerischen Gedanken wieder zurück. Sie war ja nur schlechtgelaunt. Dieser Sommer war ihr zu schnell rumgegangen, und sie konnte kaum glauben, daß Cromwell jetzt schon ein Jahr hier war; dieses Jahr war ihr zu schnell um die Ohren geflogen. Sie hatte nicht mehr ihr gutes, selbstbetrügerisches Gefühl von Stillstand, sie hatte eine ungute Ahnung von Accellerando. Noch ein Herbst und noch ein Herbst und schon wieder ein Herbst.

Als Helene fünfundfünzig wurde, hatte sie ihren Geburtstag eigentlich nicht auf dem Programm. So alt wurden nur alte Muttchen, und Helene zählte sich nicht dazu. Hilmar schenkte ihr einen Pullover, belferte einen Liebesgruß, und sie fuhr zur Schule. Damit war für sie der Geburtstag abgehakt.

Als sie auf das Oberdeck kam, wurde sie plötzlich geliebt und ummäntelt und umarmt. Die Kleinen hatten gebastelt, die Großen benahmen sich nicht weniger überschwenglich, und Betge umschlang sie, als wäre Helene die letzte Boje auf dem Weltmeer; Jäschke überreichte ihr im Namen seiner Gruppe in fürstlicher Dezenz einen gewaltigen Blumenstrauß, und als Helene endlich zum Lehrerzimmer durchdrang, stand sie fast unter Tränen und hatte das Gefühl, ihr Ende sei nahe, denn mit lebendigen Menschen trieb man doch sonst keinen solchen Aufwand. Benrath und Patrizia umarmten sie, Baumann gab ihr die Hand, Cromwell lächelte sein schönstes Italien-Urlaubs-Lächeln und schloß sie dann in die Arme und drückte sie, als hätte er bei Betge Unterricht genommen; und dann kam Brandon. Er gab ihr unter verlegenem Räuspern einen Briefumschlag.

»Du blöde Person! Lies das in einer ruhigen Sekunde!« Als er Diehls neugierigen Blick auf das Briefchen bemerkte, erklärte er: »Da drin sind zehn Mark und 'ne Langspielplatte! Sieht man doch!«

Es war ein Gedicht.

Für eine blöde Person

Du bist so schön, wenn Du erschöpft bist.
So abgearbeitet und fahl.
Wenn sich der Herbst in Dein Gesicht schleicht
werde ich prompt sentimental.

Du bist nie lau. Du Höhensonne.
Du bist zu hell, um für mich wahr zu sein.
Wäre ich Arzt, ich würd' mir Dich verschreiben.
Zehnmal am Tag, und zwar auf Krankenschein.

Helene überlegte, ob es ein »Randalieren aus Liebe« gab; wenn nicht, dann würde sie es sofort erfinden. Sie war noch immer aufgeputscht, als sie nach Hause fuhr und einem verdutzten Hilmar Abendbrot auftischte. Sogar mit Garnierung. Sie tupfte ihm ein wenig Petersilie auf ein mit Gürkchen belegtes Wurstbrot, sagte: »Hier, Sheeba!« und hätte sich vor Lachen am liebsten auf den Boden geworfen, nahm aber aus Rücksicht auf die Bandscheibe davon Abstand. Hilmar war völlig irritiert: »Was ist denn mit dir los? Bist du betrunken?«

»So was Ähnliches!« brachte Helene raus, legte sich aufs Sofa, schaltete den Fernseher ein und lachte über alles, was sich auf dem Bildschirm bewegte.

Baumann kam bei Patrizia nicht voran, obwohl sie ihre Freistunden jetzt regelmäßig im Lehrerzimmer auf dem Oberdeck verbrachte. »Ihr habt den schönsten Ausblick«, sagte sie zu Helene und freute sich, wenn Helene auch gerade frei hatte. Dann trank man zusammen Kaffee und plauderte, Benrath setzte sich dazu, und wenn Laura gerade zu Besuch war, entwickelte sich sofort das, was Konrad als »das gefürchtete Damen-Programm« bezeichnete: Sie lästerten mit der gebotenen Häme über alles, was sich nicht wehren konnte. Brandon kommentierte ihr Gegacker regelmäßig mit »Was für eine Pyjama-Party«.

Patrizia verstand sich inzwischen gut mit Laura und verehrte Helene. Und beneidete beide um ihren Draht zu Cromwell. Als Helene ihr die Kurt-Geschichte erzählte, fühlte sich Patrizia ausgeschlossen: Die beiden machten gemeinsam Urlaub, und sie erlebte Cromwell höchstens mal eine halbe Stunde am Stück im Lehrerzimmer. Oder auf dem Flur, im Kreise seiner Käuzchen. Seiner bisweilen sehr kauzigen Käuzchen. Patrizia sprach Helene auf van Hagen an: »Die sieht mich immer an, als wollte sie mich gleich erschlagen.« Helene wunderte sich über Patrizias Naivität. Wußte sie tatsächlich nicht, wie sie wirkte? »Ach, die guckt immer so«, tat Helene das ab.

Patrizia gefiel ihr. Mal abgesehen von ihrer Freude an Albernheiten mochte Helene ihre verträumte Ausgeglichenheit, eine Ruhe ohne Langeweile. Kein Wunder, daß inzwischen sogar die quecksilbrige Laura mit ihr auskam. Und ein Wunder, daß Cromwell sich so zurückhaltend gab.

Er hatte andere Sorgen.

Diesmal war ein Unglücksfall das Aufsatzthema. Cromwell haderte später mit sich, daß er die Gören da hingebracht hatte, zu einem besonders harten Parcours; für Cromwell war Pferderennen einfach Pferderennen, weil er selbst noch nie bei einem gewesen war.

Die Fahrt dahin verlief äußerst vergnüglich.

Ludwig war krank, also steuerte Cromwell selbst den Kleinbus; neben sich als kritischen Beifahrer und gewissenhaften Kartenleser Plessner, während der Rest der Meute auf den billigen Plätzen feierte. Merlinger und Betge sangen sich gegenseitig und schief schmutzige Lieder vor, Wagner und Jäschke spielten Magnetschach, und Anders war so gut gelaunt, daß er sogar versuchte, sich mit van Hagen zu unterhalten, die aber – um diesem Schrecken zu entgehen – interessiert über Plessners Schulter auf die Karte sah.

»Wir müssen tanken«, bemerkte Cromwell. »Wissen Sie, auf welcher Seite der Tankdeckel ist?« Plessner ließ sein Fenster runter und hängte sich raus: »Ich kann keinen sehen!« rief er fahrtwindzerzaust. »Der müßte auf Ihrer Seite sein!«

»Ich kann mich ja jetzt schlecht aus dem Fenster ... Herr Merlinger, hätten Sie die Güte, zwischen zwei Zoten zu checken ...« Merlinger hatte die Güte, brach seine Darbietung der scharfen Version von »Ein

Männlein steht im Walde« sofort ab, zwängte sich hinter Cromwell, der jetzt in Schräglage fahren mußte, aus dessen Fenster und schrie: »Ich seh auch nichts!« Weil sie wegen Cromwells Respekt vor dem Bus und der ihm ungewohnten Gangschaltung ziemlich langsam auf der rechten Spur fuhren, setzte ein Tankwagen hinter ihnen zum Überholen an. »Komm rein! Komm sofort rein!« schrie Cromwell angsterfüllt Merlinger an. Der machte keine Anstalten, sich wieder zurückzuschrauben, zog nur den Kopf etwas ein, und als der Tankwagen an ihnen vorbeizog, brüllte er ins Führerhäuschen: »He, einmal volltanken, bitte!« Die Meute lachte, und Merlinger rief dem Tankwagen hinterher: »Und einmal Automotorsport und zehn Hanuta!« Die Freude im Fond kannte keine Grenzen mehr, nur Cromwell hatte so weiche Knie, daß er noch langsamer fuhr. Merlinger kroch wieder zurück auf seinen Platz: »Wissen Sie, daß Sie mich eben geduzt haben? Das melde ich dem Chef!« Und schon hub Merlinger mit dem nächsten Schweinigellied an, und Betge hielt mit.

Nachdem Cromwell Merlinger gewaltsam von den Wettschaltern entfernt hatte, konnte es losgehen. Ein Pferd mußte über einen Barren, an den ein Wassergraben grenzte. Das Pferd war schon vorher unsicher gewesen, aber es wurde über diesen Barren gejagt, und was dann folgte, konnten sie selbst aus der Ferne noch deutlich erkennen. Das Pferd setzte falsch auf und stürzte, es begrub seinen Reiter unter sich, aber das Schlimmste kam, als das Pferd sich wieder aufrichtete. Es wollte davonlaufen, und da erst sah man, daß es sich das Bein gebrochen hatte, das rechte, es baumelte vom Kniegelenk abwärts hin und her, als hätte das Pferd eine alte leere Socke an; es versuchte aufzutreten, knickte ein und schrie und versuchte weiterzulaufen.

Betge heulte sofort los, und sogar Anders schlug sich die Hand vor den Mund und starrte auf dieses Tier, das hinkend und strauchelnd seinem Leid zu entkommen suchte. Jäschke und Merlinger standen auf und gingen weg. Wagner und Plessner folgten ihnen. Van Hagen saß unbeweglich auf ihrem Platz. Ihre Knöchel waren weiß, so scharf grub sie die Finger in ihre Oberschenkel. Ihr Gesicht zeigte keine Regung. Sie starrte auf das hysterische Pferd, das schließlich abtransportiert wurde, aber van Hagen starrte weiter. Betge zupfte heulend an ihr herum. »Komm. Los. Wir gehen.« Aber van Hagen saß da so lahm und betäubt, als hätte man ihr alle Knochen gebrochen. Cromwell ging zu ihr, nahm ihren Arm und führte sie zum Ausgang. Nach ein paar Metern schüttelte Mick ihn ab und schrie ihn an, als trüge er die Schuld am Elend des Pferdes: »Das hat es noch nicht mal gemerkt! Das wußte überhaupt nicht, was passiert! Es wollte weiter, aber es wußte noch nicht mal, was passiert! Das hat es noch nicht mal gemerkt!« Und sie bekam einen Heulkrampf, der sich in ein Schreien hineinsteigerte, und Cromwell wußte nichts Besseres, als sie an sich zu drücken und ihr durch das struppige Haar zu streichen. Betge stand heulend daneben, umarmte die beiden und streichelte Micks Rücken. Als van Hagen sich wieder beruhigt hatte, schneuzte sie ein paarmal nach. »Entschuldigen Sie, Sir.« Und dann stieg sie in den Bus und schwieg zwei Tage lang.

Cromwell hatte ein schlechtes Gewissen und sagte, daß Kurt gefragt hätte, wann sie mal wieder zu Besuch käme.

Kurt war jetzt etwas größer und dicker. Es wurde früher dunkel, und van Hagen tobte mit ihm durch Cromwells Wohnung.

Und jetzt las Cromwell die Berichte über diesen Tag auf der Rennbahn.

»Ich muß gestehen, daß mich Herr Merlingers Aufsatz sehr beeindruckt hat. Vor allem, was Ausdruckskraft durch Kraftworte angeht.« Cromwell saß an seinem Schreibtisch und sah in die letzte Reihe zu Merlinger, der sich gerade unter selbstgefälligem Grinsen und unter Zuhilfenahme von Jäschkes Notizblock die Fingernägel säuberte. »Wenn Sie mit Ihrer Puhlerei aufhören, könnte ich eventuell sogar eine Passage daraus vorlesen.« Merlinger legte sofort den Notizblock zurück, und Jäschke, der erst jetzt merkte, was Merlinger da gerade gemacht hatte, starrte angeekelt auf seinen Block. Jordan las: »Normalerweise reicht es dem modernen, wissenschaftlich interessierten Menschen völlig, wenn er bei einem Affen künstlich einen epileptischen Anfall herbeiführen oder einem Hasen Nagellack ins Auge schmieren darf. Aber es geht noch schärfer, brutaler, besser und geiler. Ein Tier kann man nicht nur manipulieren oder töten – man kann sich sogar draufsetzen. Und es dann über Hindernisse jagen, die – strenggenommen – keine sind, sondern nur in den Weg gestellt wurden, um Hindernisse zu werden. Und wenn Genosse Säugetier dann an seinem Hindernis scheitert, dürfen wir dem Ergebnis a l l e n Scheiterns beiwohnen: der Liquidation. Der Totalliquidation. Wir dürfen mitansehen, daß ein Geschöpf aufgegeben wird, wie man ein Geschäft aufgibt. Für die Laufkundschaft tut es nur einen kleinen Rumms. Aber was geschieht, wenn man nicht nur ein Passant ist? Wenn man verbrüdert oder zumindestens verschwägert ist? Dann steht man auf und schreit ...«

Cromwell überflog die nächsten Zeilen: »Jetzt folgt eine Sturmflut von Beleidigungen der menschlichen Rasse, die ich aus Gründen der nationalen Sicherheit hier nicht ...« Er unterbrach sich, und die Klasse klopfte zustimmend auf die Tische, während Cromwell in Merlingers Text nach einem guten Anschluß suchte. »Hier. Ich habe jetzt also alle Stellen ausgelassen, in denen der homo sapiens von Herrn Merlinger dazu aufgefordert wird, die Tiere in Ruhe zu lassen und statt dessen lieber nach Hause zu gehen, um den Vater zu erschlagen und die Mutter zu ficken...« Die Klasse lachte, und Merlingers Grinsen wurde noch breiter. Cromwell ignorierte die Reaktionen und verlas Merlingers Schlußsatz: »Man fragt sich, warum Menschen eigentlich so gerne Schlachthöfe bauen und Schweine erschießen. Denn damit geben wir den Tieren nur einen Grundkurs, wie sie nach der Revolution mit uns umzugehen haben.« Die Klasse applaudierte, und Merlinger verneigte sich dezent nach allen Seiten. Jordan legte Merlingers Heft weg. »Darüber könnten wir stundenlang diskutieren. Zumal mit einem Hamburger-Fresser wie Herrn Merlinger, der pro Woche etwa ein halbes Rind in sich reinschaufelt.« Merlingers Grinsen wurde etwas kleiner. »Sir!« rief er, wild mit den Armen rudernd. »Man hat mich so erzogen! Aber ich arbeite dran, kein Fleischfresser mehr zu sein!« Und zu Jäschke gewandt, fügte er wichtigtuerisch und bedeutsam hinzu: »CARNIVOR! So sagen wir Biologen: CARNIVOR!«

Merlinger hatte nämlich vor zwei Tagen beschlossen, die neue Biologiereferendarin zu ehelichen.

Um ihr Herz bzw. den Rest drumherum zu erobern, hatte er sich tatsächlich Kurt ausleihen wollen; Weiber würden ja schließlich auf Katzen fliegen, und Cromwells Vieh hätte ja noch voll das Kindchenschema drauf, und da müsse die Bio-Mutti doch schwach werden ...

Cromwell hatte Merlinger erst lange angesehen und ihn dann gefragt: »Wo Sie doch so gut in Bio sind: Welches Tier ist das?« Und ihm einen Vogel gezeigt.

Kurt sorgte in der Tat für Aufsehen, wenn er Cromwell mal ausbüxte und über den Flur rannte, verfolgt von Ludwigs bösen Blicken und maunzend-lockenden Kindern. Kurt liebte Kinder und zeigte keinerlei Angst vor Menschenmengen.

»Wer ohne gültige Papiere an der Grenze Zöllner anschreit, der kennt auch sonst nix«, sagte Helene.

»Und er führt ein großes Haus«, spottete Cromwell. »Er hält sich einen Salon.«

Regelmäßig kamen die Damen seiner Gruppe (außer Betge: Katzenallergie) zum Kurt-Bespielen vorbei, aber auch die Herren zeigten Interesse; Plessner war völlig verschossen in Kurt, und Jäschke gab sogar unumwunden zu, »nichts gegen Katzen« zu haben. Merlinger sagte nur »Pah!« und nahm es Kurt persönlich übel, nicht von Cromwell für seine amourösen Zwecke verhurt zu werden. Aus den Besuchen entwickelten sich festere Zusammenkünfte in Cromwells Wohnung; nach drei Wochen hatte er regelmäßig »Die Anarchisten« zu Gast, und Kurt war beschmuste Beilage zu hitzköpfigen Diskussionen oder getragenen Philosophie-Stündchen. Was bei Betge zusätzlich zur Katzenallergie noch eine Neid-Krätze auf den Plan rief. »Jordans Katzentisch« nannte Baumann die Veranstaltung, die meistens am Wochenende stattfand und somit auch gleich noch Cromwells Sonntags-Phobie linderte. Bald lief an jedem Wochenende zwanglos alles in seiner Wohnung auf, was sonst gerade nichts Besseres zu tun hatte: einige Schüler, Benrath, wenn sie nicht bei ihrem Freund war, sogar Konrad ließ sich blicken (»Ah! Eine herrliche Sache, so ein jour fixe!«). Laura brachte ihre jeweiligen Freunde mit, so daß auch Gregor versuchte, so oft wie möglich dabeizusein. Und eines Sonntags traute sich sogar Patrizia mal vorbei.

Van Hagens Blicke für Patrizia waren eindeutig: Der da gehörte ein tigergroßer Kurt auf den Hals gehetzt.

Cromwell unterhielt sich inzwischen gerne mit Patrizia. Er fühlte sich in ihrer Gegenwart eigentümlich wohl; als würde ihre Ruhe ein wenig von seiner Unruhe neutralisieren. Mal ganz abgesehen von ihrer Schönheit, die sie in weitgeschnittenen Kleidern mit dezenten Dekolletés durch die Schule trug; an Patrizia war eigentlich alles weich und schimmernd. Und daß ausgerechnet ein Wunderwesen wie sie Interesse an jemandem wie ihm bekundete, schmeichelte seiner Eitelkeit.

Eines Sonntags bestand Konrad darauf, Patrizia müsse auf einer aus dem Musiksaal herbeigeschafften Geige ein Solo geben; sie nahm auch das gelassen, und wenn Wagner gesehen hätte, wie die Bellezza alle in ihren Bann spielte: Sie hätte ihr vor Wut die Saiten durchgebissen. Van Hagen sah aus, als wollte sie gleich ein Dutzend Tiger von der Kette lassen, womit sie sicheren Instinkt bewies, denn an diesem Abend mußte Cromwell zugeben, daß Patrizia ihm sehr gefiel. Und hätte van Hagen Patrizias Gedanken lesen können, wäre es vermutlich sofort zum Blutbad gekommen. Patrizia war final interessiert an diesem merkwürdigen Wesen Cromwell, das mit so einer wuchtigen Unbedingtheit austeilen konnte: Haß an Baumann, Liebe zur Arbeit, seine angespannte, fast fahrige Geduld. Während Konrad nach dem Konzert auf sie einlobte, sah sie zu Cromwell, wie er mit Merlinger und Helene sprach, Helene saß auf dem Sofa, das Katzenkind hatte es sich auf ihren Beinen bequem gemacht, Merlinger vor ihr im Schneidersitz auf dem Boden, Cromwell verharrte daneben in der Hocke, konzentriert, eindringlich sprechend, er schob sich die Haare aus dem Gesicht, und sein Ausdruck hatte etwas, das über Ernsthaftigkeit hinausging, eher ein verzweifeltes Flehen, eine Inbrunst und Hingabe, eine Dunkelheit, dann sagte Helene etwas, und er lachte plötzlich, und das sah so schön aus, wie gerettet und erlöst, die Not transponiert und erlöst in Frieden und Schönheit – keine Frage: Patrizia befand sich inzwischen nicht mehr im grünen Bereich.

Unter der Woche ging es auf dem Oberdeck nicht mehr so lässig zu. Sogar Cromwells Leuten ging allmählich der Ernst der Lage auf; Wagner, Plessner, Jäschke und Anders arbeiteten sowieso diszipliniert, Betge wurde roh zum Stillsitzen und Mundhalten verurteilt, und Merlinger mußte von seinem hohen Roß geholt werden. Denn er ging davon aus, eine jegliche Prüfung und Klausur qua natürlicher Genialität auch ohne den Hauch eines Fachwissens und selbstverständlich mit Bravour bestehen zu können.

Cromwell sprach mit Diehl, der Merlinger daraufhin zweimal hintereinander auf Null Punkte prüfte; Cromwell fühlte sich dabei zwar wie ein Baumann, erzielte aber das angestrebte Resultat: Merlingers Eitelkeit war gekränkt, und sein Fleiß wurde fast so groß wie seine Klappe.

Van Hagen sackte völlig ab. Sogar Gregor sprach Cromwell darauf an: »Steht wieder rum wie ein Baumstumpf und nuschelt wie am ersten Tag! Oder guckt einen an, als wär man ein Stück Scheiße! Was habt ihr denn mit der gemacht?«

»Eifersucht«, sagte Helene. »Du hast dich ein Jahr lang nur mit deinen Leuten beschäftigt. Und jetzt ziehst du nicht nur das Tempo an und machst Druck!

Nein: Jetzt sieht sie dich auch noch so oft mit Patrizia herumstehen.«

»Sie hat mich auch schon oft mit Laura gesehen.«

»Aber Laura ist keine Gefahr. Jetzt stell dich nicht dumm.« Helene hatte sehr schlechte Laune. Der Herbst, der in diesem Jahr überhaupt nichts Goldenes, sondern nur etwas so Grau-Verschmiertes hatte, daß man schon mittags das Licht anmachen mußte, ging ihr aufs Gemüt. Außerdem hatte sie schlecht geträumt und sich dann mit Hilmar gestritten; der alte Umstandskrämer, Linkshänder und Kalkbeutel! Zu blöd, um eine Waschmaschine zu bedienen! Er hatte tatsächlich eine Waschmaschinenfüllung eingeschrumpft und verfärbt, und dabei war auch ihr Homer draufgegangen, und in ihrem Zorn uferten die Vorwürfe aus, von Hölzchen auf Stöckchen bzw. von der Waschmaschine auf Hilmars Existenzberechtigung schlechthin.

»Die anderen sind nicht in dem Maß von dir abhängig. Aber ich fürchte, für van Hagen bist du inzwischen der einzige Mensch auf Erden.« Helene riß ihr Fenster auf, um den grauen Zigarettenqualm gegen die graue Herbstluft auszutauschen: »Eigentlich finde ich die Situation gefährlich.«

»Wie: gefährlich?«

»Was weißt DU denn von Mick? Was weiß ICH denn von ihr? Wozu ist sie fähig? Allein was sie da auf der Bühne abzieht. Oder ihr wildes Fabulieren über kindermordende Halbbrüder. Und was passiert, wenn jemand wie sie ans Ende ihrer – nennen wirs Hoffnungen oder Leidensfähigkeit, das ist wurscht, aber: wenn sie da ankommt? Bringt sie dann SICH oder DICH oder Patrizia um?«

»Absurd! Das ist paranoid! Van Hagen ist doch nicht in mich verliebt. Ich bin Elternersatz. Außerdem hab ich nichts mit Patrizia.«

»Noch nicht«, sagte Helene.

»Haha. Und was soll ich jetzt am besten machen?«

»Mit Patrizia?« fragte Helene gereizt.

Cromwell stand auf und ging: »Sie waren mir eine große Hilfe. Danke. Vielen Dank.«

Helene hätte sich mal wieder selbst in den Hintern treten können.

Sie war so ungeduldig, weil sie unzufrieden war. Sie fühlte, daß da etwas herankroch, das sie gern mit »etwas Krisenförmiges« beschrieb. Eine Unruhe, eine Unwilligkeit. Das war Helenes Herbstgefühl: »etwas Krisenförmiges«.

Cromwell zitierte van Hagen zu sich und verlangte eine Erklärung für ihr Versagen. Sie saß ihm im Klassenzimmer so hündchenhaft struppig und schweigend gegenüber, daß sich seine schlechte Laune nicht gerade besserte.

Was wollte sie: bei ihm in Rente gehen? Sollte er ihr bis ans Lebensende – und das seinige wäre dann garantiert vorgezogen – den Erziehungsberechtigten machen? Und weil er noch immer sauer auf Helene war, sagte er wütend zu Mick: »Nun werden Sie mal endlich erwachsen!« Es tat ihm sofort leid, aber van Hagen sagte nur erstaunlich ruhig und von oben herab: »Wie Sie wünschen, Sir!« und behandelte ihn von da an sehr distanziert, fast feindlich.

Er hatte sie alle, alle zu nah an sich rangelassen. Das Gejammer war groß, als er freundlich, aber bestimmt an einem Freitag das Ende der jours fixes verkündete, mit der Begründung, man trete jetzt in die letzte Arbeitsphase ein, Arbeitsüberlastung seinerseits etc.pp. »Schade«, sagte Patrizia, als sie seinen Aushang las. »Die Sonntage bei dir waren immer so schön.«

»Daran muß sich ja nichts ändern.«

An jenem Tag, als Cromwell das Ende der Jour-fixe-Zeit verkündet hatte, war Patrizia bis zum Abend mit dem Orchester zugange. Cromwell saß mit seiner Gruppe bereits beim Abendessen, und Patrizia setzte sich nach vorne an den Lehrertisch, was Konrad mit einem erfreuten »Welch seltener Gast an unserer Tafel!« begrüßte. Konrad nahm alle Mahlzeiten in der Schule ein; er wäre wahrscheinlich auch gar nicht in der Lage gewesen, sich in seiner Stadtwohnung eigenhändig etwas zuzubereiten. Ob er überhaupt wußte, wo sein Herd stand? Oder wo die Küche war? »Dieser Raum ist mir gänzlich unbekannt!« würde er sich erstaunt an der Weste zupfen.

Baumann lächelte Patrizia zu, sie erwiderte freundlich seinen Blick, dann sah er zu Cromwell rüber, stellte sein Lächeln ab und stauchte seine Gruppe wegen Kleinigkeiten zusammen. Er konnte sich nicht erklären, warum Patrizia ausgerechnet ihn immer so freundlich abblitzen ließ und sich lieber mit dem Würstchen beschäftigte. Hatten die jetzt schon oder hatten sie nicht? Eine kurze Zeit hatte er Cromwell sogar für eine Schwuchtel gehalten, die sich eher an so etwas wie Jäschke verging, aber der Irre war wohl doch hetero.

An Cromwells Tisch herrschte gemischte Wochenendlaune. Betge nahm Merlinger seine Fremd-Balzereien übel; nach den Sommerferien hatten sie ein paarmal miteinander am Baggersee rumgemacht, und jetzt fühlte sie sich als betrogene Ehefrau. Merlinger, für den die Annehmlichkeiten der Sexualität nicht im mindesten mit »Treue« in Beziehung standen, hatte ihr auf ihre Vorhaltungen hin erklärt, daß man diese beiden Begriffe nun wirklich nicht in e i n e n Topf werfen dürfe. »Außerdem ist das bourgeois!« Aber Betge sah das – Kommunismus hin, Schweinesystem her – denn doch anders, Tischgesprächsthema war nun »Beziehungen«, was die beiden nutzten, um sich in abstracto zu beharken. Merlinger wurde fast böse: »Selbstverständlich hat jeder normale Mensch das Recht darauf, sich – mit Kondom – durch die Gegend zu bumsen! Man muß sich doch nicht gleich vom Unterleib das Oberstübchen verwirren lassen! Wir sind ja schließlich keine Tiere!« Jäschke bezog da eher konservative Position: »Du kannst von mir aus dein – Halten zu Gnaden – Genital in alles stecken, was sich bewegt, aber bezeichne das dann bitte nicht als einen Akt überlegener Intelligenz.«

»Als genau das und nichts als das! Das ist Freiheit, das ist Selbstbestimmung, das ist der Weg aus der selbstverschuldeten Unmündigkeit! Ich wette, Kant hat seine Nudel durch ganz Königsberg gezogen! Oder was meinen Sie, Sir?«

Cromwell schob gerade van Hagen, die mit Blick auf Patrizia keinen Bissen runtergebracht hatte, demonstrativ ihren Teller näher und ärgerte sich sofort darüber.

»Wie wär's mit folgender Theorie: daß Sexualität eine deutliche Grenze hat, nämlich wenn andere verletzt werden. Und du verletzt denjenigen, der dich liebt, wenn du es nebenbei noch mit anderen treibst.«

»Liebe! Ich hör wohl nicht richtig! Die Liebe ist doch nur eine Erfindung der Moralindustrie! Sie reden ja wie ein Predischä!« Anders bekam seinen Schakalblick: »Diese Theorie ist schnell zerpflückt. Nehmen wir einmal an, eine Frau, sagen wir: van Hagen verliebt sich in Sie. Dann dürften Sie nach Ihrer Maxime mit keiner anderen Frau als van Hagen schlafen. Weil Sie sie ja sonst verletzen würden.« Cromwell mußte Mick gar nicht ansehen, um zu merken, daß es sie vor Peinlichkeit fast vom Stuhl riß. »Ach, Herr Anders. Keiner mißversteht absichtlich so schön wie Sie. Ich glaub, ich werde mich in Sie verlieben. Sparen Sie sich also bitte für mich auf!« Cromwell, Anders und van Hagen waren die einzigen am Tisch, die nicht lachten. Merlinger setzte noch mal nach: »Und dann das ganze Gerede von Intimsphäre! Wißt ihr, was wirklich intim ist? Wenn mir im Bus einer ins Gesicht hustet! Oder wenn in einer Schlange einer hinter mir steht, der nach verschwitzter Pottsau stinkt, und ich kann da nicht weg! D a s ist Intimität, d a s ist die Verletzung von Intimität, ihr verklemmtes bigottes Predischä-Pack! Gegen so etwas ist Vögeln intimmäßig nichts anderes als ein warmer Händedruck!«

»Du meintest wohl eher: ein feuchter«, spöttelte Anders. Cromwell würgte die weitere Diskussion ab: »Dürften die übrigen Anwesenden, also wir, die wir gerade nicht rollig sind, unser Abendbrot zu uns nehmen, ohne Details aus Ihren werten Hosen erfahren zu müssen? Danke.«

Betge murmelte: »Und es gibt natürlich doch die Liebe! Ist ja schließlich Thema Nummer Eins. Laß doch mal aus der Kunst die Liebe raus. Die Weltliteratur würde zusammenschnurren wie 'n furzender Luftballon.«

»Ein sehr romantisches Bild«, lobte Cromwell.

Als er den Speisesaal verließ, traf Cromwell in der Halle auf Patrizia, und sie stiegen gemeinsam aufs Oberdeck. »Alle abgefüttert außer Kurt. Ich trau mich gar nicht nach Hause. Er wird mir eine Szene machen. Ich wette, er steht schon mit dem Nudelholz hinter der Tür.« Patrizia lachte: »Brauchst du Beistand? Ich könnte bezeugen, daß du bis eben gearbeitet hast.«

Kurt war eher gelangweilt, als sie in die Wohnung kamen. Er stand von Cromwells Schreibtisch auf, streckte sich, gähnte, blieb noch kurz duselig auf der Tischkante sitzen, als Cromwell die Schreibtischlampe anknipste und ihn streichelte, und kletterte dann gemessenen Schrittes Richtung Napf. Patrizia sah aus dem Fenster in den dunkel-diesigen Park. »Ihr habt's gut. So eine Ruhe und so eine Luft.« Sie drehte sich wieder um und sah Cromwell beim Napffüllen zu. »Wann läßt du Kurt mal raus?«

»Wenn er ein bißchen älter ist. Und ein bißchen kastrierter.« Er kraulte Kurt hinter den Ohren. »Wir wollen doch nicht noch mehr hungrige Mäuler in die Welt setzen, gell?« Patrizia betrachtete den Cromwell in der Höhle. »Das ist schön. Von wem eigentlich?«

»Von Laura. Ich frag mich, warum sie bei ihrer Klaue überhaupt Bilder signiert.«

»Bist du das?«

»Ja.«

Patrizia wollte nicht indiskret werden, also stand sie weiter vor dem Bild, und als Cromwell neben sie trat, verkniff sie sich jede Frage. Cromwell sah sie von der Seite an und wie ihr das Haar gebändigt über den Rücken flutete. Konrad hatte recht: Sie war zu schön, um echt zu sein. »Das war letztes Silvester. Großer Hänsel & Gretel-Abend.«

»Ihr seid ziemlich eng befreundet, hm?«

»Ja. Das heißt, wir sind schon sehr gute Kumpel.« Cromwell hüstelte. »Und du?«

Patrizia sah weiter auf das Bild. »Ich hab keinen Kumpel. Das heißt: Nicht mehr. Wir haben uns getrennt.«

»Tut mir leid«, log Cromwell. Patrizia lachte auf: »Mir nicht! Ich geb dir einen guten Rat: Laß dich nie mit einem Kirchenmusiker ein!«

Durch Cromwells Hirn zerrten die immer gleichen Sätze: Du kannst jetzt noch weg! Jetzt kannst du noch weg!

Der abgefütterte Kurt geriet in Spiellaune und sprang sie an. Und war sehr sauer, sich irgendwann vor einer geschlossenen Schlafzimmertür wiederzufinden.

Als Baumann am Morgen zum Joggen aufbrach, sah er Patrizias Wagen.

Ach nee. War man noch vor Ort übereinander hergefallen. Hatte sie tatsächlich dem Kleinen die Brust gegeben. Baumann lief los und versuchte, sich das lieber nicht auszumalen.

Es war Wochenende, die Vogeluhr setzte zu ihrem tödlichen Weckdienst an, Cromwell lag neben der schlafenden Patrizia und beneidete sie um ihren Schlaf. Dann hörte er ein Splittern aus dem Wohnzimmer. Er stand auf, zog sich Jeans und Pullover an und ging leise aus dem Zimmer. Kurt wollte nicht länger ausgesperrt sein, und zur Bekanntmachung dieser Tatsache hatte er ein Glas vom Eßtisch geschoben. Jetzt saß er da, hoch über den Scherben und bedachte Cromwell mit einem Komm-du-mir-nach-Hause!-Blick. Cromwell schimpfte ihn leise aus, während er die Scherben zusammenkehrte und aufpaßte, keine Splitter in die nackten Füße zu bekommen. Dann nahm er die kleine weiße beleidigte Leberwurst, die übergangslos zu brummen begann, vom Tisch und setzte sich mit Kurt auf das Sofa. »Was bist du nur für ein blöder Hund«, sagte er zu seiner Katze.

»Aber mach dir nichts draus. Ich bin ja auch einer.«

Mick riß sich im Unterricht und auf der Bühne wieder zusammen, mit großer zorniger Energie. Sie mußte nur daran denken, daß Patrizias Auto weiterhin an den Wochenenden vor dem Lehrerflügel parkte. Oder Jordans fehlte.

Das durfte er nicht. Er durfte ihr das nicht antun.

Die Affäre sprach sich zwangsläufig rum. Cromwell hatte inzwischen das absolute Gespür dafür entwickelt, wann Merlinger zu einer Anzüglichkeit ansetzen wollte, und stopfte ihm schon vorher das Maul: »Nein, Herr Merlinger. Die folgende Bemerkung würde ich an Ihrer Stelle lieber stecken lassen. Andernfalls kann ich Ihnen garantieren: Es wird wie ein Unfall aussehen.«

»Ich weiß nix von einer Bemerkung! Oder gibt es was, worüber ausgerechnet i c h eine Bemerkung machen könnte? Wir waren so arm, wir hatten noch nicht mal eine Meinung!«

Irgendwann tippte Anders van Hagen in den Rücken: »Tja, Zecke. Ich schätze mal, du hast dein Wirtstier verloren.« Mick drehte sich um und schlug Anders ins Gesicht, ungezielt und hart. Anders war zu überrascht, um zu reagieren. Merlinger, den es vor Schreck beim Kippeln beinahe nach hinten gerissen hätte, murmelte verblüfft: »Junge, Junge. Hänschen-Klein hat aber einen mächtigen Rumms in der Rechten.« Anders begann zu zetern: »Hast du sie nicht mehr alle?« Jäschke befand, daß das ja schon lange mal fällig war, aber auch er war beeindruckt von Micks Brutalität. Sie war wieder zu ihrem Platz gegangen und saß dort so still und zitternd wie in alten Koffein-Rausch-Zeiten. Als Cromwell kam, hatte Anders' Gesicht zwischen Augenbraue und Ohr bereits eine herbstliche Färbung angenommen. Er versuchte zwar, die Hand darüber zu halten, aber Cromwell entging es nicht. »Herr Anders, sind Sie gegen einen Schrank gelaufen?« Anders grinste gequält. Betge kicherte: »Sie sollten ihm einen Platz im Frauenhaus besorgen.« Merlinger gab zu bedenken, daß Anders der einzige Mensch auf Erden sei, »der da verkloppter rauskommt, als er reingeht«. Cromwell tastete Anders' Schläfe ab und fragte ihn: »Wer war das?« Anders schwieg. Van Hagen hob den Arm: »Ich.« Sie sah Cromwell so herausfordernd an, als wollte sie auch ihm gleich noch eine verpassen. Das hatte Helene wohl mit »gefährlich« gemeint. »Darüber sollten wir später mal ein Wörtchen reden.«

»Nein!« sagte Mick schroff. »Das war gerecht.«

Sie redeten nach dem Unterricht dann doch noch ein Wörtchen darüber. Anders' Veilchen blühte auf, und sein Blick aus dieser bläulichen Umrahmung war so lauernd wie eh und je. Er gab zu, Mick provoziert zu haben, und um den Inhalt der Provokation redete er so deutlich herum, daß Cromwell sofort Bescheid wußte. »Herr Anders, darf ich Sie mal was Grundsätzliches fragen? Warum wird es einem Menschen Ihrer Intelligenz nie langweilig, andere auf die Palme oder zum Heulen zu bringen? Woraus ziehen Sie da Ihre intellektuelle Befriedigung? Oder törnt Sie das einfach nur so an? Und warum nehmen Sie sich eigentlich immer Schwächere vor? Aus Feigheit?« Anders wies an seine Schläfe: »Habe ich es hier etwa mit einem Schwächeren zu tun gehabt?«

»Genau das. Wenn sich jemand mit Worten nicht mehr wehren kann, ist er ja wohl der Schwächere.«

»Haben Sie sich deswegen im Sommer mit Dr. Baumann angelegt?« fragte Anders mit Genießerblick; jetzt hatte er Jordan. Wie wollte der da wieder rauskommen?

Cromwell sagte nichts und sah Anders an, als sähe er ihn zum erstenmal. Er lächelte. »Herr Anders, ich glaube, Sie haben da ein kleines Problem mit so was wie Stärke, Schwäche und Macht. Warum sind Sie eigentlich so unsicher?«

»Das wäre mir neu«, sagte Anders gereizt, verärgert darüber, daß er Jordan nicht zu packen bekam.

Baumann mißfiel die allgemeine Entwicklung. Alle befanden sich in irgendwelchen festen sozialen Konstellationen; Brandon und Helene, Brandon und Konrad, Helene und Cromwell, die Pyjama-Party-Truppe. Nur er war alleine auf weiter Flur. Er ärgerte sich darüber, daß ihn das ärgerte. Die Trennung von seiner Frau hatte ihn eventuell doch heftiger angeknackst. Wurde er jetzt larmoyant, oder was sollte das? Schande! Als er unter einem Vorwand eines Abends bei Benrath klopfen wollte, nur um sich ein wenig mit jemandem zu unterhalten, drehte er kurz vor der Tür ab und wurde sich selbst böse. So weit durfte er nicht herunterkommen.

An dem kalten Samstag darauf stolzte er über den Wochenmarkt in Haidenfeld. Mißmutig kaufte er ein, und dann sah er Cromwell und Patrizia. Die beiden hatten ihn nicht bemerkt, Baumann trat rasch hinter einen Brotstand und beobachtete sie. Sie standen nebeneinander, Cromwell hatte in jeder Hand eine Tüte, er sagte etwas, Patrizia lachte, dann strich sie ihm das Haar aus der Stirn, ganz langsam und sanft und sah ihn dabei unverwandt an. Es war Baumann, als würde die Zeit angehalten, er befand sich in einer Art Stillstand, Zeitlupe, Patrizias Hand auf Cromwells Stirn, auf seiner Wange, ihr Blick, bedingungslos, liebevoll, die Welt um Baumann herum war ausgeklammert, alles rausgefiltert, er sah nur diese Geste und diesen Blick, die Liebe, die Liebe.

Er mußte husten, und die alte Zeitrechnung setzte wieder ein, er hörte wieder den Lärm um sich herum und nahm wieder die Marktgerüche wahr. Und ärgerte sich. Sentimentale Scheiße. Er ging an den beiden vorbei, grüßte jovial und sah auf ihre Einkäufe: »Na, Kinders? Nichts vergessen? Was gibt's denn heute Schönes bei den Jordans?«

»Quiche«, sagte Patrizia.

»Mein Leibgericht!« rief Baumann mit falscher

Emphase. »Aber ich wette, ich bin mal wieder nicht eingeladen!«

»Da könntest du recht haben«, sagte Cromwell.

Merlinger zauderte, als van Hagen bat, bei seinem nächsten nächtlichen Ausflug mitkommen zu dürfen. Er überlegte, was er Cromwell damals versprochen hatte; nach kurzen juristischen Erwägungen sagte er Mick zu. Schließlich hatte er Cromwell geschworen, van Hagen nicht mehr zum Streunen zu animieren. Aber wenn sie sich ihm freiwillig anschloß, konnte er nichts machen. Man lebte ja schließlich in einem freien Land.

Sie fuhren in die Stadt und liefen im dunklen, kalten Herbstdampf durch ausgestorbene Straßen, denn Merlinger war gerade weniger auf dem Unterhaltungstrip, er wollte sich einen schönen herbstlich-melancholischen Kick verpassen. Also landeten sie in dem Viertel, das er für Micks allerersten Ausflug im Sommer ausgesucht hatte. Wie sehr sie sich seitdem verändert hatte. Sie lief schweigend neben ihm her, Merlinger hatte den Eindruck, daß es in ihr gärte. Sie ging sehr schnell, und er kam kaum nach. Sie mußte sehr wütend sein. Aber schließlich konnte sie ja nicht erwarten, daß Dr. Jordan auf sein Privatleben pfiff und sich nur um sie kümmerte. Sie kamen zu dem Haus, vor dem sich Mick im Sommer mit der Katze unterhalten hatte. Das Katzenfenster war leer. »Schade, das mit den Sonntagen bei Kurt«, sagte Merlinger. Mick sah auf das leere Fenster.

Fremde Menschen hat sie in ihrem Leben genug gesehen. Fremde Menschen haben sie aus der Wohnung geholt und zu fremden Menschen gebracht, die sie gewaschen und gefüttert haben. Fremde Menschen haben ihr ein fremdes Bett gegeben und fremde Spielsachen. Ich will keine fremden Sachen mehr. Ich will eigene. Nur für mich. Und ich will keine fremden Menschen mehr. Ich will eigene, nur für mich. Setz dich her, Schatz. Wieviel kann man einem Menschen wegnehmen, bis es nicht mehr weh tut. Sie ist durch den Boden gestürzt, an das Ende der Welt, und er hat sie aufgehoben. Und sie will nicht mehr zurückgeworfen werden. Und schon gar nicht von ihm. Sie hat ihm vertraut. Alles, was sie macht, macht sie nur für ihn. Schreiben, spielen, essen. Und jetzt betrügt er sie. Schamlos. Mit bloßen Händen anderen im Brustkorb herumwühlen, das Herz greifen und es rausdrehen und dann wegwerfen. Was für ein Geräusch: Herz schliddert über Parkett. Organ an Fußboden.

Sie lachte. Merlinger sah sie erstaunt an: »Was gibt's?« Mick sagte freundlich: »Ich hasse euch alle.«

Merlinger befand, daß diese Form von herbstlicher Melancholie nachgerade ins Ungemütliche lappte: »Na, na, na. Wer wird denn gleich! Außerdem macht das doch viel zuviel Arbeit.«

Der letzte Winter

Der Winter stellte sie alle auf eine harte Probe; er war von einer boshaft klirrenden Kälte, ohne den geringsten Sonnenstrahl zu gewähren. Die kalte und finstere Fortsetzung dieses Schmierherbstes, und Helene dachte: An diesen Winter werden wir uns noch lange erinnern. Der schlägt seine Kerben.

Es begann damit, daß Kurt verschwand. Obwohl er sich nie weit vom Haus entfernt hatte, immer nur ein paar hundert Meter, nur tagsüber und immer nur für ein, zwei Stunden. Cromwell suchte Wald und Wiese ab, beschimpfte das liederliche Katzenvieh, und dann bekam er furchtbare Visionen: Kurt lag irgendwo verletzt im Wald und rief nach ihm. Oder Kurt war in einem Chemielabor. Und er wurde zerstört und schrie vor Schmerzen, mit diesem fassungslosen Blick, den jedesmal das Geräusch des Staubsaugers bei ihm erzeugt hatte, bevor er wie eine Rakete unter das Bett schoß. Cromwell steigerte sich so hinein, daß er kurzfristig sogar Ludwig verdächtigte, Kurt etwas angetan zu haben. »Unsinn«, sagte Helene. »Du verdächtigst einen Mann, der heimlich Salami verfüttert.« Cromwell ging in seiner Wohnung auf und ab, und wenn er das Katzenklo sah, kamen ihm fast die Tränen, weil er an seinen frechen Buddha dachte. Vielleicht war Kurt ja auch bloß weggelaufen. Aber warum? Die Ungewißheit über Kurts Schicksal verstörte Cromwell. Sollte er jetzt böse auf das Vieh sein oder tat er ihm Unrecht und sollte um ihn heulen?

Anfangs beteiligten sich die »Anarchisten« noch an seinen Suchmärschen, aber nach zwei Wochen war Cromwell allein mit seiner Kurtlosigkeit. Auch Helene war traurig, aber mehr noch erstaunt über die Gereiztheit, mit der Cromwell auf den Verlust der Katze reagierte. Helene sah ihn einmal sogar auf dem Flur Benrath anfauchen, als wäre er bei Kurt in die Lehre gegangen.

Cromwells Reizbarkeit konnte nicht nur kurtbedingt sein. Nachdem er im Lehrerzimmer einer Praktikantin wegen einer kleinen Schlamperei so die Hölle heiß gemacht hatte, daß sie mit nassen Augen den Raum verließ, beugte sich Baumann über den Tisch und fragte im salbungsvollen Ton eines Seelsorgers: »Private Probleme?«

»Baumann, wann läßt du dir endlich das Maul zunähen!« bellte Cromwell.

Dann wurde Konrad krank. Erst sagte er, er fühle sich nicht besonders, ihm sei übel, wohl eine Magenverstimmung. Brandon fragte streng, ob er schon wieder zuviel Pralinen auf einen Haps gegessen habe, er alter Süßschnabel? Der erklärte Sauerschnabel Konrad wollte eben zu einem Dementi ansetzen, sah Brandons Grinsen, zupfte beleidigt an seiner Weste und fuhr in seine Stadtwohnung. Nachts rief er Brandon an und bat ihn, einen Notarzt zu schicken – typisch Konrad. Auf die Idee, selbst einen Arzt zu rufen, kam er nicht. Brandon war nun mal der Macher und kannte sich besser mit all diesem organisatorischen Schnickschnack aus. Brandon rief den Notarzt und alarmierte auch Helene. Sie hatte gerade Cromwell zu Gast, der sie nach Hause gefahren hatte, weil Adolf wieder mal nicht anspringen wollte; sie waren in ein Erinnerungsplaudern über Kurt und ihre Italienreise versunken und machten sich sofort auf den Weg. Sie trafen kurz nach Brandon in Konrads Wohnung ein; der Arzt packte bereits seine Instrumente zusammen, Helene prallte zurück. Schluß.

Brandon griff nach Konrads Hand, Cromwell stand in einer Zimmerecke und wünschte, daß jemand endlich den halbnackten alten Mann wieder bekleidete. Diese Art von Abschied war zu unwürdig für einen Menschen, der stets auf strikte Kleiderordnung gehalten hatte. Eilig entblößt und dann einfach so herumliegen gelassen. Konrads weiße magere Brust lag frei, und Brandon zog sachte das Pyjamaoberteil wieder zurecht und die Bettdecke hoch, und der Arzt stellte den Totenschein aus.

Brandon blieb weiter auf der Bettkante sitzen und hielt Konrads Hand. Helene hatte nicht den Mut, Brandon anzusprechen. So saß er und sah eher ungläubig auf Konrad, geradezu verdutzt, das ganze Remmidemmi konnte doch nicht wirklich bedeuten, daß Konrad so etwas wie tot war; das war eine Inszenierung, gleich würde er die Augen aufschlagen und stolz sagen: »O mein Gott, Brandon! Jetzt bist du m i r endlich einmal gehörig auf den Leim gegangen! Welch eine Retourkutsche!« Die Burschen vom Leichentransport kamen. Sie waren höflich und von einer solch routinierten Anteilnahme, daß Cromwell schlecht wurde. Brandon stand auf, immer noch mit diesem unpassend abwartenden Blick auf den Toten, Helene küßte Konrads Stirn, als hätte er gerade auf der Einweihungsfeier der Schule zuviel getrunken, und sie hätte ihn eingewickelt in die Umzugsdecken. So ruhig sah er aus, so beruhigt und zufrieden, so lieb und so ikonisch-ernst.

Und Konrad wurde aus dem Haus getragen, als wäre er ein Müllsack. Helene weinte und umarmte Brandon, der immer noch nicht begriffen hatte, was geschehen war. Sie führte ihn zu Cromwells Auto. So konnte er nicht mehr fahren. Brandon konnte noch unter dem Einfluß von zehn Gallonen Whisky sicher fahren. Aber jetzt nicht mehr. Er nahm nichts wahr und sagte kein Wort.

Sie brachten ihn nach Hause und standen unschlüssig im Flur herum, als er in das Wohnzimmer taperte und sich auf das Sofa setzte. Wie ein Brett saß er da. Cromwell rief Laura an. Sie komme sofort rüber, schrie sie ins Telefon, griff in ihren Schrank und warf sich irgendwas über, von dem sie gar nicht wußte, daß sie es überhaupt besaß. Hauptsache, es war dick und gepolstert. Laura hatte zum erstenmal in ihrem Leben Angst vor einer Reaktion ihres Vaters. Helene goß

Brandon einen großen Schnaps ein, den er in sich hineinkippte wie ein Automat. Helene setzte sich neben ihn und legte ihre Arme um seine Schultern und weinte weiter; in diesem Augenblick wußte sie schon nicht mehr, warum sie weinte: War es Trauer um Konrad oder Mitgefühl mit Brandon?

In einer solchen Verfassung hatte sie ihn noch nie gesehen, und der Anblick schockierte sie. Selbst in seinen schlimmsten Momenten, als damals die Schule so gut wie bankrott war, oder als Angela ihn und Laura verlassen hatte, hatte er sich noch in der Gewalt und trotzig den Überblick bewahrt. Aber jetzt war Brandon am Boden zerstört.

Brandon dachte nichts. Sein Hirn hatte eine Blockade verhängt. Er hatte wahrgenommen, daß Konrad angeblich gestorben sein sollte, aber das ging ja wohl nicht an... Brandon war auf Schockfrost geschaltet, alle Gedanken eingefroren und die Gefühle auf Eis. Helene fürchtete sich vor dem Augenblick, da Brandons Hirn wieder die Arbeit aufnehmen würde.

Dabei hatte sie genug mit ihren eigenen Gefühlen zu tun. Ooh-mein-Gott-Konrad. Wie lange kannten sie sich: hundert Jahre. Hundert Hundejahre. Hunderttausend Hundejahre. Und jetzt nie mehr dieses antiquierte Räuspern und das An-der-Weste-Nesteln. Und einen so feinen Mann wie einen Müllbeutel aus seiner Wohnung zu tragen – Helene kamen erneut die Tränen. Cromwell öffnete die Tür, und Laura stürzte sich auf ihren Vater, umarmte und küßte ihn. Das war der Augenblick, in dem Brandons Starre schmolz, sein Hirn abtaute, die Wahrheit hochzog und er einen Wutausbruch bekam, der in Schluchzen endete.

Cromwell ging in die Küche, um in Ruhe zu weinen. Er weinte ein bißchen um Konrad, und er weinte ein bißchen um sich selbst. Cromwell trauerte selbstsüchtig. Tote taten ihm nicht leid. Er schämte sich für diese Rohheit. Eigentlich beweinte er nur die Tatsache, daß sich mal wieder einer abgesetzt hatte. Das war doch Tod: Feigheit vor dem Feind! Feigheit vor dem Leben! Die Toten waren Drückeberger. Durften ihren Körper abgeben und flatterten danach ab zu einem nie endenden Fest der Seelenruhe, der Sorglosigkeit und des Nichts, während die anderen sich weiter durch den zähen Lebensmatsch wühlen mußten, durch diese perfide Schöpfung eines geistegestörten Gottes, der die Frage nach seinem Hobby wahrheitsgemäß beantworten müßte mit: »meine Kreaturen verarschen«.

Cromwell verschneuzte Brandons Küchenrolle und haßte sich für sein Selbstmitleid. Helene kam herein. Sie war zur Nachtapotheke gegangen und hatte Beruhigungsmittel besorgt, sie hatten Brandon zu Bett gebracht, und Laura würde bei ihm bleiben – Cromwell und sie könnten nun nach Hause fahren.

Er setzte Helene ab, und als er vor der Schule ankam, leuchtete dieses Licht, das er so haßte, dieses blaue, zu helle Licht des anbrechenden Tages, das nur zu schreien scheint: Du hast eine Nacht verpaßt, Freundchen! Und ich bin ein neuer, lebenslustiger Tag und werde es dir jetzt erst mal wieder so richtig besorgen!

Er stellte sein Auto ab und kroch ins oberste Stockwerk. Während er seine Tür aufschloß, knarzte es weiter unten im Gang. Baumann, im Jogginganzug, war blitzwach und spielte die schockierte Mutter: »Wo kommst du jetzt her?« fragte er streng. Cromwell sah ihn müde an und sagte: »Heute Nacht ist Konrad gestorben.«

Baumann wanderte zu seinem Joggingpfad. So, so. Konrad war gestorben. Cromwell hatte man benachrichtigt. Und IHN nicht! Verbissen trampelte Baumann über seinen Pfad.

»Die Anarchisten« lösten sich noch vor Weihnachten auf, und bei ihrem letzten Parteitag kam es zu Tumulten, denn in der Parteikasse herrschte das, was Anders als »Unregelmäßigkeit« bezeichnete: Merlinger hatte in die eigene Tasche gewirtschaftet und wurde dafür wüst beschimpft. Nur Betge hielt zu ihm. »Logisch!« sagte Plessner. »Ihr habt die Kohle ja auch zusammen auf den Kopf gehauen!«

Betge hatte Merlinger zu einem etwas monogameren Leben überreden können. Was mehr Freizeit für Wagner bedeutete: Betge klebte nur noch an Merlinger. Wenn sie nicht gerade lautstark miteinander stritten. Was immer öfter vorkam. Denn Merlinger hatte etwas, worum Betge ihn beneidete: eine Hauptrolle.

Gregor war weiterhin beherzt bei der Sache und plante für die Abschlußfeier im Sommer die Inszenierung von »Der Widerspenstigen Zähmung«. Mit Merlinger und van Hagen in den Hauptrollen. »Fräulein Seifenoper« hatte er mit einer Statistenrolle abgespeist, und Betge war deswegen böse und eifersüchtig.

Ausgerechnet van Hagen schnappte ihr die Rolle ihres Lebens weg. Sogar Wagner hatte mehr Text als sie! Betge konnte nur in der Gruppe, die an der Änderung und Kürzung des Textes arbeitete, die Führungsrolle an sich reißen. Und unter ihrer Ägide wurde das »chauvimäßige Schweine-Ende« so umgeschrieben, daß es sogar dem selbstbewußten Petrucchio Merlinger den Schweiß auf die Stirn trieb. »Warum nennen wir es nicht gleich DES Widerspenstigen Zähmung!« Cromwell setzte sich in die Proben und staunte darüber, wie zickig und durchtrieben Mick das Käthchen gab. Sie fauchte Merlinger an, als hätte sie in ihrem Leben nie etwas anderes getan, als auf Bühnen zu fauchen und auszukeilen. Und wenn sich beide am Schluß kriegten, ebenbürtig, auf einen großen gemeinsamen Nenner gebracht, saß Merlinger mit dem Gesicht zum Publikum auf dem Hosenboden, und Mick kniete hinter ihm, sie bog seinen Kopf zurück und drückte ihm einen Schluß-Kuß drauf, daß Betge sich schon unruhig fragte, ob sie die Szene nicht lieber umschreiben sollte –, dann fragte Cromwell sich, aus welchem Reservoir Mick eigentlich Gefühle abrief, die sie im Alltag nie zeigte. Ob eine echte Mick überhaupt existierte und wo in ihrem Wahnsystem die Grenzen zwischen Imagination, Lüge und Wahrheit verliefen.

»Na, was sagst du!« fragte Gregor stolz nach einer Probe. »Unglaublich«, sagte Cromwell.

Helene beobachtete van Hagen eher argwöhnisch. Mick entwickelte auch außerhalb der Proben ein Selbstbewußtsein, das Helene nicht begriff. Sie war zwar weitgehend still und stumm, aber ungewohnt zielstrebig und in gesteigertem Ausmaß feindselig. Gegen Cromwell, aber vor allem gegen Patrizia. Dabei hatte Helene den Eindruck, daß es zwischen den beiden gar nicht so gut lief. Oder lag es an einer ganz normalen Winterdepression, daß Cromwell spätestens seit Kurts Verschwinden wortkarger wurde, mürrisch und unzufrieden. Patrizias frühere Ausgeglichenheit wich in Cromwells Gegenwart einer Unsicherheit, als hätte sie Angst, etwas Falsches zu tun oder zu sagen. Und Cromwell hatte überhaupt keine Ähnlichkeit mehr mit dem gelösten Sommer-Cromwell. »Der Junge ist überfordert«, dachte Helene. Er wirkte so blockiert, und auch sie kam nicht mehr an ihn ran.

Baumann verfolgte neugierig Cromwells Entwicklung. Der Kleine wirkte ja geradezu porös.

Es schien tagsüber gar nicht mehr hell zu werden. Cromwell war traurig, dunkel und kurtlos und nahm seine Gruppe mit in den Zoo. Es war ein verhangener Wintertag; ein Tag, der des Kalenders nicht würdig war, ein Nichts, ein Grau, eine schlechte Laune der Schöpfung. Und ebenso lustlos und maulend ging die Gruppe von Anlage zu Anlage und sah sich eher unwillig die Tiere an. Merlinger stänkerte: »Mein Gott! Das ganze Eingesperrte hier geht mir gewaltig auf den Sack! Das ist ja wie daheim.« Cromwell sammelte seine Bande um sich und befahl, jeder solle sich ein Tier seines Vertrauens aussuchen und darüber schreiben.

»Ich nehm noch mal das kaputte Pferd!« sagte Merlinger genervt.

Cromwell wanderte alleine durch den Zoo. Diese perverse Kasernierung von Vielfalt. In diesem Punkt hatte Merlinger recht: Es war ja quasi wie daheim, wie in der Schule. Eine undurchschaubare Kreatur neben der anderen, aber alle an den gleichen Ort gefesselt, und eine jede hatte ihre Fütterungszeiten. Um zwölf Uhr essen die Kleinen, die Älteren werden dann Kurs um Kurs bzw. Schicht um Schicht abgefüttert, je nachdem, wann sie aus dem Unterricht kommen. Die Kleinen sind die Schimpansenbabys, die pünktlich ihr Fläschchen bekommen, die älteren bekommen ab halb zwei ihre Nüsse und Gemüse, und dem fortgeschrittenen Rest wird zu individuellen Tageszeiten der Klumpen ins Gehege geworfen. Und jeder Mensch hat einen entsprechenden Gegenpart in der Tierwelt. Cromwell dachte, daß es keinen Menschen gab, den man nicht mit einem Tier vergleichen konnte.

Wagner war ein Erdmännchen, von präziser Geschäftigkeit, Helene ein Uhu. Jäschke war ein Kranich, Anders ein Schakal und van Hagen ein Hündchen. Betge hatte etwas von einem Kurt. Nur für sich selbst fand Cromwell keine Entsprechung. »Vielleicht bin ich ja ein ganz neues Tier. Eins, das noch niemand entdeckt hat.« Er lehnte am Ausgang, mit Blick auf den Souvenir-Schnickschnack, und wartete auf seine Bande. Ein kleiner Junge zählte mehrmals sein Geld durch und kaufte sich dann eine grüne Gummischlange. Es wurde wieder kälter. Ein fisseliger Schneeregen setzte ein. Cromwell fühlte sich ganz unerwartet, überraschend, von einem Moment auf den anderen kraftlos. Mutlos. Einsam. Es war wie ein plötzlicher Plumps in die Leere. Ein Absacken. Ein Sturz ohne Aufprall.

Merlinger und Jäschke bogen um die Ecke des Löwengeheges und kamen auf ihn zu. Jäschke stakste besonnen, während Merlinger heftig auf ihn eingestikulierte. Jetzt waren sie in Hörweite. »Du bist doch ein abgefucktes Arschloch!« haderte Merlinger. »Das hier ist ein Tier-KZ, und wie reagierst du? Gar nicht! Das ist doch nicht normal!« Sie waren nun bei Cromwell angelangt, und Jäschke steckte die Hände in die Taschen, sah sich um und sagte: »Könnten Sie diesem Kretin begreifbar machen, daß sich der Vergleich Zoo = KZ nicht schickt?« Merlinger lehnte in theatralischer Erschöpfung seinen Kopf an Cromwells Schulter: »Den Typ könnten Sie ohne Kostüm zwischen die Pinguine, stellen und keiner würde es merken.« Cromwell fühlte sich durch Merlingers Zutraulichkeit etwas getröstet und aufgefangen, er fiel nicht mehr, er war wieder in der Welt, und er strich Merlinger mütterlich durchs Haar und sagte: »Es kann nie schaden, einen Pinguin zum Freund zu haben.« Jäschke sah die beiden an, den Mann im Anorak, den in gespielter Verzweiflung an ihm lehnenden Merlinger. Und er fragte sich, warum Dr. Jordan so aussah, als hätte er gerade geheult. Der wirkte ja richtig urlaubsreif.

Und Jäschke bekam umgehend Magendrücken bei dem Gedanken daran, daß er über Weihnachten nach Hause in seine Durchgangsstraße fahren mußte.

Scheiß Weihnachten!

Als Cromwell gegen sechs Uhr aufwachte, lag der Park unter einer dicken weißen Schicht. Da wußte er, daß er Kurt endgültig vergessen konnte. Er zog sich an und begab sich auf einen allerletzten Suchmarsch, einen Abschiedsgang. Er ging über die verschneite Wiese, in den Wald hinein, aus den Zweigen fusselte Schnee auf ihn herab. Völlige Geräuschlosigkeit bis auf das leise Knacken der Äste und darüber der sirrende Fall der Flocken. Er kam zu einer kleinen Lichtung, die er bestimmt schon zehnmal nach Kurt abgesucht hatte; ein guter Ort, um sich zu verabschieden. Er stand einfach da, zog sich den Schal über die vor Kälte schmerzende Nase und sah auf die weißen Bäume. Tja, Kurt. Das ist ja nun was anderes als ein warmer Sportplatz. Ich hätte gerne deinen ersten Blick auf deinen ersten Schnee gesehen: ›Was zum Teufel soll d a s jetzt wieder! Ihr seid doch alle nicht mehr klar im Kopf!‹ Ein Schneeball flog an ihm vorbei. Van Hagen, vermummelt über beide Ohren, stand fünfzig Meter hinter ihm. »Hallo«, sagte er. Van Hagen grüßte mit einem vermummelten Kopfnicken. Er drehte sich wieder um und sah in den Wald. Van Hagen kam langsam näher, bis sie auf gleicher Höhe war und auch in den Wald sah. Seine Ohren fühlten sich an, als würden sie gleich mit einem Klirren abfallen, und er zog sich die Kapuze über den Kopf. Seine Augen tränten vor Kälte. Und die Handschuhe hatte er auch vergessen. »Ich geh dann mal wieder.« Sie folgte ihm. »Was machen Sie an Weihnachten?« fragte er die Woll-Mumie.

»Bei Wagner«, murmelte es.
»Das finde ich schön.«
»Und Sie?«
»Bei Brandons. Und dann nach Hause.«
»Hmhm.«

Vor der Schule trennten sich ihre Wege. Er sah nur ihre Augen. Er gab ihr die Hand.

»Feiern Sie schön, van Hagen. Frohes Fest.«
»Hmhm.«

Er ging zum Seitenflügel. Wieder flog ein Schneeball. Diesmal traf er ihn hart und direkt in den Rücken. Er drehte sich erschrocken um, wollte schimpfen, aber Mick war schon auf dem Weg zu den Nebengebäuden. Deine Eifersucht kannst du dir schenken, Fräulein.

Brandon lud wieder zum Gänsebraten, aber diesmal wollte kaum Stimmung aufkommen. Konrad war zu präsent, im Gegensatz zu Laura, die mit ihren Irren Skilaufen war. Helene ärgerte sich über Hilmars mangelhafte Tranchierkünste und über Cromwells höfliche Schweigsamkeit. Patrizia wurde von ihr unter dem Vorwand, daß die Damen sich um den Kaffee zu kümmern hätten, in die Küche gelotst und ausgefragt. Ob sie und Cromwell wegfuhren; der Junge mache so einen seltsamen Eindruck. Und sei in letzter Zeit sehr verschlossen.

So läutete Helene das gefürchtete Damenprogramm ein.

Sie haben keine gemeinsamen Pläne. Morgen fährt Cromwell bis zum Ferienende nach Hause. Daß Patrizia mal zu Besuch kommen könnte, steht offenbar nicht zur Debatte. Er rückt immer weiter von ihr ab. Sie kennt nur noch den Cromwell, der mit seinem Troß über die Gänge rauscht, aber ein privater, ein Freizeit-Cromwell existiert kaum noch. Sie kann sich an kein einziges entspannt verfaulenztes Wochenende mit ihm erinnern. In letzter Zeit ist er oft abwesend oder aggressiv. Irgend etwas bedrückt ihn. Aber er spricht nicht darüber.

Brandon kam in die Küche, um Wein zu holen. Patrizia verstummte.

»Oh, oh«, sagte Brandon

»Was meinst du mit: Oh, oh!?«

»Ich hoffe, ihr habt nicht m i c h auf dem Kieker.«

»Was für einen Kieker?«

»Den schlimmen. Den Hexenkieker. Ich bitte dich: Zwei Frauen! Nachts! Bei einer Küchenkonferenz! Das riecht doch nach Blocksberg!«

Helene warf mit einem Korken nach ihm.

»Und wie läuft's im Bett?« fragte sie nach Brandons Abgang so streng und sachlich, als mache sie gerade in einer Behörde Inventur.

Gut. Aber immer seltener. Und wenn sie morgens aufwacht, ist er meistens nicht da. Dann war er schon früher wach und hat sich im Wohnzimmer aufs Sofa gelegt, weil er sie nicht stören wollte.

»Du kannst mich gar nicht stören«, sagt sie zu ihm, »Bitte stör mich doch mal.«

»Du hast zu schön geschlafen«, sagt er dann freundlich. Sie weiß nicht, wie sie sich verhalten soll. Patrizia hat manchmal die Befürchtung, daß sie ihm nur auf die Nerven geht.

Cromwell kam in die Küche, denn dieser Weiberrat behagte ihm gar nicht. Noch zwei Zimmer weiter klingelten ihm die Ohren, und daß hier keine Plätzchenrezepte ausgetauscht wurden, war klar. Und stimmte ihn sauer. Sauer auf Patrizia und sehr sauer auf Helene, die doch sicher die Initiatorin dieses von ihm vermuteten Austauschs weiblicher Indiskretionen war. »Können wir bald fahren?« bat er Patrizia. »Ich bin so müde und muß morgen früh raus.«

Sie verabschiedeten sich, und Cromwell fuhr Patrizia zu ihrer Wohnung, machte aber keine Anstalten, mit hochzukommen. Sie war kurz davor, ihn darum zu bitten, aber dann siegten Stolz und Trotz, und Cromwell fuhr alleine zurück zur Schule.

Patrizias Stolz und Trotz brachen eine halbe Stunde später in sich zusammen, und sie rief bei ihm an. »Ich wollte dir nur noch mal Gute Nacht sagen.«

»Gute Nacht. Schlaf schön.«

Cromwell packte seinen Koffer für den nächsten Tag. Auf zum Fest der Liebe. Merlinger hatte recht: Die Liebe war nur eine Erfindung. Allerdings nicht der Moral-, sondern der Hoffnungsindustrie. Eine Kreuzung aus Wunsch und Selbstbetrug. Eine Durchhalteparole. Ein schäbiger Bluff der Natur. Das alles machte ihn so zornig, daß er sich ins Bett legte und mit Tabletten und Alkohol in den Schlaf schoß.

Wenn das die Welt ist, will ich raus.

Ich bin ja noch nicht mal freiwillig hier.

Nach den Weihnachtsferien waren alle schlecht gelaunt. Es herrschte eine Kollektivmotzerei; alle hatten diesen Winter satt und wünschten ihn zum Teufel. Sogar Anders wirkte strapaziert. Als sie morgens in der Klasse das Licht anmachen mußten, sah er aus dem Fenster und sagte: »Könnte bitte endlich mal jemand den Rotz da draußen abstellen!« Van Hagen hatte Weihnachten und Silvester unter Autismus-Attacken gelitten, die ihr die Gastgeberin Wagner beleidigt als Undankbarkeit auslegte. Jäschkes Magen hatte die fetten, lauten Feiertage zu Hause nur knapp überlebt. Merlinger entwickelte eine Jahrtausendgrippe, die ihn nun ans Bett fesselte, aus dem es krächzend, aber lautstark fluchte und hustete, was Jäschke nachts so auf den geräuschempfindlichen Magen schlug, daß Merlinger in das einzige verfügbare Einzelzimmer zog: das kleine Krankenzimmer im Erdgeschoß des Haupthauses, wo er sich vollends isoliert und abgeschoben fühlte. »Warum werde ich eigentlich nicht gleich erschossen!« belferte es Cromwell entgegen, als der zu Besuch kam. Merlinger hatte gar kein Patiententalent. »Herr Merlinger, waren Sie eigentlich noch nie bettlägrig?« wunderte sich Cromwell, nachdem Merlinger ihn mit einer wütenden Krächz-Suada überzogen hatte. »Nie! Nie! Was eine Scheiße! Meine Brüder: reihenweise! Nix als Masern und Windpocken und Mumps! Aber ich: Nie! Nix! Ich will hier raus!«

Sobald er fieberfrei war, schleppte er sich wieder in den Unterricht, infizierte dort sein Umfeld und sagte auf das nachfolgende Gejammer und Gerotze hin: »Die sollen sich mal nicht so anstellen!« Und mit einem wieder voll hergestellten, nicht mehr grippeverquollenen Merlinger-Grinsen: »Oder besser: ›Die sollen sich mal nicht so anstecken‹!«

Helene hatte Cromwell nach der Weihnachtsfeier bei Brandon nicht mehr gesehen. Er war danach tatsächlich abgetaucht und hatte sich auch nicht bei Patrizia gemeldet. Sie erkannten ihn kaum wieder: Er hatte sich die Haare kurz schneiden lassen; streng und fremd sah er aus. »Um Himmels Willen!« sagte Brandon. »Daran muß sich Europa erst mal gewöhnen!«

Baumann kehrte ruhig und abwesend aus den Ferien zurück, fast zahm. Das erste Weihnachtsfest ohne seine Frau; ein sehr besinnlicher Abend: Kein von der Platte purzelnder Braten, keine Fahrt zur Nachtapotheke, um – nachdem der hell lodernde Christbaum gelöscht war – Brandsalbe für die Gemahlin zu besorgen. Und das aus der einzig offenen Kneipe der Stadt abgeschleppte zwanzigjährige Rauschgoldengelchen jammerte nur den guten alten Weihnachtszeiten nach, während es seinen Kühlschrank leertrank, um dann in ein schnarchendes Festtags-Koma zu fallen.

Alle wirkten so verändert, gedeckelt und deprimiert. Helene hatte Recht behalten: Dieser Winter war sehr groß.

Sogar der Wurstbaron begann herumzuzicken, Rechnungen zu bemängeln, Kürzungen anzudrohen, und als er sogar in Erwägung zog, seinen Sohn als Verwalter, Kettenhund und neuen Besen einzusetzen, mußte ihm Brandon mehrere Abende lang Honig ums Maul schmieren. Aus den alten Privatlehrerzeiten kannte er nur zu gut Überblick, Hirnkapazität und Starrsinn von Rüssel Junior; dem war alles und nichts zuzutrauen, seine Entscheidungen fielen je nachdem, wer ihm gerade aktuell ins Ohr blies. Ein echter Unsicherheitsfaktor. Das konnte leicht nach hinten losgehen. »Manchmal bin ich es so müde«, sagte Brandon zu Helene. »Warum machen wir das alles bloß?«

»Vielleicht weil wir nichts Ordentliches gelernt haben.«

Der letzte Frühling

Anfang Februar taute endlich die starre Winterlaune auf; Helene stand an ihrem Fenster und war froh.

Verebbende Grippewelle, aufblühende Gemüter, gelöstere Stimmung.

Van Hagen freundete sich sogar mit dem undurchschaubaren Computer an. Sie bediente ihn zwar so vorsichtig, als könnte sie sich an der Tastatur die Finger verbrennen oder mit einem falschen Tastendruck den Rechner in die Luft jagen, aber sie machte Fortschritte. »Wenn er sagt: ›Möchten Sie die Änderungen speichern?‹, aber ich habe keine Maus: Was mache ich dann?« fragte sie Jäschke.

»Dann bestätigst du mit ENTER. Das heißt: natürlich nur, wenn die Änderungen es wirklich wert sind.« Merlinger sagte ernst: »Und wenn du einen Scheißtext geschrieben hast, fragt er in deinem eigenen Interesse noch mal nach: ›Sind Sie sich bei diesem Scheißtext da auch ganz sicher?‹, und du drückst wieder ENTER. Und dann sagt er: ›Wenn Sie meinen. Ist ja schließlich Ihr Bier.‹«

»Haha.« Mick griff sich das Benutzerhandbuch und warf es, ohne hinzusehen, hinter sich in Richtung Merlinger. Es landete auf Merlingers Tastatur und löste damit ein paar Operationen aus, die er nicht unbedingt hatte ausführen wollen.

Cromwell hatte Micks Computerphobie mit ihrem Spieltrieb überlistet, und ihre Stimmung wurde allmählich wieder gnädiger; ihre Feindseligkeit hatte Cromwell gar nicht behagt, es hatte ihn sogar gekränkt, daß sich ausgerechnet sein Struppi so rüde von ihm abwandte. Jetzt saß sie abends stundenlang an seinem Computer, klickte sich durch sein Spieleprogramm und verzockte virtuelle Millionen.

So ein schönes Tun-Nichtstun außerhalb der Welt. Und er saß neben ihr an seinem Tisch und las, es war ruhig, nur leises Mausklicken, und wenn sie im Eifer des Computergefechtes Laut gab, fragte er ohne hochzusehen: »Geht's noch?«

Er tut ihr leid. Es tut ihr auch leid um Kurt.
Aber Strafe für Patrizia mußte sein.

Als Brandon abends auf dem Weg zu einer Sitzung mit dem Towarischtsch Diehl an Cromwells Klasse vorbeikam, hörte er ihn brüllen: »Sie können sich sofort Ihre Papiere holen, van Hagen! Sie sind gefeuert!« Erschrocken steckte Brandon den Kopf zur Tür rein: Da saß eine zufrieden blickende van Hagen vor dem Monitor, daneben stand ein Cromwell, der versuchte, Ärger vorzutäuschen.

»Was ist denn hier los?« fragte Brandon.

»Das Aas hat mich aus allen meinen Charts geworfen!«

»Weiter so, van Hagen! Machen Sie ihn fertig!« Brandon ging zu seiner Sitzung und fragte sich, warum Cromwell Abend für Abend auf dem Oberdeck verbrachte.

Patrizia erschien eines Morgens mit verheulten Augen in der Schule. Helene bekam das nur zufällig mit, denn Patrizia war den ganzen Tag im Musiksaal und ließ sich gar nicht auf dem Oberdeck blicken. »Kummer?« fragte Helene vorsichtig.

»Vielleicht eine Allergie«, log Patrizia tapfer und traurig.

Am Mittag hatte Cromwell Tischdienst. Baumann dachte nur: »Wo bist du denn auf die Schnauze gefallen?« Helene hatte Cromwell noch nie so zerstört gesehen. So gehetzt, so fahrig und verquollen.

Cromwell merkte, daß die Gruppe über seine zerstörte Physiognomie spekulierte. Anders grinste in seinen Teller, Jäschke nahm nach einem kurzen Blick vornehm keine weitere Notiz von ihm, van Hagen sah irritiert an ihm vorbei und stellte die Nahrungsaufnahme ein. Betge kicherte. Dann murmelte sie: »Aber u n s Drogen verbieten, das können die.« Cromwell sagte mit scharfer Stimme: »Es geht mir nicht besonders gut. Sollte ich heute also auch nur EIN überflüssiges Wort hören, werde ich sehr, sehr ungemütlich. Öffnen Sie Ihren Mund ab jetzt bitte nur noch zur Nahrungsaufnahme oder wenn Sie gefragt werden. Haben wir uns verstanden!« Sie schwiegen. Merlinger meldete sich und fragte: »Was ist mit Atmen? Dürfen wir zum Atmen vielleicht doch den Mund auf ...« Cromwells Blick ließ ihn verstummen. »Diese Drohung gilt ganz besonders für Sie, Herr Merlinger!« Er griff nach einem Dessert und knallte es neben Micks Teller.

»Und Ihnen wäre ich sehr verbunden, wenn Sie es im letzten Halbjahr unseres Zusammenlebens schaffen würden, endlich selbst auf Ihre Ernährung zu achten. Danach können Sie meinetwegen sofort verhungern.« Mick kamen die Tränen. Sie stand auf und ging. Merlinger legte das Besteck zur Seite. »Entschuldigen Sie, aber das eben war nicht in Ordnung, Sir.«

»Dann nennen Sie mir irgend etwas, das in Ordnung wäre, Herr Merlinger.«

Merlinger schwieg. Doktor Jordan war zu gefährlich gelaunt. Warum bloß? Sie diskutierten es, als sie zum Klassenzimmer gingen. Betge tippte auf einen Kater. Merlinger schloß sich an: »Aber keinen, der Kurt heißt.« Wagner vermutete einen Trauerfall in der Familie. Jäschke bestand auf der Theorie: »Persönliche Krise und zuviel vom Winter abbekommen.« Anders grinste zufrieden. Da rutschte aber einer plötzlich auf dem Zahnfleisch! Mick schwieg.

Als Cromwell das Zimmer betrat, funktionierten alle

wie eine Eins. Wie in einem kinderreichen, autoritär geführten Haushalt, dachte Jäschke. Papa hat schlechte Laune, also sprich Papa nicht an. Sie sprachen ihn nicht an. Er sie auch nicht. Er verteilte Aufsatzthemen und vergrub sich dann hinter einer Zeitung.

Sie schrieben konzentriert, um so schnell wie möglich aus dieser dicken Luft herauszukommen. Mick war wie immer die letzte. Sie legte ihr Heft auf den Stapel und ging zur Tür. »Van Hagen, hätten Sie zehn Sekunden Zeit?«

Mick drehte sich zu ihm um und wartete. »Es tut mir leid, was ich beim Essen zu Ihnen gesagt habe.«

»Sie müssen sich nicht entschuldigen, Sir. Ich bin auch böse und ungerecht, wenn ich Schmerzen habe.«

Helene sah ihn zu seinem Auto gehen und wegfahren. Eine Stunde später meldete sich Dr. Jordan telefonisch auf unbestimmte Zeit krank. Ihm sei nicht gut, Attest würde nachgereicht, und seine Gruppe sei ab Montag auf Baumann und Benrath zu verteilen. Brandon fragte besorgt nach, bekam aber nur zur Antwort, daß kein Grund zur Sorge bestehe; wahrscheinlich habe er etwas von Merlingers Jahrtausendgrippe abbekommen. Brandon teilte Cromwells Leuten die Lage mit, und sie reagierten verstört. Nach dem Wochenende in die anderen Gruppen gehen zu müssen, war ja schon widerlich genug. Aber das war doch alles zu und zu mysteriös: Dr. Jordans kaputter Auftritt und dann sein plötzliches Verschwinden! Mit Grippe nach Hause gefahren? Pah! Da war doch was faul! Merlinger litt eigentlich nicht unter Ahnungen, aber plötzlich hatte er eine ungute. Van Hagen wurde kreidebleich, als er Brandon fragte: »Aber Dr. Jordan kommt doch zurück?«

»Natürlich!« antwortete Brandon irritiert. »Er ist noch nicht im Rentenalter. Auch wenn Sie sicherlich

Ihr möglichstes dazu tun, das zu beschleunigen.« Merlinger grinste Brandon an: »Nichts dergleichen, Sir!« und schwirrte ab.

Helene überlegte, ob sie Patrizia um nähere Auskünfte bitten sollte. Patrizia kamen nun doch die Tränen. Cromwell hatte mit ihr Schluß gemacht.

»Einfach so? Warum?«

»Ich weiß es nicht. Er hat schlecht geschlafen. Er hatte einen Alptraum. Vielleicht ist er ja wirklich nur mit dem falschen Fuß aufgestanden, und morgen sieht alles wieder anders aus.«

Helene bekam Angst. Hoffentlich würde er sich bei ihr melden, bevor er detonierte.

Sie blieb Freitag und Samstag in Telefonnähe und sorgte sich Ringe unter die Augen. Sonntagnachmittag war sie hinreichend zermürbt, holte seine Heimatanschrift aus dem Sekretariat und fuhr los. Gegen einen harmlosen Krankenbesuch konnte er ja nichts haben. Zumal wenn sie wie ein harmloses Rotkäppchen einen harmlosen Kuchen mitbrachte. Nach einer Stunde Fahrt war sie auf einem Marktplatz à la Haidenfeld. »In diesem Land muß man gar nicht mehr groß umziehen«, dachte Helene. »Man wechselt ja doch nur die Drogerien.« Sie bog in eine ruhige Seitenstraße ein, sah schon von weitem Cromwells Wagen und parkte Adolf ein.

Ein älteres einstöckiges Haus mit Spitzgiebel, im Erdgeschoß eine sonntäglich geschlossene Bäckerei. Den Eingang zum ersten Stock fand Helene, als sie um die Bäckerei herum ging, an der Hausseite. Sie klingelte, aber es rührte sich nichts. Sie klingelte noch mal, dann überlegte sie, wo sie Cromwell jetzt noch aufstöbern könnte. Sie stand da mit ihrem Kuchenteller und überlegte. Sie ging zurück zum Wagen. Dann spürte sie etwas hinter sich, eine Bewegung oder einen Blick, irgendwas; sie drehte sich um und sah zu den Fenstern im ersten Stock. Sie sah Cromwell direkt in die Augen, er sah sie an, nicht gerade erfreut, dann gab er ihr ein Zeichen, daß er die Tür öffnen würde. Helene ging zurück, hörte Türklappen, dann kam Cromwell die Treppe hinunter, um ihr aufzuschließen. Helene hielt ihm den Kuchenteller hin: »Ich komme von Essen auf Rädern und mache Krankenbesuche. Oder störe ich?«

»Nein, nein«, sagte Cromwell, und es klang wie »Ja, ja.«

Sie stiegen die Treppen hoch. Cromwell trug seine üblichen schlabbrigen Sonntagsklamotten und war trotz der Witterung barfuß. Er bot Helene Platz im Wohnzimmer an und verschwand: »Kaffee läuft schon durch.« Sie sah ihn auf der anderen Seite des Flurs in einer grünweiß gekachelten Küche geschäftig hin- und hergehen. Die Wohnung roch trotz heller Vorhänge und ein paar moderner Möbel nach vierziger Jahre. Helene setzte sich an den Eßtisch, alt, schwer und dunkel wie Cromwells Tisch in Haidenfeld. Cromwell hatte sich inzwischen Schuhe angezogen, stellte das Kaffeetablett ab und verräumte Zeitungen und ein Brillenetui: »Meine Mutter ist verreist. Mit einer Freundin wandern.« »Hmhm«, machte Helene und versuchte seine Stimmung auszuloten. Damit sie ihn auch ja nicht auf dem falschen Fuß erwischte. Cromwell sagte gar nichts, schenkte Kaffee ein, reichte Milch und Zucker und rührte in seiner Tasse. Helene konnte über den Flur die Küchenuhr hören, die in die Stille piekste. Cromwell schloß die Wohnzimmertür.

Vorm Fenster sackte der junge Frühlingstag zügig weg in einen blaugelben, dann stetig dunkler werdenden Schwummer; es meldete sich noch mal der von Helene so gehaßte Winterschleim zu Wort. Cromwell rührte seinen Kaffee kalt.

So, Freund Eisklotz. Jetzt wollen wir mal langsam auftauen.

Helene hatte nicht nur den Alibi-Kuchen dabei, sondern auch endlich den Film entwickeln lassen, und sie gab Cromwell ein paar Abzüge vom letzten Sommerfest und ihrer Italien-Reise:

Cromwell steigt ins Auto ein und lacht sie an.

Im Hintergrund, auf der Stufe zum Haus, Hilmars Füße.

Cromwell im Trentin am Tisch. Sorgenvoll verrunzelt auf die schwarzen Berge sehend.

Sie selbst, von Cromwell aufgenommen.

Eine am Steuer sitzende und die Aufnahme halbherzig mit einer Hand abwehrende Helene.

Formia. Kurt und Cromwell im Hotelzimmer.

Fütterungsversuche.

Dann Brandon als Schiedsrichter. Laura, die mit hochgerissenen Armen versucht, ihrem Vater vom Spielfeldrand aus Signale zu geben. Der über den Platz röhrende Jäschke auf seinem Hochsitz. Cromwell sah sich still die Fotos an, dann den jungen Kurt. »Dieses dumme kleine Kerlchen«, sagte er zu Helene. »Das hat echt wehgetan.« Helene hätte sich etwas früher auf den Mund schlagen sollen, aber da war es schon raus:

»Und Patrizia?«

So beiläufig wie möglich. Aber nicht beiläufig genug. Cromwell wurde wütend.

»So was kommt vor. Menschen trennen sich. Sie haben sich ja auch von Hilmar getrennt. Eigentlich. Oder etwa nicht!« Helene war erschrocken über seinen bruchlosen Stimmungswechsel von Ruhe zu Ruppigkeit. Er wirkte plötzlich, als stünde er nur noch einen Millimeter vor einem ausgiebigen Nervenzusammenbruch. Rede weiter! Rede bitte weiter! Er strich sich aus alter Gewohnheit die Haare aus dem Gesicht, obwohl sie viel zu kurz dafür waren. Aber er sprach nicht. Helene wußte nicht weiter. Dann hörte sie, wie jemand über den Flur tapste und die Wohnung verließ. »Entschuldigung. Ich wußte nicht, daß du Besuch hast.« Helene fühlte sich plötzlich deplaziert und aufdringlich. Sie stand auf. Cromwell war ebenfalls aufgestanden: »Moment. Ich bin gleich wieder da.« Er rannte raus. Helene hörte ihn die Treppe hinunterhasten, sie ging ans Fenster und sah auf die Straße. Der Besuch verließ das Haus. Helene erkannte erst Cromwells alten Schulpullover und dann, wer ihn trug. Van Hagen. Cromwell holte sie ein, sie sprachen miteinander, er gestikulierte, Mick sah ihn an, zunächst ernst, dann lächelte sie, dann umarmten sie sich und standen lange so da, ruhig zusammengeklebt, nach Helenes Zeitrechnung eine Ewigkeit lang. Während dieser Ewigkeit zogen Myriaden von unsichtbaren Besuchern an Helene vorbei und schlugen ihr mit Myriaden von Bratpfannen auf den Kopf, in dem kein klarer Gedanke mehr war, keine Erklärung, nur der Satz »Ich seh etwas, was du nicht siehst«. In sinnloser, penetranter Folge. Hatte der Junge jetzt den Verstand verloren, oder was? Van Hagen ging, Cromwell sah ihr nach, sie drehte sich noch mal um, er hob die Hand, sie winkte zurück, und dann war sie weg. Cromwell kam langsam zum Haus zurück. Helene stand noch immer am Fenster, als er das Wohnzimmer betrat. Sie schwieg. Und er machte keinerlei Anstalten, etwas zu erklären. Er setzte sich und bearbeitete wieder seine Kaffeetasse. Helene zwang sich zu einem sachlichen Ton, obwohl es in ihr brüllte. »Habe ich was an den Augen, oder habe ich eben Mick gesehen?«

»Sie haben nichts an den Augen. Das war Mick.«

»Und was macht sie hier?«

»Mich besuchen«, sagte Cromwell so nebenbei, daß es fast wie eine Drohung klang.

»Ach so. Besuchen. Und was ist daran so ehrenrührig, daß sie sich aus dem Haus schleicht?« Helene verlor die Fassung und tobte los: »Sag mir jetzt bitte sofort, daß ich eine schmutzige Phantasie habe!« Cromwell saß einen Moment still, sah auf seine Tasse, und dann war auch er auf Hundert, rasend vor Zorn, er brüllte Helene an: Daß sie offenbar g a r keine Phantasie hat! Nicht einen Funken Phantasie! Und was sie das alles zu interessieren hat! Er geht niemanden was an! Ist er Allgemeingut und jeder darf sich mal einmischen, oder was! Es gibt noch so was wie eine Privatsphäre! Er kann machen, was er will! Er hat nämlich auch ein Leben, falls ihr das noch nicht aufgefallen sein sollte! Und zwar ein so beschissenes, daß sie in hundert Jahren nicht mit ihrer Phantasie da rankommt!

Es war verletzend und demütigend, von ihm so beschimpft zu werden. Helene sank in sich zusammen, während er schrie. Als er fertig war, begann sie zu sprechen; es war eher ein schwaches trauriges Flüstern. Was war sie denn für ihn? Eine blöde alte Kuh, ein aufdringliches Waschweib, eine billige Tratsche, die sich in anderer Leute Leben drängte? Ein lästiger alter Putzlumpen? Sie dachte, sie wären Freunde. Freunde. Verstehst du: Freunde? Für einander sorgen. Sich helfen.

Cromwell wurde trotzig: »Sie haben wirklich keine Ahnung!«

»Dann gib mir eine Ahnung. Bitte.«

Okay! Wenn sie eine Ahnung will! Kann sie haben! Und zwar alle Details, die volle Dröhnung!

»Ich bitte dich darum.«

Cromwell zündete sich eine Zigarette an. Er ging auf und ab, um wieder runterzukommen. Dann schwieg er lange. Er suchte nach Worten, aber wenn er ein paar angemessene gefunden zu haben glaubte, schwammen sie ihm wieder davon. »Ich muß, glaube ich, länger ausholen.«

»Ich hab alle Zeit der Welt.«

Und dann erzählte Cromwell ihr einen Schwank aus seinem beschissenen Leben.

Und sie wunderte sich, daß er überhaupt sprechen konnte, anfangs noch patzig, dann ruhig und stockend, dann wieder schneller und wütender, sich zu Zimmerlautstärke zwingend; er schilderte Helene die Details, es ballerte auf sie ein wie ein Flak-Angriff, die Flut aus einem berstenden Staudamm stürzte ihr entgegen. Cromwell lief aus, als hätte man bei ihm den Stöpsel gezogen.

Ein kleiner Junge sitzt mit den Eltern und der kleinen Schwester im Eßzimmer. Sie essen zu Abend. Der Junge achtet darauf, keinen Fehler zu machen. Papa wird schnell böse. Kleckern ist verboten, beim Essen Geräusche machen, den Arm aufstützen – alles ist verboten. Die Schwester ißt kaum etwas, sie traut sich nicht, und dabei ist sie noch so klein und dünn. Mama auch. Mama ist sehr jung, Mama spielt gerne mit ihnen, wenn sie aus der Schule zurück sind. Sie spielen Geschichten aus Abenteuerbüchern nach, die Mama ihnen vorgelesen hat. Der Junge ist ein Held. Er ist stark und unbesiegbar. Er kämpft wie ein Löwe. Ach was: Er IST ein Löwe. Er wirft seine blonde Mähne zurück und klettert über gefährliche Sofas und überwindet böse Treppengeländer. Mama hat manchmal Angst um ihn, denn er ist so wild und schnell. Sie toben durch die Wohnung. Eine große, teure Wohnung, man muß achtgeben, daß keine Vase zerbricht oder ein Bild von der Wand fällt, das gibt am Abend Ärger und Tränen. Abends kommt Papa nach Hause, und sie hören rechtzeitig auf zu toben und versuchen alle drei, wieder still und artig zu sein. Dann sind sie keine Löwen oder Prinzessinen mehr. Am Abend sind sie die Gefangenen des Drachen.

Wenn der Drachen den Jungen in das teuer eingerichtete Kinderzimmer schleppt und einen Gürtel nimmt, um den Jungen damit zu schlagen, versucht der immer daran zu denken, daß er durch seine Schmerzen gerade eine Prinzessin erlöst oder die bösen Reichen besiegt, damit es den Armen besser geht. So kämpft der Junge im oberen Stockwerk gegen Angst und Schmerzen, während unten im schönen Speisezimmer Mama und die kleine Schwester weinen. Später wird Mama noch einmal an sein Bett kommen und ihm das Gesicht streicheln, und sie wird sich entschuldigen, aber sie kann doch nichts für den Drachen, der ist nun mal da und viel stärker als sie; was sollte die Prinzessin schon tun? Es ist nicht die Aufgabe einer Prinzessin, den Prinzen zu retten. Er muß sich schon selber retten. Und an einem Abend ist es wieder so weit. Der Junge hat ein Glas umgestoßen, und der Vater bringt ihn in das Kinderzimmer und legt ihn aufs Bett, der Junge krümmt sich, wie er sich immer krümmt, und wartet darauf, mal wieder stellvertretend für alle seine Fabelwesen zu leiden, aber der Gürtel knallt nicht.

Der Vater setzt sich auf die Bettkante und spricht mit ihm. Und er streichelt ihn sogar. Das hat er so gut wie noch nie getan. Er hat ihn nie freundlich angefaßt. Aber der Vater streichelt ihn jetzt weiter, über die Brust, über die Beine, und er löst den Jungen aus seiner Krümmung und legt ihn auf den Rücken. Was passiert? Was macht der Drachen? Es ist merkwürdig, vom Drachen gestreichelt zu werden. Er streichelt anders als Mama. Er streichelt nicht gut.

Er streichelt böse und bewegt sich auch böse. Er atmet sogar böse.

Der Junge weiß nicht, was er machen soll. Er weint. Als Mama in sein Zimmer kommt, um ihn wegen der Prügel zu trösten, sagt er ihr nichts von dem Drachenstreicheln. Er schweigt. Er weint. Für die Mutter weint er wie immer.

Sein Bett fühlt sich naß an, als hätte er reingemacht. Er versucht, es vor Mama zu verbergen. Als sie endlich gegangen ist, macht er das große Licht an und sieht nach. Das Laken ist naß und dreckig. Er zieht es von der Matratze, und als die Erwachsenen schlafen, geht er auf Zehenspitzen an den Schrank, in dem die Laken liegen, nimmt ein frisches, schleicht sich zurück in sein Zimmer und legt es auf sein Bett. Wohin mit dem dreckigen Laken! Er rennt in seinem Zimmer hin und her, er weiß nicht, was er noch machen soll, es ist alles zuviel. Er stopft das Laken in seine Schultasche, er muß es ja nur irgendwie aus dem Haus bringen, damit Mama es nicht sieht. Er muß die Prinzessin beschützen.

Und er hat mehr Angst, als ein Löwe jemals haben darf.

Bei jeder seiner Bewegungen, jeder Geste wollte Helene aufspringen und nach seinen Händen greifen. Sinnlose Gesten, die sie vorher nie an ihm gesehen hatte; er preßte die Hand auf den Mund, als wolle er sich selbst zum Schweigen bringen, er umklammerte seinen Nacken, als wolle er sich ertränken, wie man überflüssige Kätzchen ersäuft.

Helene hatte so etwas immer geahnt, ein Ereignis dieser verheerenden Größenordnung. Aber sie hatte sich nie getraut, ihn danach zu fragen. Cromwells Art, als er ihr damals in ihrem Sprechzimmer auswich, sagte ganz deutlich: »Misch dich nicht ein. Oder es gibt eine Katastrophe.«

Der Junge hat zitternd und weinend das Bett bezogen, aber er kann nicht darin schlafen. Er läßt das Licht an und legt sich mit seinem Kopfkissen davor auf den Fußboden. Bei jedem Geräusch denkt er, der Drachen kommt zurück. Und die Nacht macht viele Geräusche. Der Junge kriecht schließlich unter das Bett. Da kann er zwar nur flach liegen und sich nicht drehen, aber es ist sicherer. Er schläft nicht. Er starrt auf die kleinen Staubflocken und denkt nichts mehr, bis zum Morgen. Er liegt da, denkt nichts und ordnet sinnlos Staubflocken. Er schiebt die Staubflocken vor seinem Gesicht hin und her. Dann fällt er doch in Schlaf. Am Morgen lacht Mama: »Was ist das für ein neues Spiel?«

Das ist kein Spiel. Der Löwe ist tot.

Mama zieht ihn unter dem Bett vor. Er kreischt vor Schreck. Mama umarmt ihn und schickt ihn in die Schule. Er geht wie immer. An jeder Kreuzung nimmt er wie immer die Schwester an der Hand. In der Schule sitzt er müde und glasig da und bekommt nichts mit. Nach der Schule geht er wie immer nach Hause. Und nimmt an jeder Kreuzung wieder die Schwester an der Hand. Beim Mittagessen fällt er vor Müdigkeit fast vornüber in seinen Teller mit den Erbsen und den Fischstäbchen. Mama prüft, ob er Fieber hat, und will ihn zu Bett schicken. Aber das geht nicht. Er kann nicht ins Bett. Nie wieder.

Es darf nicht Nacht werden.

Er muß irgendwie verhindern, daß es Nacht wird.

Es darf nie wieder Nacht werden.

Am Abend kommt der Drachen nicht nach Hause. Der Junge hofft, daß ihn jemand für ihn getötet hat. Aber er ist nur auf Geschäftsreise. Am Abend kann sich der Junge zwar ins Bett legen, aber er bleibt vorsichtshalber wach.

Helene schämte sich für ihre lächerlichen Schlafstörungen und die lächerlichen Gründe dafür. Sie würde sich nie wieder beklagen, sondern ihrem Schöpfer auf Knien danken, daß es i h r e Schlafstörungen waren und nicht Cromwells.

Niemand tötet den Drachen. Er kommt immer wieder zurück in seine heimische Höhle und zu seinem toten Löwen. Der Drachen mag das.

Der Drachen mag dies, der Drachen mag das.

Der Junge geht weiter wie ein Automat zur Schule. Er sieht an die Tafel, aber er begreift nicht mehr, was da vorne passiert oder was in seinen Büchern steht, weil er gar nichts mehr begreift. Mit diesen unbegreiflichen Dingen in seinem Zimmer ist die ganze Welt unbegreiflich geworden. Er starrt die Welt nur noch an, aus der Ferne; die Welt ist leer, jemand hat die Welt angestochen, und da ist sie ausgelaufen. Einfach so. So einfach ist das. Die Lehrer wollen Mama sprechen. Mama ist ja auch besorgt, aber sie weiß sich nicht zu helfen. Die Lehrer sprechen lange mit ihr, stellen Fragen und machen Andeutungen. Auf dem Heimweg fällt bei Mama endlich der Groschen.

Sie greift sich ihren Sohn und weint so lange, bis auch er weint, und die Schwester weiß zwar nicht, worum es geht, aber sie weint mit, und die drei fluten das Haus.

Am Abend steht kein Essen auf dem Tisch. Die Kinder sind bei der Tante. Und Mama stellt sich ganz alleine dem Drachen. Der leugnet erst, dann weint er, dann tobt er, und dann steht er mit dem Rücken zur Wand und speit Feuer: Wenn sie es gerne so hätte, daß ihr Junge bei der Polizei oder vor Gericht aussagt – bitteschön! Kann sie haben! Mama geht weg. Dann dreht sie sich noch mal um, kommt zurück, und die kleine zarte Prinzessin haut dem Drachen eine in die Fresse, daß er aus den Nüstern blutet. Und dann geht sie endgültig weg.

Helene überlegte, wie Frau Jordan bei Elternsprechtagen auf sie gewirkt hatte. Eher nichtssagend. Sehr jung. Schweigsam besorgt um ihren Sohn und stolz auf ihn. Die gleichen Augen wie Cromwell, das war das Auffälligste an ihr. Sie war immer mit Tochter angereist; ein braunhaariges Mädchen, nicht gerade eine Schönheit, aber strotzend vor Selbstbewußtsein, offenbar das einzige Familienmitglied, das heil davongekommen war. Es mußte ein herzerweichender Anblick gewesen sein, wenn Cromwell die Kleine über die Kreuzungen führte.

Mein Gott, was für eine heile Welt.

Zum Brechen heil.

Als sie zur Tante ziehen, kann alles wieder gut werden.

Bei der Tante ist nicht viel Platz, und die Betten haben so dicke muffige Decken, aber es ist ruhig und schön. Sie haben nach hinten raus einen kleinen Garten mit zwei Weiden, einer Rutsche und einer Schaukel, im Erdgeschoß ist die Bäckerei, und wenn der Bäcker Zeit hat, bringt er ein Blech raus und läßt die Kinder naschen. Über allem schwebt ein Duft von Marmelade und Blätterteig, über der Schaukel und der Wiese, es ist fast so schön wie bei Kalle Blomquist, wenn er Eva-Lotta besucht. Jetzt kann alles wieder gut werden. Aber es ist zu spät. Der Junge löst sich zwar aus seiner Lethargie und beginnt allmählich, auch wieder in der Schule zu begreifen. Aber nicht nur in der Schule. Ganz langsam begreift er auch den Rest.

Das heißt: Er begreift, daß da etwas geschehen ist; aber um es wirklich zu begreifen, ist dieses Etwas zu groß und unbegreiflich.

Ein Kind, das vor Haß nicht mehr weiß, was es als erstes zertrümmern soll: sich oder die anderen. Nein, er geht nicht zu dem Kinderpsychologen. Er will da nicht hin. Er sagt dem kein Wort. Er schämt sich zu sehr. Dann wird er wütend. Und das Zerstörungswerk des Drachen setzt sich fort, aber jetzt in eigener Regie. Der Junge macht sich das Leben zur Hölle, immer auf der Suche nach einem Fluchtweg, aber irgendwie hat das Leben keinen Notausgang. Beziehungsweise nur einen.

Ein betrunkenes Kind treibt sich an Gleisanlagen herum und weiß nicht, ob und wie und was und warum; es schreit die Welt an, ein Pulk von Schutzengeln muß sich nun in Bewegung setzen, und sie leisten Schwerstarbeit. Andererseits haben sie ja auch noch was gutzumachen. Und es ist Schwerstarbeit, ein ständig verzweifeltes Kind zu hüten. Immerhin: Der Junge wird nicht überfahren, er erstickt nicht an seiner Kotze, er stürzt nicht vom Balkon, und die Tabletten aus Tantes Hausapotheke lassen ihn nicht für immer schlafen, sondern nur für zwei Tage. Und dann müssen die Engel ein letztesmal ran.

Der Junge sitzt in der Straßenbahn und schaut aus dem Fenster. Es ist Herbst, es wird dunkel, und im Vorortzug stinkt es nach Plastiksitz. Der Junge geht schnurstracks und wie ferngesteuert in einen Supermarkt und klaut eine Flasche. Dann fährt er nach Hause, geht am Haus der Tante vorbei in den Wald, zu dem kleinen Flüßchen, aber er klettert nicht hinunter, er setzt sich oben an die Böschung und trinkt, dann steht er auf und schreit, so laut, daß es den Kosmos zum Platzen bringt und den Himmel zerstört. Er zerschlägt die Flasche an einem Baumstamm und stürzt die Böschung hinab, und so bleibt er im

Flüßchen liegen; wohl eine Stunde lang sanft und kalt umplätschert.

Die Mutter sucht die Straßen nach ihm ab, und der diensthabende Schutzengel schickt ihr jemanden, der gesehen hat, in welche Richtung ihr Sohn gegangen ist.

Gemeinsam mit der Tante zerrt sie das Kind aus dem Bach und die Böschung hoch. Der befreundete Arzt prophezeit eine Lungenentzündung und schlägt sowieso eine Einweisung vor, nicht nur wegen der Lunge.

Das kommt nicht in Frage. Mama und Tante sitzen am Bett des fiebrigen Kindes, und als es nicht mehr keucht und wieder gesundet, bringen die Frauen ihn in den Garten. Als sie ihn aus dem dunklen Hausflur zum erstenmal nach langer Zeit in die Sonne führen, kann er kaum glauben, daß die Welt noch existiert.

Cromwell sagte erstaunt. »Das ist es! Das war genauso wie mit Sonnenbrille durch Tunnel fahren!«

Solange er bettlägerig war, nutzte die Mutter die Zeit, um ihm etwas zu geben, was er vor dem Krieg so geliebt hatte: Sie las ihm vor. Stunde um Stunde. Und wenn sie nicht mehr konnte, lasen Tante oder Schwester weiter. Das war seine Rettung. Sie holten ihn zurück aus seiner taumeligen, vernebelten, sprachlosen Welt in die Gegenwelt. Eine, in der er sich orientieren konnte, in der er mit Hilfe von Worten sich und die Welt ein wenig ordnen konnte. Von der quälenden Sprachlosigkeit zur beruhigenden Benennung, vom Unbegreiflichen zur Begrifflichkeit. Sprache als das Ende von Gewalt und Zerstörung.

Nicht, daß er alles verstanden hätte, aber es beruhigte ihn, wenn die Worte durch ihn hindurchströmten, egalweg, Kinderbücher, Lexika, Bibel, regalweg, die Stadtbücherei einmal komplett durchgelesen.

Das Telefon klingelte. Cromwell verdrehte die Augen und nahm ab. Patrizia hatte es nicht länger ausgehalten. Fieberhaft hatte sie nach einem Grund gesucht, um ihn anrufen zu können, und dann beschlossen, daß sie keinen GRUND braucht, um mit ihm zu reden, weil sie nämlich das RECHT dazu hat.

Cromwell sprach freundlich mit ihr und sagte, der Augenblick sei gerade etwas ungünstig, und er würde sie zurückrufen. Er legte auf. Sie schwiegen. Patrizias Anruf hatte erst mal die Luft rausgelassen, erinnerte Helene dann aber an den eigentlichen Grund ihres Besuchs. Was war zwischen ihnen los? Cromwell lehnte den Kopf an die Wand. Wie sollte er Helene den ganzen Sexual-Salat erklären.

»Du mußt nicht Klartext reden. Bleib doch bei dem Drachenbild.«

Cromwell hat in den Kisten der Tante seine Kinderfotos gesehen. Vorher, Nachher. Wie eine Typberatung durch Satan persönlich: Vorher ein frohes Kind, nachher ein gehetztes Wrack.

Der Junge will wieder normal werden. Aber die Reaktionen auf ihn stimmen nicht mehr. Er glaubt freundlich zu lächeln und hört: »Jetzt sieh mich nicht so haßerfüllt an!« Er denkt, er würde normal mitspielen, und es heißt: »Der hat mich gehauen!« Sender und Empfänger finden keine gemeinsame Frequenz. Er ist ein Fremder geworden.

Cromwell kann damit leben, daß er in der Schule ein Aussätziger ist. Aber er kann nicht damit leben, daß er in seinem eigenen Körper ein Aussätziger ist. Denn die Pubertät ist für ihn eine erneute Katastrophe: Daß sich unaufhaltsam und ausgerechnet an i h m dieser ganze schmutzige Erwachsenenkram entwickelt! Er will keinen Drachenkörper. Aber jetzt bekommt er von der Natur einen verpaßt.

Erst versucht er, ihn zu ignorieren. Er lebt mit ihm in einer Art Zwangs-WG. Man kennt sich kaum, man geht sich aus dem Weg. Und begegnet sich irgendwann doch. Dann schlägt er ihn, er will ihm zeigen, daß er ein Nichts ist. So ein Drachenkörper gehört nicht gepflegt oder gestreichelt. So was gehört vernichtet. Und in alle Schlachten, die ihn vernichten könnten, wirft Cromwell seinen Körper wie ein Schwein in die Scheiße. Er ist nichts wert, und wie Cromwell ihn behandelt, grenzt an Totschlag. Aber der Körper ist einfach nicht mehr kleinzukriegen, und Cromwell muß das schließlich akzeptieren. Bitte sehr, wenn es nicht zu ändern ist, dann fahre ich ab jetzt das Erwachsenenprogramm!

Die Liebe, die Liebe. Cromwell hat davon gehört und gelesen. Es soll eine sehr besondere Welt sein. Auf dem Planeten Liebe sind die Gefühle angeblich einzigartig und die Körper Botschafter gigantischer Freuden. Er hat sich danach auf die Suche gemacht, und er ist sogar fündig geworden: Er hat herausgefunden, daß dieser Planet nicht existiert. Jedenfalls nicht für ihn. Entweder die Leute um ihn herum lügen, oder ihm wird etwas vorenthalten. Wo bleibt das ganze Zeugs, Romantik, Eifersucht, Verbrechen aus Leidenschaft! Die großen Gefühle! Ja, wo laufen sie denn! Wie machen das denn die anderen! Er guckt ab und ahmt nach. Er wird geliebt und echot pflichtgemäß: Ich liebe dich. Und denkt: Was red ich da. Er wird betrogen und brüllt pflichtgemäß: Wie konntest du nur! Und denkt: Ein lumpiger Geschlechtsverkehr ist doch nun wirklich kein Grund für so ein Theater. Was stellen die sich alle so an. Sind doch bloß Körper.

Merlingers Vergleich mit dem warmen Händedruck kann er nur unterschreiben. Oder besser gesagt: unterbieten.

»Und was machen Sie so beruflich?«

»Ich bin bei der städtischen Trieb-Abfuhr.«

Cromwell kann sein bißchen Müll immer noch am besten selbst runterbringen. Aber er will wenigstens teilnehmen dürfen an dem angeblich so einzigartigen Marsch der Menschheit durch die Einsamkeit in das, was sie Liebe nennt.

Für Helene klang das eher wie Nachtasyl. Junge, Junge. Dir haben sie die Libido aber mächtig demoliert. Du gehörst doch in deine Höhle, und Mama liest dir Märchen vor.

Helene wußte plötzlich, was mit Cromwell wirklich los war: Er hatte etwas Entscheidendes verpaßt. Kleine Zwischenschritte, was man »Heranwachsen« nennt, fehlten in seiner Biographie. Der Krieg hatte ihn direkt von A nach Z gebombt. Ein hilfloses Kind, das versuchte, bei den Großen mitzuspielen. Ein überforderter Erwachsenendarsteller. Cromwell befand sich rund um die Uhr im Ausnahmezustand.

Wie ein Entwicklungsland, in dem es drunter und drüber ging und das tagsüber von der Berufsarmee zusammengehalten wurde. Aber sobald die Berufsarmee frei hatte, kam es zu inneren Unruhen.

Und so was verbündete sich mit einem souveränen Staat wie Patrizia. Das mußte ja schiefgehen.

Er ärgert sich: Kann in seinem Leben denn nicht wenigstens einmal etwas so laufen wie bei allen anderen! Mit Patrizia will er es noch mal versuchen; wenn schon nicht das große Liebestamtam, dann wenigstens ein ausbalanciertes Leben im befriedeten Mittelfeld zwischen Sehnsucht und Ekel.

Denn so beruhigend es manchmal auch sein mag, jemanden neben sich atmen zu hören – viel häufiger ist es Cromwell unangenehm. Fremde Atemzüge bedeuten nicht nur Gutes. Oft verschwimmen bei Cromwell die Grenzen: Ab wann verwandelt sich der andere Körper in einen Feind, ab wann muß er sich seiner Haut wehren? Und er warnt Patrizia sogar: Es ist kein Scherz, wenn er sie manchmal bittet, ihn nicht zu berühren, noch nicht mal aus Versehen.

Und auf gar keinen Fall, wenn er schläft.

Patrizia ist so anders als er, so sanft und heil. Vielleicht färbt sie ja auf ihn ab. Aber sie ist zu sanft und zu heil. Patrizia führt ihm nur vor, daß er nicht dazugehört.

Ihre Gesundheit beginnt ihn krank zu machen. Vor Neid.

Allein diese Seelenruhe! Patrizia liebt solche exotischen Dinge wie ausgiebig mit ihm frühstücken! Oder durch eine Stadt bummeln! BUMMELN! Man darf von einem Menschen nicht erwarten, daß er plötzlich bummeln kann, wenn er sein Leben lang nur gerannt ist.

Er will nicht mehr rennen.

Vor Weihnachten weiß er, daß er mal wieder scheitert.

Er fährt nach Hause, gibt dem alten Affen Selbstmitleid Zucker und setzt sich über die Feiertage unter Dauerbeschuß. Eigentlich müßte er jetzt mit Patrizia Schluß machen. Aber für eine Abschiedszeremonie mit ihren nächtlichen »Warum?«-Marathons hat er schon keine Kraft mehr.

Er liegt neben ihr und sieht auf den Wecker. Er darf noch maximal fünf Stunden in seiner Höhle liegen. Er findet sogar Schlaf und dämmert weg; das gebenedeite, heilige Umkippen des Hirns, nach hinten weg ins Kissen.

Plötzlich spürt er eine Hand über seinen Rücken streichen.

Er erschrickt und schreit. Patrizia, diese beschenkte Normale, hat seine Bitte tatsächlich nur für einen Scherz gehalten. Er ist so in Rage, daß er im Halbschlaf auf Patrizia einschlägt. Dann merkt er, was er tut. Das ist das Ende. Der Super-GAU. So weit haben sie ihn gebracht. Patrizia schlagen. Schluß. Aus. Finito. Patrizia weint: »Du hattest doch nur einen Alptraum!«

Als er sich ins Auto setzte und wegfuhr, fühlte er sich wie an dem Wintertag im Zoo. Sturz. Nur diesmal mit Aufprall.

Den ganzen Vormittag über konnte er seinen Sicherungen beim Durchknallen zuhören; einer nach der anderen. Sein Hirn kurvte zurück, und er sah sich von außen: Nichts wird sich ändern. Er ist verflucht und verdammt. Er wird nie Ruhe finden. Höchstens die letzte.

Er rennt durch die Nacht. Er kreist durch die immergleichen Straßen, so lange, bis seine Verzweiflung durch die Bewegung gedämpft ist, und dann steht er plötzlich vor van Hagen. Ebenso unvermutet wie Kurt verschwunden ist, taucht sie auf. Cromwell wundert sich noch nicht einmal, die alte Streunerin in seiner Straße anzutreffen. Er nimmt das verfrorene Wesen mit in die Wohnung. Mick schlottert. Cromwell gibt ihr einen Pullover und macht ihr etwas zu essen. Es lenkt ihn ab, wenn er sich jetzt um sie kümmern muß. Denn van Hagen ist außer sich vor Angst, daß er nicht mehr zurückkommt. Sie ist gekommen, um ihn anzuflehen, daß er sie nicht alleine läßt. Sie redet um ihr Leben, sprunghaft, unklar, aber Cromwell versteht. Sie reden miteinander, anderthalb Tage und zwei Nächte lang. Sie ist so gestört und er doch genauso; schlägt seine Freundin und hetzt durch sein Leben wie ein Zombie.

Die Abwesenheit eines Gefühls kann schmerzlicher sein als ein Gefühl.

Für mich ist das Leben ein Phantomschmerz.

Ich bin kaputt.

Ich bin ein Monstrum.

So what? Take it or leave it!

Cromwell lachte, ein irres Vergnügen in den Augen. Helene betrachtete ihn nachdenklich.

»Ich glaube nicht, daß du ein Monstrum bist.«

»Ach nein? Was denn sonst?« Cromwell lachte weiter, aber Helene sah ihn unbeirrt an. Nicht mehr neutral, sondern so wie damals, als er »Rotz« neu definierte. »Vielleicht das Kind, das aus den Staubflocken unter dem Bett vorkriechen sollte. Und das jetzt endlich in Frieden erwachsen werden kann.« Cromwell verging das Lachen.

Es ist dunkel und ruhig.

Helene und Cromwell haben alles weggeraucht, was man anzünden kann. Cromwell wirft die letzte leere Zigarettenpackung in den Papierkorb und kriegt Schüttelfrost, als ihm aufgeht, was er an diesem Wochenende erlebt hat. Er fühlt sich wie damals in der Aula, Helenes Blick, der schönste Tag seines Lebens. Nur daß er sich diesmal nicht irrt.

Und dann van Hagen. Was er Mick verdankt. Einiges. In einem völlig verstörten Zustand hat er einen Menschen getroffen, der in einer ähnlich verstörten Liga spielt und um den er sich kümmern muß. Er ist gar nicht so allein und aussätzig, wie er glaubt. Erstaunliche Linderung, alles nur noch halb so schlimm. Mick klebt an Cromwell; ein kleiner Laubfrosch, anderthalb Tage und zwei Nächte lang Laubfrosch, sie darf das, sie ist keine Bedrohung, sie ist weder sanft noch heil, das ist wie zu Hause angekommen. Was für eine Ergänzung: Zwei Zerstörte legen ihre kaputten Haushalte zusammen, das ist schon fast Sanierung.

Helene denkt: Oder doppelter Untergang. Da haben sich zwei Höhlenmenschen gefunden.

Während der Rückfahrt schaltete sich Helene auf Automatik. Erst mal nichts fühlen und nichts denken. Dann Mitleid.

Dann Beklemmung: Er war zu weit gegangen. Oder was, glaubte er, geht jetzt in van Hagen vor? Er hat Mick so nah an sich herangelassen, wie er es noch nicht mal Patrizia gestattet hatte. Wie wollte er aus dieser Nummer wieder rauskommen. Tschüß sagen, ohne daß sie Amok lief? Dann wich Helenes Anspannung einer müden Traurigkeit. Wie schnell konnte man ein Kind aus der Geborgenheit in die Scheiße werfen. Und umgekehrt? Sie war so in Gedanken, daß sie, als ihr Tränen kamen und die dunkle Landstraße vor ihren Augen verschwamm, den Scheibenwischer anstellte.

Am Montag trat Cromwell wieder seinen Dienst an, zur Erleichterung seiner Gruppe. »Sir! Gut, daß Sie wieder gesund sind! Bei Benrath wär ich ins Koma gefallen und bei Baumann aus dem Fenster!«

»Herr Merlinger, das ganze Wochende habe ich diesen Augenblick herbeigesehnt, weil Sie uns jetzt nämlich ein Stegreifreferat halten werden.«

Merlinger zwinkerte Cromwell lasziv zu, als wäre dieser die Bioreferendarin:

»Aber immer, Sir! Worüber?« Cromwell überlegte einen Augenblick: »Wie wär's, wenn Sie uns die hermeneutische Immanenz-Verfremdung unter besonderer Berücksichtigung des Cartesius erklären täten?« Merlinger schluckte.

»Ja. Also. Äh...wie wir alle wissen, hat Cartesius, also Descartes ... Hä? Wie war der verfickte Rest?«

»Den verfickten Rest habe ich gerade erfunden, um Ihnen erst mal Ihr verficktes Mütchen zu kühlen.« Merlinger zwang sich zu einem Guter-Verlierer-Lächeln: »Okay, okay. Die Runde geht an Sie.« Und zur schadenfroh lachenden Klasse böse: »Warum macht ihr eigentlich nicht gleich la ola!«

In Cromwell arbeitete das Wochenende kräftig nach. Er fühlte sich zeitgleich erschöpft und aufgedreht. Entrümpelt. Er sah in die letzte Reihe. Van Hagens Blick, nicht durch ihn hindurch, sondern direkt und friedlich. Zum Abschied hatte er ihr gesagt, daß sie sich immer auf ihn verlassen kann. Wenn sie ihn braucht, ist er da. So ist das, wenn man Freunde hat.

Der Frühling krachte mit ungeheurer Geschwindigkeit durch den Park; Helene betrachtete das Knospen und Blühen und wunderte sich, warum das Aufbrechen dieses Blüten- und Blätterwerks keine dazu passenden Geräusche verursachte; Salutschüsse rund um die Uhr wären angemessen gewesen.

Und so, wie sie kollektiv an dem Winter gelitten hatten, hielt jetzt kollektiver Übermut Einzug; Sonne, seidene Luft, alle Fenster geöffnet, krakeelende Neckerei und Schelmentum, und Merlinger brachte seine Frühlingsgefühle auf den Punkt: »Man könnte glatt aus Versehen freiwillig Eichendorff lesen!«

Nur Patrizia litt still vor sich hin und kam nicht mehr auf das Oberdeck. Sie studierte mit dem Schulorchester die Musikeinlagen für die »Widerspenstige« ein. Helene ging sie in der Pause besuchen. Sie standen auf dem Flur, als van Hagen um die Ecke bog und Patrizia ausrichtete, daß Gregor sie zu einer kleinen Besprechung in der Aula erwarten würde und ob sie jetzt Zeit dafür habe. Van Hagens Ton war freundlich, aber zwischen den Frequenzen stimmte etwas nicht. Obwohl sie lächelte, hatte die Anfrage etwas von einem Befehl. Van Hagen ging. Besser gesagt: Sie schritt von dannen, als wäre sie mindestens eine Medici.

»Die kriegt langsam Allüren, die Kleine«, sagte Patrizia. »Sie mochte mich noch nie, aber jetzt wird sie ja richtig zickig.« Patrizia lächelte traurig. »Dann will ich mal der Diva folgen.« Helene war froh, daß Patrizias Einschätzung in die falsche Richtung ging. Die Wahrheit hätte ihr nur weh getan: Das waren keine Allüren. Das war Triumph.

Wenn Helene sieht, wie sich die beiden auf dem Flur unterhalten, wie Cromwell auf sie einspricht, ganz anders als auf Betge oder Plessner, macht sie sich Sorgen. Sie fürchtet, daß Mick bekommen könnte, was sie will.

Cromwell hatte endlich das Gespräch mit Patrizia gesucht, ein trauriges, quälendes Gespräch, eben ein sogenanntes Beziehungsgespräch mit dem bitteren Resümee »Es-liegt-nicht-an-dir-sondern-an-mir-laß-uns-Freunde-bleiben.« Patrizia weinte, und er fand sich grausam.

Am Abend sah Baumann von seiner Wohnung aus Patrizia zum Auto gehen. Sie setzte sich hinein, fuhr aber nicht weg. Er öffnete sein Fenster und hörte Anlaßversuche, die in einem Schnarren verreckten. Er nahm seine Schlüssel und sprang die Treppen hinab. »Probleme?«

»Es will nicht.«

»Es ist ja auch schon sehr antik.« Unter aufmunterndem Plaudern installierte er Überspielkabel zwischen seiner und Patrizias Batterie, ließ seinen Wagen an und gab Patrizia Anweisungen. Es half nichts. Ihr Auto röchelte immer nur kurz auf, der Rest war Schweigen. Baumann packte seine Utensilien wieder zusammen. »Da weiß ich auch nicht weiter. Sollen wir einen Pannenmann rufen? Ich würde Sie aber auch mit dem größten Vergnügen nach Hause bringen.« Patrizia war so müde und kraftlos, daß sie sein Angebot annahm. Baumann hielt ihr die Tür auf und fuhr dann sehr gemächlich in Richtung Stadt. Sie sagte: »Manchmal glaube ich, daß Autos so was absichtlich machen. Nur um uns zu ärgern.«

»Dann sollten Sie mit Dr. Kaufmann zusammen einen Club gründen.«

»Sieht sie das auch so?«

»Wer sein Auto ›Adolf‹ nennt und es regelmäßig beschimpft …«

Baumann fuhr auf die Landstraße. Er hätte so gerne gewußt, warum sie nicht mehr mit Jordan zusammen war. Er sah auf ihre Hände, die sie wie zum Gebet auf ihrer Tasche gefaltet hielt. Und er sah sie wieder auf dem Wochenmarkt. »Was gibt's denn diesen Samstag bei den Jordans?« Patrizia ging davon aus, daß er sehr genau über Krise/und/oder/Trennung Bescheid wußte. Aber seine Frage kam nicht bösartig, nicht süffisant, eher brüchig, fast bittend. Außerdem gab er vor, den Weg zu ihrer Straße zu kennen, um sich dann zweimal in ausgesucht hohem Bogen zu verfahren. Beinahe tat er ihr leid. Und sie lud ihn noch auf ein Glas zu sich ein.

Baumann konnte sein Glück kaum fassen. Er kletterte mit ihr in den dritten Stock eines Altbaus; ihre

Wohnung war hübsch und warm und – Baumann wunderte sich über seine Assoziation: zierlich. Wenig Möbel, weiß gestrichene Dielen. Während sie in der Küche rumorte, sah er ihren Schreibtisch an. Noten, zwei Geigenkästen, Merkzettel, Briefe, eine alte Zeitung, alles sorgfältig sortiert, dahinter auf dem Fensterbrett ein paar Grünlilien. Und ein Stapel Fotos. Obenauf eins von Jordan. Baumann lauschte in Richtung Küche, nahm den Stapel und sah ihn hastig durch. Alles Spätherbst. Und nichts als Jordan. Mal mit seinem Wissen aufgenommen, mal aus dem Hinterhalt geschossen. Wenn er dem Bubi jemals etwas zuleide täte, hätte er Patrizias Fingernägel im Gesicht. Baumann legte den Stapel wieder zurück, als er sie aus der Küche kommen hörte. Er nahm ihr das Tablett ab, stellte es auf den Tisch und entkorkte den Wein. Patrizia setzte sich ihm gegenüber auf den Boden. Sie erzählten einander Alltags-Anekdoten. Baumann fühlte sich wie Scheherazade. Er mußte dranbleiben, er mußte interessant sein, er buhlte, wie er noch nie gebuhlt hatte. Er wollte nicht, wie sonst, nur Eindruck machen. Er wollte, daß sie g u t von ihm dachte. Er wollte, daß sie ihn für einen g u t e n, friedfertigen, liebenswerten Menschen hielt. Er wollte in diesem Augenblick sogar selber g u t sein. Ein mitfühlendes Wesen, tiefer Gefühle fähig. Er brachte sie zum Lachen, er verkniff sich Bosheiten und Spitzen, er war kurz davor, sich selbst abzukaufen, daß er eigentlich ein froher und liebenswürdiger Mann war. Als sie den Abend beendete und sich noch mal bei ihm bedankte, hatte er ein merkwürdiges Reißen im Magen. Er wollte nicht gehen. Er wollte bei ihr bleiben. An der Tür gab er ihr einen Handkuß, und sie fragte plötzlich: »Hassen Sie Jordan wirklich? Oder ist das nur ein Spiel?«

»Ich denke, ich sollte mir endlich meine schlechteren Scherze abgewöhnen.«

»Ja, vielleicht sollten Sie das.« Sie sagte das sehr freundlich. Geradezu mütterlich.

Er fuhr zurück zur Schule. Er fühlte sich beschämt. Irgendwie dreckig.

Es war noch Licht in Jordans Wohnung. Diese Fotos von Patrizia. Noch nie hat jemand einen Film mit ihm vollgeknipst. Jedenfalls nicht freiwillig.

Er will von ihr fotografiert werden. Er will mit ihr auf den Wochenmarkt gehen. Er will da eine Zeitlupe erleben. Patrizia berührt sein Gesicht und sieht ihn so an, wie sie Cromwell angesehen hat. Baumann merkt, daß er sich dringend etwas überlegen muß, wenn er der Alte bleiben will.

Cromwell hatte einen Rückfall. Erst diese Überdrehtheit nach dem Gespräch mit Helene; Mick, Patrizia, alles irgendwie eingerenkt und ausgelöffelt; ausgerechnet als Cromwell glaubte, daß es nun nur noch bergauf ginge, in den Frühling und ein neues Leben, bekam er die massivsten Schlafstörungen. In Bruchteilen von Sekunden Tumulte und Turbulenzen, biographische Flutkatastrophe und Panikattacken, daß er glaubte, seinen Kopf gegen die Wand schlagen zu müssen. Konnte er nachts um drei noch Helene anrufen? Er mußte reden. Er wurde verrückt. Er starb. Er ließ es klingeln und klingeln, dann hatte er einen vor Müdigkeit räudig klingenden Hilmar am Apparat und sagte ihm, es sei ein Notfall, er hörte Hilmar durch das Treppenhaus tapern und vorsichtig an Helenes Tür klopfen, und dann war Helene am anderen Ende; besorgt und verschlafen, und er wußte gar nicht mehr, was er ihr sagen sollte. Er entschuldigte sich und hörte an Helenes Atmen, daß sie sich zusammenriß, um wach zu werden, gar nicht sauer auf ihn, sondern ruhig sprechend; er mußte ihr nichts erklären, sie redeten über die Nacht und das Wetter und über Nichtigkeiten, und jede weitere Nichtigkeit glättete seine Nerven und brachte Ruhe in seinen Gemütskarton, so einfach ging das. »Wußtest du übrigens, daß eine Nacht genauso lang ist wie ein Tag? Eine Nacht ist wie ein Tag, nur ohne Licht.« Cromwell liebte sie für diese Überlegungen. »Ich rufe eigentlich nur an, weil: Ich habe den Drachen gesehen.« Cromwell hatte keine Erinnerung daran, wie sein Vater aussah. Die wenigen Fotos hat seine Mutter vernichtet. Und wenn ihm früher im Schlaf der Drachen erschienen ist, dann hatte er nie ein Gesicht. Der Drachen begann immer nur vom Hals abwärts. Wie in einer Videoaufnahme, wo das Gesicht des Täters ausgeflimmert wird, wie ein Flimmer-Skotom bei Migräne. Aber jetzt hat er ihn zum erstenmal seit Jahren wiedergesehen, den Drachenkopf. Er hat Augen. Cromwell könnte schreien. »Augen! Diese Sau! Diese dreckige Sau!«

»Er ist eine Sau. Eine dreckige«, sagt Helene, die in ihrer Hilflosigkeit hin- und herschwimmt. »Aber diese Sau ist nicht mehr dein Leben.«

Sie sprachen eine Stunde lang. Und fünf Minuten, nachdem er aufgelegt hatte, war er wieder bei Null, und die Panik ging von vorne los. Als es hell wurde und er zum Frühstück ging, hatte er endlich die nötige Bettschwere. Da saß er mit dunkel umrandeten Uhu-Augen in der Klasse und hatte Schwierigkeiten, seinem eigenen Unterricht zu folgen.

Anders sah sich alles genau an. Den ruhigen Jordan, der jeden Versuch von Anders, einen seiner Molotowcocktails loszuwerden, freundlich herablassend aushebelte. Keine Angriffsfläche. Als Ziel schon beinahe uninteressant.

Van Hagen: dito. Ließ sich nicht mehr aus der Reserve locken, machte einen etwas zu unängstlichen

Eindruck. Plessner, dermaßen verliebt, daß alles an ihm abprallte. Und auf seiner Freundin, dem Specht Wagner, konnte er auch nicht länger herumhacken.

Wagner war kein Specht mehr. Weil sie für Plessner kein Specht war. Und wenn sie schon für Plessner kein Specht war, dann bestand doch theoretisch die Möglichkeit, daß sie für überhaupt n i e m a n d e n ein Specht war! Nie gewesen! Sie war eventuell mindestens sogar so schön wie Patrizia! Sie sah halt nur etwas anders aus!

Es war beruhigend. Anders mußte irgendwas verpaßt haben, irgendeine Entwicklung. Als kämen alle von einem langen, erlebnisreichen Ausflug zurück. Nur ihn hatten sie nicht mitgenommen.

D i e O s t e r f e r i e n waren, so Helene, Gott sei Dank kurz. Auf Brandons Frage, was sie geplant habe, sagte sie: »Renovieren. Ich werde ein bißchen das Haus in Schuß bringen. Und eventuell Hilmar um die Ecke.«

»Du kriminelle Person! Färb ihn einfach lila und leg ihn in Nachbars Garten.«

Cromwell stöhnte, weil seine Mutter ein gemeinsames Osterfest mit ihm und seiner Schwester Maja einforderte. Auf das Treffen selbst freute er sich. Aber zum Zwecke der Familienzusammenführung hatte Frau Jordan eine Ferienwohnung in Österreich gemietet. »Ich hasse Österreich!« grummelte er und war erstaunt, daß Baumann mit ihm einer Meinung war: Österreich gehörte ebenso wie die Schweiz von der Landkarte gebombt.

Als die drei Jordans in der Dämmerung ihren Urlaubssort erreichten, lag kein Schnee, die Luft war eiskalt. Die blitzsauberen Häuser der blitzsauberen Innenstadt waren sorgfältig beschriftet: *Apotheke Optiker ski & fun.* Als sie an einem rustikalen Hütterl vorbeikamen, das als *Spielothek* gekennzeichnet war, mußte Cromwell einen nahenden Voralpen-Koller bezähmen. Ihm wurde es mulmig in diesem bedrückend peniblen, hirntoten Idyll.

»Kennst du das Kaff hier eigentlich?«

Frau Jordan wurde unsicher: »Nicht direkt. Heidrun hat es mir empfohlen.«

»Ah, Heidrun!« sagte Maja in einem Ton, der offen ließ, ob sie die Freundin ihrer Mutter für eine Conaisseuse oder einen Primaten hielt.

Die Wohnung war mit dunkel gebeiztem Holz ausgekleidet, mit blassen Blümchen bemalt und roch streng nach kaltem Stall und warmer Kuh. Sie rissen alle Fenster auf, warfen alle Heizungen an, und Frau Jordan bekochte ihre Kinder, die ihr nicht zur Hand gehen durften und sie dafür von der Eßecke aus mit politisch inkorrekten Witzen über das Gastland versorgten.

»Also bitte, also wirklich!« tadelte sie halbherzig ihre aufgekratzten Gören.

Frau Jordan war glücklich.

Als sie schon im Bett lag, kam Cromwell noch mal, gab ihr eine Wanderkarte, die er in seinem Zimmer gefunden hatte, und setzte sich neben sie auf das Doppelbett. Er befühlte das Blumendekor am Kopfende des dunklen, wuchtigen Bettgestells: »Das ist kein Bett, das ist ein Sarg.« Er legte sich auf den Rücken in Leichenpositur und schloß die Augen. Frau Jordan legte ihm die Hand auf die Stirn und strich ordnend über seine Zotteln. »Du könntest morgen ja mal zum Friseur.«

»Hast du die Läden hier gesehen? Ich geh doch nicht irgendwohin, wo sich grindige alte Frauen ihren Schorf ondulieren lassen. Am Ende wird's noch ein Dutt!« Und mit noch immer geschlossenen Augen: »Puschel doch weiter. Das schläfert so schön ein.« Und Frau Jordan puschelte dankbar weiter.

Ihr Verhältnis zu Cromwell war eine befangene Spezialmischung aus Affenliebe und Schuldgefühl. Manchmal wünschte sie sich, er hätte ihr auch nur einmal Vorwürfe gemacht. Blindheit, Feigheit, Totalversagen. Das wäre für sie eine Art Absolution gewesen. Aber sie sprachen nie d a v o n. Und Cromwell wurde unwirsch bis wütend, wenn er bei ihr auch nur den Hauch des Gedankens d a r a n witterte. Es war nicht leicht für sie, diese Gedanken vor ihm zu verbergen, denn Frau Jordan litt chronisch an Erinnerungstritten. Um so mehr genoß sie normale Momente, wie sie bei normalen Menschen in normalen Familien normalerweise vorkamen. So wie jetzt. »Was macht das Leben denn so. Erzähl mir ein bißchen.«

Cromwell ahmte ein Kurt-Brummen nach. Erst kam ihm vor gepuscheltem Wohlbehagen gar nichts in den Sinn. Dann die Schule. Dann erzählte er von Mick. Ein kleines Kind, das in einer Wohnung wartet, daß die Mutter zurückkommt; es wird dunkel, das Kind wird hungrig, aber niemand kommt, es wird Nacht, und niemand kommt, das Kind geht durch die dunkle Wohnung, es zieht sich einen Stuhl an das Spülbecken und trinkt Wasser, es klettert angezogen in sein Bett und wartet. Aber niemand kommt. Tage und Nächte.

»Das arme Ding«, sagte Frau Jordan. Cromwell denkt, wie es wohl wäre, Mick hier zu haben. Sie würden gemeinsam einen Streungang machen, durch die Nacht, Stille, Frieden, Leute und Berge gucken, er und sein Struppi, die kleine Wundertüte; ist verzagt und verfinstert, wütend und lieb, donnert Anders eins in die Fresse und küßt Petrucchio Merlinger, daß die Aula brennt.

Sein persönlicher Laubfrosch. Der Laubfrosch seines Wochenendes. Ein denkwürdiges Wochenende. O Gott.

Cromwell kletterte ächzend aus dem Bettsarg. »Gute Nacht, Mama.«

Und er begab sich auf einen friedvollen Nachtgang.

Die nächsten Tage waren verregnet und verhagelt, und sie starteten einen Monopoly-Marathon, den Cromwell mit der Begründung, er sei im Grunde seines Herzens Quoten-Österreicher, mit dem entsprechenden Akzentversuch anreicherte: »Wos wollns für eana verbrunzte Lessing-Gassn? 100.000 Schülling? Küß die Hand, gnä' Frau! Und: Gehn's scheißen!« Als sie monopolymüde waren, schrieb er Postkarten.

»Liebe Helene,
ich habe zwar kaum die Zeit, um Ihnen zu schreiben, denn der Melk-Workshop ruft. Ebenso wie der Berg. Und dem Überbrunzer-Toni habe ich versprochen, ihm seinen Jodel-Schemel zu flicken.

Also: So long, erst mal!«

»Liebe Laura,
hier ist es sehr schön, und ich habe recht tüchtig schwimmen gelernt. Wenn niemand dabei ist, darf ich sogar ins Tiefe.

Dein Ludwig 3 »

»Liebe Mick,
sei froh, daß Du nicht hier bist. Ich fürchte, Du würdest bei Deiner Vorliebe für schwere Speisen das Land

nicht lebend verlassen. Nur Knödl, Wammerl, Nockerl und Schmankerl, soweit das Augerl reicht.«

Als die Karte voll war, stieg er auf seinen Notizblock um. Es machte Spaß, an Mick zu schreiben. »Ich bin gestern nacht gestreunt. Durch einen leise knackenden Wald, aus dem Knackwald raus und ab ins Dorf, wo in knackend vollen Gaststuben knackige Skifahrer sitzen, Knackbraten essen und auf Schnee warten. Ich habe mich nicht reingetraut, weil ich nicht Ski fahren kann.

Ich hoffe, Du hattest ein schönes Osterfest. Falls Rosel Eier gefärbt haben sollte, heb mir bitte eins auf. Ich liebe schwarzgefärbte Eier mit Totenkopf-Motiven drauf.

Liebe Mick, ich hoffe, es geht Dir gut.

Dein Ludwig Ganghofer«

Während der Rückreise kamen die Scheibenwischer mit der Arbeit nicht nach, und Ludwig Ganghofer konnte durch den verschlierten Film auf der beschlagenen Scheibe kaum etwas sehen. »Ich will nicht wissen, wie viele Kellner und Skilehrer ich schon überfahren habe.« Er verfuhr sich, und so kam auch noch Merlinger zu einer Ansichtskarte, denn sie passierten einen Ort mit dem wohlklingenden Namen ›Petting‹. Sogar Maja wurde pubertär vor Freude: »Hat Petting auch eine Partnerstadt? Muß ja wohl!« Cromwell hielt an und kaufte eine Ansichtskarte.

»Lieber Herr Merlinger,

Als ich durch diesen Ort kam, mußte ich an Sie schreiben. Wie unter Zwang.

Ich weiß auch nicht, warum.

MfG, Jordan«

Merlinger machte böse Miene zum guten Spiel: »Sie

haben ja eine feine Vorstellung von mir! Wofür halten Sie mich eigentlich? Für eine Sexmaschine? Na, dann bin ich ja beruhigt!« Und er zwickte die Karte ans schwarze Brett, als wärs eine Ehrenurkunde.

Van Hagen hatte seinen Brief immer bei sich, sorgsam gehüteter Glücksbringer, Fetisch. Fast so gut wie sein alter Pulli.

Frühsommer, helle Erlösung, wie ein beruhigtes befreites Ausatmen. Cromwell saß am Konferenztisch und zog Benrath am Pferdeschwanz, sie quiekte und trat ihm gegen das Schienbein, Baumann schüttelte den Kopf, nachsichtig lächelnd; er hatte Patrizia zum Essen eingeladen, sie hatten zwei Stunden angenehm geplaudert und er sie danach auf so ausführlichen Umwegen nach Hause gefahren, daß sie beide lachen mußten; wie merkwürdig, daß sie seine Gesellschaft als tröstlich empfand, wenn ihr der Liebeskummer durchs Herz sackte.

Cromwell setzte sich in der Aula in die letzte Reihe und sah bei den Proben zu. Sie unterbrachen, Gregor redete, Mick sah zu Cromwell, von der Bühne bis zur letzten Reihe alles unter Strom, die Wege des Herrn gepflastert mit Dynamit, Irrsinn und Wahnsinn, Betge, die beleidigte Statistin, boxte auf Merlinger ein, wütend und libidinös, Frühlingsraufen, Lachen, Laura brüllt Gregor an, Gregor brüllt zurück, alles haarscharf an der Kopulationsgrenze, Osterfest und vom Eise befreit, endokrinologisches Delirium, Hormone für alle.

Baumann fährt Patrizia nach Hause und ist noch nicht mal in Baggerlaune, sondern von ungewohnter Abgeklärtheit; er hört sich erstaunt dabei zu, wie er mit normaler Stimme normale Sätze ausspricht; freundlich, ergeben, völlig abgewirtschaftet, aber ruhig und fast zufrieden rutscht er vor Patrizia auf den Knien und wartet darauf, erhört zu werden; irgendwann wird sie ihn genauso ansehen, wie sie Cromwell angesehen hat, da ist sich Baumann ziemlich sicher, denn es ist technisch durchaus möglich, sich in einen Baumann zu verlieben, zumal wenn er so still und charmant ist wie in diesem Frühjahr. Noch nie hat sich Baumann so edel, gut und angenehm sturzlangweilig gefühlt.

An einem Sonntagabend fiel der Strom im Lehrerflügel aus, und Baumann traf auf dem dunklen Flur mit Cromwell zusammen, der vergeblich versucht hatte, Ludwig zu erreichen. »Selbst ist der Baumann!« sagte er zu Cromwell, holte Taschenlampen, und sie stiegen beide in den Keller hinab. Sie hatten keine Ahnung, wo die Hauptsicherung war, leuchteten sich durch die Gewölbe und wurden nicht fündig. »Nützt nix«, sagte Baumann launig, »Jetzt werden wir wohl alle sterben müssen.« Er öffnete jedes Türchen und Kästchen, und dann mußte Cromwell ihm leuchten. Baumann summte vor sich hin, während er die Sicherungen prüfte: »Ich wollte als Kind mal Elektriker werden. Und jetzt bin ich zu doof, um eine Sicherung auszuwechseln.« Das Licht der Taschenlampe wurde unstet, und auf Baumanns Gesicht wechselten die Schatten; der summende, lächelnde Baumann sah in diesem Hell-Dunkel so verfremdet aus. Jünger. Gutmütig. Fast sympathisch. Cromwell stellte fest, daß er sich noch nie wirklich Gedanken über Baumanns Gefühlswelt gemacht hatte. Niemand konnte ein pur eindimensionales Arschloch sein. Was machte einen Baumann glücklich, was machte ihn traurig? Ob er manchmal, eventuell, vielleicht, sogar – verwegene

Vorstellung – heulte? Baumann pusselte weiter in einem Karton mit Ersatzsicherungen. »Und danach wollte ich Tierarzt werden. Kühe reparieren. Und du?« Cromwell mußte nachdenken. Baumann tadelte ihn milde: »Das mußt du doch noch wissen. Und leuchte etwas höher, bitte.« Cromwell leuchtete etwas höher. »Ich glaub, ich wollte immer was werden, was es gar nicht gab. Irgendwas Selbsterfundenes. Ohne richtigen Beruf. Einfach so.«

»Also Traumtänzer.« Baumann keckerte. »Soll ja eine verdammt harte Ausbildung sein. Jeden Tag Stunden an der Stange. Et voilà!« Er probierte sein Werk aus, und die Leuchtröhren zuckten ihr Licht in den Keller. Und Baumann sah wieder aus wie Baumann.

Im Bett zog noch mal der Tag an ihm vorüber, auch der Cromwell im Keller. Ausgeleuchtet von seiner Taschenlampe, ziemlich müdes Gesicht. Und Baumann stellte fest, daß er sich noch nie wirklich Gedanken über Jordans Gefühlswelt gemacht hatte. Im Halbschlaf verschwammen ihm Tag und Traum in das Bild, er wäre der große Bruder von Jordan; sie mochten einander nicht, aber wenn Not war, half der eine dem anderen: Der kleine Jordan durfte die Lampe halten, während der große Baumann reparierte.

Brandon staunte über das friedliche Mit- bzw. Nebeneinander von Cromwell und Baumann. Cromwell focht nicht mehr mit dem schweren Säbel, noch nicht mal mehr mit dem Florett, er piekste höchstens noch mit Stecknadeln. Und Baumann hatte sein Pestaggregat völlig runtergedreht. »Hier ist ja praktisch nix mehr los!« beschwerte sich Brandon. »Was ist denn das für ein lahmer Haufen geworden!« Und dem vorbeieilenden Jäschke rief er nach: »Sie könnten auch mal wieder unverschämt werden!«

»Keine Zeit, keine Zeit!« rief Jäschke. »Vielleicht ein andermal, Sir!« und hastete zur Probe. Er war Merlingers Zweitbesetzung, was Jäschke allerdings gar nicht behagte: »Falls du nicht spielen kannst, weil du dir einen Arm oder ähnliches brichst, dann breche ich dir persönlich auch noch den Rest!«

Laura und Gregor waren auf der Bühne und stritten sich lautstark über die Kulisse. Sie stritten ständig. Sie stritten so ausdauernd und hingebungsvoll, daß Brandon schon Hochzeitsglocken hörte. Helene tippte sich an die Stirn und bekam eine entrüstete Belehrung zu hören: »Wenn eine Brandon so rumbrüllt, dann kann das nur Liebe sein!« brüllte Brandon Helene an.

Gregor hatte van Hagens Zukunft bereits fest verplant: Erst mal an Schauspielschulen vorsprechen, von der besten genommen werden, sodann kometenhafter Aufstieg. Cromwell überflog die Adressen- und Terminliste, die Gregor für Mick erstellt hatte. »Das wird ja eine schöne Tingelei«, sagte er zu Helene, »aber ich hab für die Ferien eh noch nichts vor.« Er hatte van Hagen tatsächlich versprochen, sie zu den ersten Vorsprechen zu begleiten. Helene verkniff sich jeden Kommentar.

»Findest du nicht, daß du deine Fürsorge ein bißchen übertreibst?«

»Nö.«

Anders hatte da einen anderen Eindruck. Er machte den Souffleur bei der »Widerspenstigen«, und das mit Freude, es war sein Fach:

Eminenz Heckenschütze zieht Fäden und kann sogar Leute hängen lassen.

Er hatte sein Buch vergessen und schnappte sich das von Mick aus der Garderobe, sie brauchte es ja eh nicht, Mick war schlafwandlerisch textsicher.

Und Anders neugierig. Er stieß in ihrer Tasche auf ein Kuvert, das er öffnen mußte. Ja, was war das denn? Jordans Schrift. Privates. Wozu schreibt er ihr, was er nachts anstellt. Und dann Gesäusel. Ich hoffe, Du hattest ein schönes Osterfest. Ich hoffe, es geht Dir gut... Anders wurde es ganz zittrig zumute.

Wir hoffen ja ziemlich viel, Du! Was geht denn hier vor, Du!

Absurd. Jordan müßte schon sehr gestört sein. Aber es gab ja nichts, was es nicht gab. Korrelierende Intensitäten. Oder Pferde vor Apotheken.

Anders entschuldigte sich kurz, rannte los, machte eine Kopie und legte das originale Corpus delicti wieder zurück in van Hagens Mappe. Die Kopie war heiß. Die Kopie brannte in seiner Brusttasche. Wenn da irgendwas unsauber war, gäbe es einen gewaltigen Rumms. Anders, der Sprengmeister. Er stand am anderen Ende einer Lunte, die durch die ganze Schule verlief und in Jordans Klassenzimmer endete. Unter Jordans Stuhl. Und sobald sich irgendwas bestätigen sollte, würde er zünden. Ein erhabenes Gefühl, den ahnungslosen Jordan zu beobachten und zu wissen, daß ihm seine arrogante Selbstsicherheit vergehen könnte. Er mußte den beiden auf den Zahn fühlen.

Sachte. Oder eventuell mit dem Schlagbohrer.

Anders entschied sich für den Schlagbohrer. Und dafür, ihn zunächst einmal bei Mick anzusetzen. Auf der Bühne konnte sie spielen, aber nicht im Leben. Wenn was an der Sache dran war: Sie würde sich verraten. Als die Gruppe vom Oberdeck zum Speisesaal ging, fragte Anders, was es zu Mittag gäbe. Merlinger machte ein schmerzverzerrtes Gesicht: »Vegetarisch.« Anders ließ sich in der Gruppe zurückfallen, so daß er neben Mick ging. »Demnächst lassen die sich noch so was einfallen wie ›Österreichische Woche‹. Und es gibt nur solche Scheußlichkeiten wie Schmankerl oder

Wammerl.« Anders registrierte, daß Mick kurz stutzte und weiterging, ohne ihn anzusehen. Vielleicht glaubte sie an einen Zufall. Aber bei Tisch sah sie mehrmals verunsichert zu ihm rüber. Aha. Das war doch schon mal ein Anfang. Die eine Hälfte des Teams bereits angeschlagen. Kommen wir nun zur zweiten Hälfte. Cromwell unterhielt sich gerade mit Wagner, als er Anders sagen hörte: »Da wir gerade von österreichischer Küche sprachen: Kann mir mal jemand erklären, was Wammerln, Nockerln und Schmankerln bedeutet?« Cromwell sah zu Anders, der ihm ein direktes, dreistes, dreckiges Lächeln rüberschickte, zugleich nahm er neben sich eine heftige Bewegung wahr. Mick knapp vor der Explosion. Er legte ihr die Hand auf den Arm und sagte in einem übertrieben gespielten Ton: »Hat Ihnen Herrn Anders' Erwähnung solch fürchterlich klingender Gerichte den Appetit verdorben? Das täte mir leid.« Mick kam runter, allerdings mit geballten Fäusten.

»Seit wann siezt ihr euch denn?« Anders konnte sich die Frage gerade noch verkneifen. Das wäre zu heftig gewesen. Cromwell hatte kurz das Gefühl, bei etwas Verbotenem ertappt worden zu sein, aber es gab nichts zu verbergen. Dann regte es ihn auf, daß so einer wie Anders mit seinem dreckigen Grinsen Mick und ihn und ihre besondere Beziehung besudelte. Das verlangte nach Satisfaktion.

Cromwell sah zu Anders, während ein unschuldiger Jäschke ernsthaft begann, Wammerln, Nockerln und Schmankerln zu erklären. Anders überlegte, wie weit er jetzt gehen sollte, im Kreise aller Lieben. Er hatte das Wespennest nur angepiekt. Er könnte es jetzt ganz ausheben. Ergebnis: Öffentlichmachung des Briefs.

Na und? Was dann?

Nix Interessantes drin, außer der Tatsache, daß die beiden inoffiziell offenbar etwas privater verkehrten als offiziell. Aber ein heimliches DU ist noch kein GV.

Die beiden haben nun mal ein merkwürdiges Verhältnis. Von Anfang an gehabt. Wen hat das je gestört? Und er selbst würde sagen müssen, woher er den Brief hatte. Gefunden. Zufall. Haha. Die Kopie in seiner Tasche entfachte jetzt Höllenhitze. Er hatte einen Fehler gemacht. Anders herrschte den noch immer über Schwammerln dozierenden Jäschke an. »Schon gut, schon gut! Es interessiert mich gar nicht! War nur ein Scherz! April, April!« Er brauchte jetzt Bedenkzeit. Und Jordans Gesichtsausdruck sah gar nicht gut aus.

Zwischen der Attacke von Anders und seinem Rückzug hatten höchstens zwei Minuten gelegen. Mick beugte sich runter und angelte ihre Tasche hoch, öffnete sie und entnahm ihr das Corpus delicti. Anders wurde unruhig, Cromwell war besorgt, aber Mick befand sich im Augenblick offenbar nicht im Leben, sondern auf der Bühne. Den Kippschalter umgelegt von Zorn auf Szene.

Sie legte den Brief vor sich auf den Tisch. Anders wünschte sich weit weg. Niemandem von denen am Tisch jemals begegnet. Mick sprach stockend, aber – Gregor sei Dank – eindringlich und prononciert. »Ich habe zu Ostern Post bekommen. Von Dr. Jordan. Genauso wie Herr Merlinger eine Karte von ihm bekommen hat. Und die Klasse. Ich habe den Brief in meiner Tasche gehabt. Herr Anders hat meine Tasche durchsucht und ihn gelesen. Ich nehm mal an, bei der Probe heute morgen.« Alle sahen zu Anders, der nicht mehr wußte, wohin mit seinem Körper. »Wenn Sie schon herumschnüffeln müssen, Herr Anders, und Privatsachen lesen, erzählen Sie doch bitte auch gleich allen, was genau in dem Brief steht, Herr Anders! Wenn Sie jetzt also aus meiner Privatpost vorlesen würden: Bitte, Herr Anders! Und bitte mit etwas mehr Ausdruck als sonst! Danke, Herr Anders!« Mick warf Anders den Briefumschlag hin, verschränkte die Arme und sah an die Wand; das Gesicht ungerührt, aber am Hals klopfte es. Der Brief lag vor Anders. Und noch immer sahen alle zu ihm. Es gab nur zwei Möglichkeiten. Sofort gehen oder zurückschlagen. Dann sagte Betge zu ihm: »Du bist noch ein größerer Arsch, als ich dachte.« Anders ging. Mick nahm den Brief und verließ den Saal. Merlinger wandte sich beleidigt an Cromwell: »Warum kriegt d i e einen Brief und i c h nur eine Karte?«

Anders büßte schweigend. Cromwell behandelte ihn so ausgesucht neutral, daß es an Verachtung grenzte. Van Hagen übersah ihn. Und als Jäschke ihn zur nächsten Stunde begrüßte mit »Ah, Privatdetektiv Shylock Holmes!«, wußte er, daß er sich endgültig aus ihrer Gemeinschaft geworfen hatte.

Gar kein gutes Gefühl.

Die schriftlichen Prüfungen fanden in der Aula statt. Der ganze Jahrgang, an Einzeltischen in gebührendem Abstand über den Saal verteilt, die Aufsicht arbeitete in Schichten; die einen schlenderten durch die Reihen, die anderen setzten sich auf den Bühnenrand, hielten ein müdes Argusauge auf die Schreibenden und hatten nur wenig Grund zum Intervenieren.

Und die umhergehenden Tutoren rückten auf geflüsterte Fragen der Schüler so viele Informationen raus wie gerade noch schicklich.

Jäschke genoß die Prüfungen. Er hatte nichts zu befürchten, und während der Deutschklausur fühlte er sich sogar wie in Abrahams Schoß; diese Ruhe, nur das leise Kritzeln über Papier, manchmal ein Husten, ein Wispern. Jäschke wollte das alles bis zum Ende auskosten. Obwohl er schon längst fertig war und seinen Aufsatz bereits dreimal durchgelesen hatte, blieb er und machte sich auf seinem Stuhl lang. Wer wußte, was danach kam.

Das laute Leben. Irgendeine dreckige Uni. Unangenehme Menschen.

Hier nur Ruhe. Frieden. Freunde. Jäschke fragte sich, ob er noch normal war. Daß er so eine Situation, in der andere Blut und Wasser schwitzten, als angenehm empfand. Als einen freundlichen, erholsamen Zustand. Der – wenn es nach Jäschke ging – ruhig noch ein paar Wochen länger andauern könnte.

Plessner sah mit einem sich verlierenden Blick an die Decke und kaute dabei selbstvergessen an seinem Kuli. Wagner ging nach vorne und holte sich mehr Papier. Van Hagen war wie immer in ihre Zettel gekrochen und malte langsam und konzentriert Worte. Und Betge machte mal wieder alles auf einmal: schreiben, mit den Füßen zappeln, sich die Haare verknoten, einen Apfel essen und zwischendurch Merlinger Grimassen schneiden. Dann schlenderte Dr. Diehl, der gerade bei seinen Naturalisten nach dem Rechten gesehen hatte, an Cromwells Gruppe vorbei, und Merlinger, der sich genau wie Jäschke sauwohl und siegessicher fühlte, hatte das Gefühl, den Laden mal ein bißchen aufmischen zu müssen. Er brach das verordnete Schweigen und sagte plötzlich laut knallend in seinem Marines-Tonfall: »Dr. Diehl, Sir!« Diehl behielt demonstrativ seinen Flüsterton bei: »Haben Sie ein Problem, Herr Merlinger? Vielleicht mit Ihren Stimmbändern?« Merlinger krakeelte weiter: »Sir, könnten Sie nicht dafür sorgen, daß hier jetzt mal endlich Schnittchen gereicht werden! Man ist doch nicht aus Holz, Herrgottsakra!« Der angespanntere Teil der

Prüflinge murrte und schimpfte über Merlingers Störmanöver, die anderen lachten. Merlinger fuhr flüsternd fort: »Außerdem habe ich vor lauter Aufregung vergessen, wie man Stanniol und Schwemmkreide schreibt! Wenn Sie vielleicht die Güte hätten, mir sozusagen unter der Hand einen Tip...« Diehl flüsterte: »Okay, Merlinger. Geben Sie her!« Und an den Rand von Merlingers Blatt schrieb er:

S t a h n i o h l

S c h w a e m m k e r e i d e

»Zufrieden?«

Merlinger kicherte: »Sie sind ein Schatz!«

»Und SIE halten ab jetzt die Klappe.« Diehl sah zu Cromwell, der gerade die Ablösung auf der Bühne übernahm, deutete mit spitzem Finger auf Merlingers Rücken und schielte dazu.

Brandon war gerne während der Tests in der Aula. Dann dämmerte er ein wenig hinüber, in die Anfangszeiten. Und sah sie sich an, wie sie dasaßen. Alles gehegt und gepflegt und topfit. Baumann stand an einem Tisch und flüsterte mit einem Schüler, Cromwell hatte die ganze Zeit mit baumelnden Beinen auf der Bühne gesessen und ging jetzt durch seine Reihe. Merlinger riß stumm grinsend die Faust zu einem zackigen »Rotfront!« hoch, dann blieb Cromwell bei Plessner stehen und sah ihm über die Schulter. Plessner lächelte ihn selbstbewußt an: Alles klar. Keine Probleme. Wagner schien hektisch und unter Zeitdruck, obwohl sie schon fast doppelt soviel geschrieben hatte wie die anderen. Van Hagen sah hoch, als er neben ihrem Tisch stehen blieb; er beugte sich runter, sie sagte etwas, er antwortete, zupfte sie an seinem Pullover und ging weiter zu Betge, die ihn mit heftigen Bewegungen an ihren Tisch zitierte. Die Sonne stand als flirrende Säule in der Aula, Helene ging langsam durch die Helligkeit und lächelte ihm zu; Brandon war zufrieden und glücklich und ging, um für das Gelingen seines Lieblingsfestes an geeigneter Stelle noch ein paar Brüller abzulassen.

Merlinger schlich sich an dem schnarchenden Ludwig vorbei aus dem Haus. So lange war er nicht mehr auf der Piste gewesen, jetzt mußte es mal wieder sein. Er nahm so geräuschlos wie möglich sein Fahrrad aus dem Schuppen, trug es über den Rasen und radelte in der Einfahrt los. Plötzlich tauchte van Hagen auf und schloß sich ihm an. Der Kies knirschte unglaublich laut in der stillen Nacht, der Mond war prall, gesund und munter, Merlinger hätte beinahe vor sich hingepfiffen, so wohl war ihm zumute. Durch das Mündliche würde er locker kommen, da war er sich sicher. Nicht nur leicht, sondern mit Bravour würde er durchkommen. Er, der hellste Kopf, der schnellste Denker, der Liebling der Götter: Merlinger fühlte sich groß, göttlich, unsterblich und sowieso einmalig. Lagen ihm nicht alle zu Füßen? Und das völlig zu Recht? Hatte er sie nicht alle im Sack? Jordan, Kaufmann, Brandon; sogar Rosel-Rabiat konnte ihn leiden, er war Überflieger und Naturgewalt, er war ein großes bodenloses Allmachtsgefühl, der König der Welt und der Löwe von Juda, Allah, Gott, und was es sonst noch so an religiösen und lustigen Titeln gab. König Merlinger trat neben Mick in die Pedale und liebte das Leben. Da lag es vor ihm und glitzerte; hinein in die Stadt und herumgestromert! Sie schlossen ihre Räder am Bahnhof ab und gingen durch die Straßen. Es war Samstag, und der Samstag jaulte und grölte aus den Kneipen, besoffene Männer wurden von besoffenen Frauen gestützt – »und umgekehrt!« grinste Merlinger. Aus einer Wirtschaft hagelte es Billardkugeln, ein Queue flog hinterher. Die Tageshitze stand noch immer in der Luft, es hatte ein klein wenig abgekühlt, aber die Wärme war noch stark genug, um aus dem Asphalt herauszukriechen, in Merlingers Turnschuhe hinein. Eine Wirtin sprach Merlinger an: »Auch mal wieder hier?« Sie erinnerte sich bestens an ihn. Einen Merlinger vergaß man nicht! Merlinger ging umher und war in seinem Element. Leute, Leute! Menschen!

Ihr Menschen! Wenn ihr volle Gläser wäret, würde ich euch alle austrinken! Und zwar auf Ex!

Gegen ein Uhr hatten sie genug gesehen.

Sie gingen zurück zum Bahnhof und holten ihre Räder. Merlingers hatte einen Platten. »Naja, naja«, tadelte Merlinger sein Rad: »Dann ziehen wir zwei Hübschen uns halt ein Fahrkärtchen. Oder auch nicht, hehe.« Er schob es durch die Unterführung und trug es auf den Bahnsteig. Den letzten Zug konnten sie nehmen, aber der kam erst in einer halben Stunde. Der Bahnhof war schwach erleuchtet und menschenleer. Merlinger teilte Mick seine Ansichten über das öffentliche Verkehrswesen mit, unter besonderer Berücksichtigung der gruseligen Morbidität geschlossener Bahnhofskneipen und verrammelter Kioske. Plötzlich standen sie vor ihnen. Drei betrunkene Kerle, die in der Nachthitze schwitzten und sie anstarrten, als wären sie Mißgeburten. Merlinger fühlte etwas wie Furcht. Er war ja ohne Messer unterwegs. Dann erkannte er sie. Die drei von dem Nachtausflug, damals, als sie von der Polizei in der Schule abgeliefert wurden. Merlinger wünschte sich sofort alle auf den Bahnsteig: Rosel, Ludwig, Jordan und eine Hundertschaft Bullerei. Die drei Eber überlegten ebenfalls: »Haben wir uns schon mal gesehn?«

»Ich weiß nicht. War lange nicht mehr im Zoo.« Warum redest du so? Diese Schweine warten doch nur auf irgendwas. Schieb dein Rad an ihnen vorbei, und dann aber nix wie Fersengeld gegeben! Und ruhig, ruhig, Mick! Keine Bange.

Sie schoben ihre Räder ruhig an den drei Monstern vorbei. Als Merlinger spürte, daß sie sich hinter ihnen in Bewegung setzten, schrie er, Mick solle abhauen. Er drehte sich zu den Ebern um, schleuderte ihnen sein Rad entgegen und rannte hinter van Hagen her. In der Unterführung hatten sie ihn. Es war alles so schön gekachelt und roch nach Pisse. Niemand konnte sie sehen. Und niemand konnte sie hören. Sie polierten dem vorlauten Arschloch die Fresse.

Sie zahlten es ihm heim. Irgendwas. Vielleicht nur die Tatsache, daß er da war.

Oder, daß er zur falschen Zeit da war. Oder daß er anders war als sie.

Es war doch egal.

Sie schlugen und traten auf ihn ein, und als das erste Blut kam, wurden sie noch wilder. Sie hörten erst auf, als es so aussah, als wäre Merlinger tot.

Am Tag, nachdem man Merlinger zusammengetreten hatte, schien es, als wären alle verrückt geworden. Sie wurden beim geringsten Anlaß aggressiv; sie hatten einen großen Zorn, aber niemanden, an dem sie ihn rechtmäßig hätten austoben können. Betge weinte ununterbrochen, van Hagen stellte die Nahrungsaufnahme völlig ein, und selbst Cromwell hatte nicht die Kraft, sie zum Essen zu zwingen. Er starrte auf ihren vollen Teller, seine Hände zerbröselten eine Brotscheibe, und nur ein Gedanke klebte in seinem Hirn und drehte sich und drehte sich, während er auf Micks Teller sah: Er hatte schuld. Er hatte Merlinger nicht kategorisch genug die Streunerei untersagt. Er hatte ihm nur verboten, bewaffnet zu streunen.

Damit hatte er ihn ausgeliefert. Scheiß Pazifismus. Cromwell war kaum ansprechbar und bellte alles zusammen, was sich ihm in den Weg stellte.

Merlingers Mutter hatte einen Geistlichen beauftragt, eine Messe für die Genesung ihres Sohnes zu lesen. Auf ihren Wunsch fuhren sie alle zu Frau Merlingers Stammkirche und nahmen daran teil. Ein kalkiger Kleriker stammelte Gemeinplätze in die Gemeinde und schwafelte vom ewigen Leben, vom Himmel, von Gnade, und Cromwell kam der kalte Zorn bei diesem Wort.

Merlinger und »Gnade«. Unverschämtheit. Gott hatte keine Gnade an Merlinger zu verteilen, als wäre der ein Bettler. Es war eine Gnade, Merlinger zu kennen. Eine Gnade, von ihm beleidigt zu werden. Die Gemeinde stimmte an »Nun danket alle Gott«. Cromwell dachte: »Wofür denn?«

Der Atheist Merlinger hätte sich dergleichen Aufführung verbeten, aber anscheinend war es ein Trost für seine Mutter, die zwischen ihren Söhnen stand, mit unbeweglichem Gesicht, die Augen starr auf das Kreuz gerichtet. Nur ihre Hände verrieten Gefühle: Sie umklammerte ein Taschentuch, als wollte sie es erdrosseln. Betge weinte sich an eine Hysterie heran, und Cromwell ging mit ihr nach draußen. Er war froh, aus dem Weihrauchgestank herauszukommen, der ihm Übelkeit verursachte. Auf dem schattigen, grünen Kirchplatz wurde ihm besser. Betge vergrub sich heulend in seinen Arm. Als die Veranstaltung zu Ende war, scharten sich alle ehemaligen Anarchisten um die beiden. Jäschke sah durch die offene Kirchentür auf den Altar: »Ich mußte die ganze Zeit daran denken, was Merlinger gemacht hätte. Er hätte wahrscheinlich in regelmäßigen Abständen dazwischengerufen: Predischä, Telefon!«

Man konnte nur warten. Cromwell erinnerte sich daran, wie er mal in der Schule zusammengeschlagen worden war. Als er zu Pausenbeginn über den Flur ging in einem Strom von Mitschülern, und ein älterer Junge, den er gar nicht kannte, kam ihm entgegen, holte aus und rammte ihm seine Fäuste in den Magen; einfach so, und ging dann weiter. »Irgendwie scheinen die meisten Dinge einfach so zu passieren. Man will eigentlich schon gar nicht mehr nach einem Grund fragen.« Cromwell hat noch Jahre später die ganz präzise Erinnerung an diesen Vorfall, wie ihm die Luft wegbleibt und er tatsächlich zu Boden geht zwischen den Mitschülern, die einfach so weitergehen, um ihn herum, als wäre er ein Papierkorb, der im Weg steht. Aber stärker und beeindruckender als der physische Schmerz ist eine ganz andere Empfindung: Staunen. Darüber, wie schnell das alles gegangen ist bei einer gleichzeitigen Langsamkeit, einem Zeitstillstand, er sieht diese Fäuste auf sich zukommen, und er sieht dem Jungen ins Gesicht, kurz vor dem Schlag und während des Schlages, und was er in diesem Gesicht sieht, während der Junge zuschlägt, erstaunt ihn so, denn er sieht nichts. Gar nichts. Da ist nicht ein Funken Zorn oder Haß oder auch nur Verachtung oder Triumph: das da ist leer. Das hat ihn mit einer Beiläufigkeit zusammengeschlagen, als hätte es nach einer leeren Dose getreten, teilnahmslos. So nebenher brutal, als würde er pflichtschuldig, aber lustlos einer schlecht bezahlten Nebentätigkeit nachgehen.

Und dieses Warten auf eine Nachricht aus dem Krankenhaus ist wie der Blick auf Fäuste, die sich auf seinen Körper zubewegen, langsam, zäh, aber unaufhaltsam.

Nach dem Mündlichen kam es zu karnevalistischen Ausschreitungen. Und Merlinger schwebte nicht mehr in Lebensgefahr.

Auf dem Oberdeck wurde auf die Pauke gehauen, daß dem Unterdeck der Putz entgegenkam. Ein Gewühl und Geschrei, sogar Jäschke krakeelte, bombardierte Baumann mit Sektkorken und bahnte sich den Weg durch das Gewusel mit den Worten: »Lassen Sie mich durch! Ich habe das große Latinum!« Er umarmte Helene und Cromwell und Brandon und fuhr los, um Merlinger zu besuchen. Und um ihm Vorhaltungen zu machen, daß er jetzt in der »Widerspenstigen« seine Rolle übernehmen mußte.

Merlinger war bei klarem Bewußtsein, aber sein Körper zerschlagen. Merlinger war schwach, hatte Schmerzen und haßte alles und jeden. Das hier war keine lausige Jahrtausendgrippe. Sie hatten ihm das selbständige Aufstehen verboten, in einer Nacht hatte er es trotzdem versucht. Er hatte wegen Schmerztabletten nach der Nachtschwester geklingelt. Mehrmals. Und als sie nicht kam, hatte er sich zornentbrannt aus dem Bett gestemmt, um notfalls auf Knien zum Schwesternzimmer zu kriechen und dieser Schlampe mal so richtig die Meinung zu geigen. Er hatte es aufrecht bis zum Waschbecken geschafft. Dann sah er nur noch das Fenster vor sich, das sich finster zuzog, er fühlte sich fallen, unter das Waschbecken, mit dem Kopf aufprallen; er lag da, wußte von nichts, wachte auf und krabbelte zurück in sein Bett. Der Zimmerkollege sagte zu dem Krabbelnden, er habe schon kurz nach Merlingers Sturz die Klingel gedrückt, aber das Flittchen wäre immer noch nicht da, und das alles sei jetzt schon eine halbe Stunde her. Merlinger hievte sich auf sein Bett und lag dort wie noch mal zusammengeschlagen. Er gewöhnte sich im Krankenhaus unterschiedliche Arten von Freundlichkeit an. Zu den unsicheren Schwesternschülerinnen war er charmant, den Rest, von der Assistenz bis runter zum Chefarzt behandelte er mit knallharter Verbitterung. Keine Weinerlichkeit.

Man war ja schließlich der Löwe von Juda.

Einer von Cromwells Besuchen fiel in die Zeit der Essensausgabe; vor Merlinger wurde ein Tablett abgestellt, er starrte angewidert auf seinen Teller und breitete in pathetischer Hilflosigkeit die Arme aus: »Was soll DAS denn darstellen! Irgendeinen Punischen Krieg oder was!« Cromwell war froh und den Geschicken dankbar: Wenn das große Maul wieder so gut funktionierte, würde der Rest auch bald nachziehen.

Dagegen lag Adolf nun so oft in den letzten Zügen, daß Helene sich mit dem Gedanken anfreundete, ein neues Auto zu kaufen. Brandon schlug die Hände über dem Kopf zusammen, als sie ihn zu ihrem Berater ernannte: »Ich habe von Autos etwa soviel Ahnung wie … wie … – oh mein Gott, wir brauchen wirklich Beratung.«

Der Adolf-Nachfolger wurde Gesprächsthema im Lehrerzimmer, und jeder gab seinen kompetenten Senf dazu: »Peugeot!« sagte Patrizia.

»VW!« sagte Cromwell. »VW ist nie falsch.« Baumann wurde sofort sachlich streng. »Ad 1: Welche Ansprüche soll das Auto erfüllen?«

»Am liebsten: anspringen und fahren.«

»Ein großes, ein kleines, eine Familienschaukel, ein Prestigeobjekt …?«

»Wenn Sie soo fragen: am liebsten anspringen und fahren«, sagte Helene und blätterte hilflos in Hochglanzbroschüren. Brandon sah ihr über die Schulter. »Ich sehe uns schon alle wie eine Bande von Trotteln in einem Autohaus. Wir halten uns an den Händen und lassen uns von einem Schmierlappen über den Tresen ziehen.« Baumann entwickelte einen erstaunlichen Eifer in Helenes Autofragen. Er genoß das Gefühl, plötzlich dazuzugehören, en famille sozusagen. Er brachte ihr Prospekte mit, erklärte geduldig solche

Feinheiten und Spezereien wie Antiblockiersystem, Airbag und Kofferraum. Helene mußte lachen, als er auf sie einsprach wie auf ein großäugig staunendes Kleinkind, Baumann lachte mit, sie sah ihm bei seinen Bemühungen zu und wunderte sich über seine freundliche, friedliche Ausgeglichenheit. »Er ist irgendwie weichgekocht«, sagte sie zu Brandon, als sie gemeinsam in Pol-Pot gen Haidenfeld fuhren. »Die Lie-be! Die Lie-be!« sang Brandon. »Habe ich doch von Anfang an gesagt: Baumann und Patrizia. Ich hab eigentlich immer recht, wenn's amourös wird.«

»Ach ja?«

»Ja. Beziehungsgeflechte durchschaue ich immer. Und zwar in nuce.«

»Aber nur, wenn sie dir in nuce auf dem silbernen Tablett serviert werden.«

»Was soll das heißen, du blöde Person!«

Die blöde Person hintertrug ihm die Befürchtungen, die sie ihm lange genug vorenthalten hatte. Brandon verwechselte kurzfristig Bremse, Gas und Kupplung und brachte Pol-Pot zum Absaufen: »Van Hagen? Ist er wahnsinnig geworden?« Es dauerte ein Weilchen, bis Brandon sich gefangen und Pol-Pot wieder gestartet hatte.

Helene fühlte sich plötzlich abgeklärt und sorglos. Vielleicht gab es doch noch gerade Linien in verworrenen Leben. Mußte ja nicht alles zwangsläufig falsch oder von Übel sein. Vielleicht finden wir ja alle beim Scheißen zum Buddhismus. Wir sind ja schließlich auch nur Kurts.

»Und ich laß mich scheiden.«

Brandon lachte: »Von wem denn?«

»Natürlich von dir, du Klugschnack.« Brandon ließ Pol-Pot erneut absaufen, weil er ganz dringend Helene umarmen mußte. »Du blöde Person ...«

»Jakubowski und der Oberst.«

Und sie sagten im Chor:

»Im Kühlschrank meines Herzens wird immer ein Bier für dich lagern.«

Bei der Abi-Feier in der Aula war Helene bestens gelaunt. Sie sah, wie der Jahrgang auf die Bühne kam und die Zeugnisse verteilt wurden. Alle Kandidaten von Cromwell hatten es problemlos geschafft. Glänzend geschafft. Betge, viel ruhiger geworden. Anders, der einsamste Jahrgangsbeste. Jäschke, Plessner, Wagner und dann van Hagen; Helene sah zu Cromwell, der mit stolzer und liebevoller Nervosität seine Käuzchen betrachtete, und dann führten sie »Die Widerspenstige« auf. Beifallsstürme und Ovationen; Gregor stand hinter dem Vorhang und feuerte seine Leute an. Der Ersatz-Petrucchio Jäschke wuchs über sich selbst hinaus, aber es war immer noch zu wenig, Wagner war allerliebst und bekam Szenenapplaus, und van Hagen räumte den Rest ab. Gregor stand am Vorhang, sah, wie sie sich verbeugte, und er platzte vor Stolz; Brandon legte ihm die Hand auf die Schulter und sagte: »Erstklassige Arbeit. Selten so amüsiert.«

Laura fletschte Gregor in bester brandonscher Manier an: »Aber diese popelige Papp-Arkade mußte unbedingt sein, du Popel!«

»Lern du erst mal zeichnen!«

Dann feierten sie die Aula in Grund und Boden. Baumann stand plötzlich neben Cromwell. »Na, Jordan. Stolz auf deine Werke?« Cromwell hatte ihm das Glas entgegengestreckt: »Baumann, darf ich dir das SIE anbieten? In meiner Eigenschaft als der Jüngere: Du darfst wieder SIE zu mir sagen!«

»Aber nur, wenn ich dich nicht küssen muß.«

»Wir wollen doch nicht unsere gute Beziehung aufs Spiel setzen!«

»Glückwunsch!« sagt Helene. »Meinen tiefempfundenen Glückwunsch!«

Am zweiten Tag des Sommerfestes streifte Helene in ihrem üblichen Feier-Grau über die Festwiese. Sie kam an Laura vorbei, die ihre hektischen Check-Durchgänge machte. Van Hagen nahm noch immer Huldigungen für ihren Auftritt vom Vorabend entgegen, dann saß sie beim Abendessen neben Cromwell; die ganze Gruppe hatte sich noch mal auf den langen Bierbänken zusammengesetzt, und Betge hatte auch Helene und Brandon dazugezwungen. Jäschke war so erleichtert, die Aufführung überlebt zu haben, daß er in seiner Freude anfing, mit Brandon zu zanken. »Wir haben uns immer so gut verstanden, Sir!« täuschte er erst einen Abschiedstoast an. Dann: »Und verzeihen Sie mir nochmals, daß ich im letzten Jahr Ihre jämmerliche Leistung auf dem Spielfeld zu Recht so gegeißelt habe!« Brandon stützte sich auf seinen Ellenbogen ab und vergrub seinen Kopf in Händen. Er deutete mit zuckenden Schultern einen Weinkrampf an. »Herr Jäschke!« kam es hohlklingend aus seinen Händen. »Daß SIE uns endlich verlassen, das ist mein ganz persönlicher Sommer-Hit!«

Der Wurstbaron schwadronierte auf Patrizia ein, als Baumann des Weges kam und sich dazusetzte. Betge verlangte nach mehr Brot, und Baumann reichte ihr den Korb, lächelte sie an und sagte: »Voilà, Mademoiselle Betge.«

Betge rammte Helene derart diskret ihren Ellenbogen in die Rippen, daß Helene aufstöhnte und sich bereits im Gipskorsett sah. »Habe ich Hallus?« zischte Betge, als wollte sie ihr auch noch das Gehör nehmen.

»Ich bin nicht taub.« Helene betastete ihre Rippen.

»Tschuldigung«, sagte Betge. »Pardeetime!« und

spachtelte weiter. Schließlich hatte sie drei Tage lang fast nichts gegessen, um auf der Bühne in ihrem demütigenden Magdkostüm wenigstens die beste Figur des Abends zu machen.

Das Abschiedsgeschrei inklusive aller Schwüre, immer in Kontakt zu bleiben, war verklungen. Helene stand am Fenster und sah den abreisenden Kolonnen nach. Der Parkplatz leerte sich. Cromwell warf eine Tasche in sein Auto, deutete auf Helenes Gefährt und rief zu ihr hoch: »Haben Sie es denn schon getauft?«

Brandon betrat den Raum, als Helene gerade aus dem Fenster brüllte: »Gandhi! Ich werde es Gandhi nennen!« Beide sahen zu, wie Cromwell van Hagens Sachen verstaute, er winkte noch mal hoch, warf eine Kußhand hinterher, setzte sich die Sonnenbrille auf, und sie fuhren weg.

»Und schreit nicht so laut in den Tunnels«, sagte Helene zu der Staubwolke.

Jäschke kam oft zu Besuch. Er genoß diese Aufenthalte, denn es ging ihm nicht sonderlich gut. In der Uni galt er als Snob und Klugscheißer, fand keine Freunde und suchte auch nicht danach. Dazu kam, daß er zwangsweise in einem WG-Zimmer leben mußte, das in einem lauten Stadtteil lag. Straßenbahnen donnerten ihn aus dem Schlaf, Autohupen und Preßlufthammer, und wenn zweihundert Meter vor seinem Fenster der Wochenmarkt startete und er genau wußte, welcher Lastwagen welchen Rangierlärm machte (»Und jetzt der Blumenlaster, und jetzt die Scheiß Rattanmöbel«), dann beschlich ihn Verzweiflung. Wenn die Verzweiflung aufs höchste stieg, setzte er sich in die öffentlichen Verkehrsmittel, fuhr durch die

Gegend und endete immer in Haidenfeld. Er lungerte ein bißchen in Brandons Büro herum, hing ab in Helenes Sprechzimmer oder setzte sich in Cromwells Unterricht in die letzte Reihe. Dann schloß er die Augen, genoß die Ruhe vor der Tür und das leise Rascheln und Blättern im Raum, Cromwells ruhige Stimme, gedämpftes Fußscharren und Stühlerücken, alles Licht und Frieden und Ruhe. Und Erinnerung an bessere Zeiten. In diesen Momenten driftete er ab in einen kurzen Abschnitt seiner kurzen Vergangenheit, in verschwommene Bilder: Wagner spricht, Betge antwortet, Plessner lacht, und Merlinger imitiert Barischnikov, hüpft in seiner Skiunterhose über den Gang, mal voll auf flatterhaft, mal voll auf grazil, sie sterben vor Lachen, Betge lehnt wimmernd an der Wand, sogar Anders wischt sich die Augen trocken, Merlinger schwebt und springt und arbeitet hart an seinem Solo, und dann steht da Dr. Jordan und legt ihm die Hand auf die Schulter und sagt: »Herr Jäschke. Pause.« Und er öffnet die Augen, sieht Dr. Jordan, sieht, wie die Schüler den Raum verlassen, sieht wieder auf Jordan, der ihn so freundlich und lieb anlächelt, und da ist er wieder in der Welt und bekommt plötzlich Angst, daß sich etwas ändern könnte, daß Brandon, Helene und Cromwell plötzlich weg sein könnten oder daß ihnen irgendwer irgendwas antun könnte und daß er wieder zurück muß, in sein verschissenes WG-Zimmer und auf diese Scheißuni mit diesen Scheißkommilitonen, bis an das Scheißende seines Scheißlebens.

»Ich war wohl in Gedanken, Sir.«

Cromwell fiel ein, was Merlinger mal geschrieben hatte: »Unsere Kindheit ist ein Archiv, das ununterbrochen arbeitet. Ständig schiebt es uns Informationen zu, und das besonders gerne gegen unseren Willen. Oder wie erklären Sie sich die Tatsache, daß wir eine bestimmte Speise hassen? Daß wir bei einem bestimmten Tonfall wütend werden? Oder daß uns eine bestimmte Melodie ganz überfallartig in Glück und Freude stürzt?«

Cromwell sah sich auf seine alten Tage über eine Strandpromenade gehen, mit seiner Laubfroschfamilie und einem verspielten, kurtartigen Hund. Er hatte auch schon einen Namen für ihn. Das klänge doch gut, wenn er ihn rufen würde: »Pawlow! Bei Fuß!«